纪 达◎著

popochilexifuquanjia

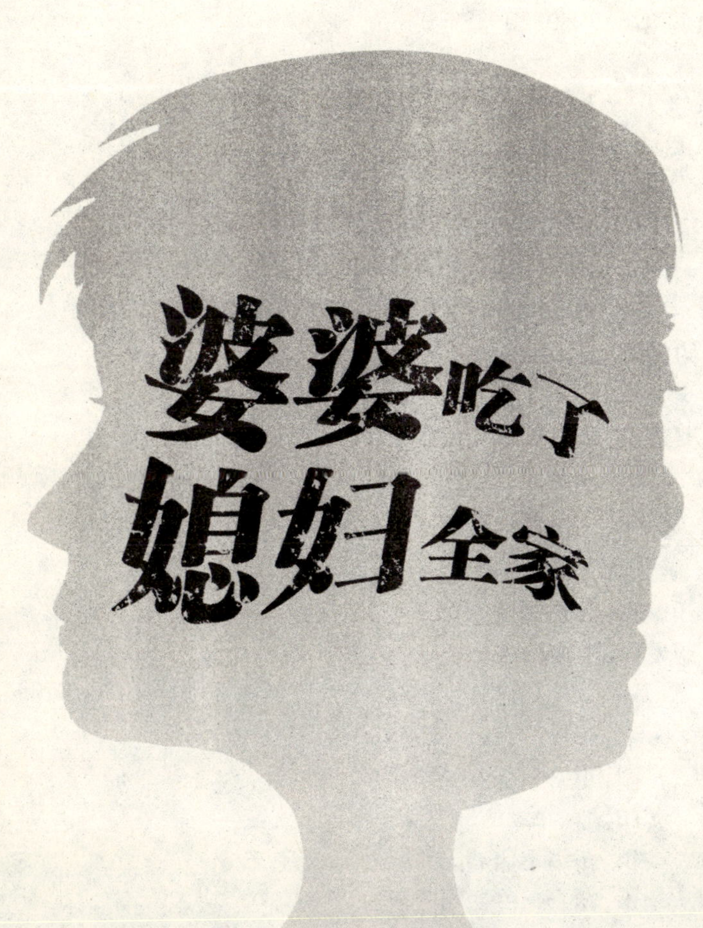

中国画报出版社
CHINA PICTORIAL PUBLISHING HOUSE

图书在版编目(CIP)数据

婆婆吃了媳妇全家/纪达著. —北京:中国画报出版社,2009.1
ISBN 978-7-80220-386-0

Ⅰ. 婆…　Ⅱ. 纪…　Ⅲ. 长篇小说—中国—当代
Ⅳ. I247.5

中国版本图书馆 CIP 数据核字(2008)第 200497 号

作　　者:纪　达
特约编辑:晓　丹

上架建议:畅销书·女性言情

婆婆吃了媳妇全家
出 版 人:田　辉
责任编辑:方允仲
出版发行:中国画报出版社
(中国北京市海淀区车公庄西路 33 号,邮编:100044)
电　　话:88417359(总编室)、68469781(发行部)
印　　刷:北京京都六环印刷厂
监　　印:敖　晔
经　　销:新华书店
开　　本:787×1092　1/32
印　　张:7.5
版　　次:2009 年 1 月第 1 版
印　　次:2009 年 2 月第 2 次印刷
书　　号:ISBN 978-7-80220-386-0
定　　价:23.80 元

说起翡翡婆婆的那个“壮举”，很多人都竖起大拇指——难得一见的好婆婆啊！“翡翡你真有福气，碰上孙大林这么好的人家。你可一定要好好孝顺公婆啊，不然可会遭到——”硬生生把到嘴边的“天打雷劈”咽了回去。回到娘家，翡翡爸妈也是这套如出一辙的说法，私下百般叮嘱教导，生怕自家女儿做出什么不得体的事，被人指责少家教。

大家谈论之“壮举”具体如下：翡翡婆家为了操办儿子婚姻大事，把自己现住的房子卖了，给儿子购买了一百多平米的大复式，以致老两口无处栖身。此情此景，当初可是让翡翡及其父母感动得涕泪俱下啊，暗自感叹，真是找对了好人家。

实际上，新买房子的产权仍然在公公名下，可婆婆依旧乐此不疲满青岛宣扬她家是如何如何地“舍生取义”、“大义凛然”且“毅然决然”地把自己的房子卖了，就为了给儿媳妇置办新家，弄得青岛城百分之九十九的人都知道了她这个婆婆是如何的难得，如何的高风亮节。

既然男方买了房子，那女方出点钱装修也就是理所当然的事了，于是翡翡那心慈面薄的父母赶忙翻腾出自己多年积攒的家底二十万给了女儿女婿，虽然明知产权名署亲家公，但一想到住在里面的毕竟是自家闺女，寻思这钱还不是给自己女儿，于是这钱掏得倒也爽快。

二十万——在青岛这样的城市，足够“富丽堂皇”的装修标准了。最终，房子是完全按照公婆的爱好来装修的，偶尔翡翡想发表下自己的见解，都被新婚的丈夫亲热地带笑指责：“好了，老婆大人，爸妈毕竟比咱经验多，况且，他们辛苦了一辈子，还要听你指手画脚啊？”

这帽子太大，翡翡乖乖地闭嘴了。装修好了，公婆和过继的小叔子（大林的表弟）堂而皇之理所当然地搬了进来，住了最好的房间。翡翡心里有些纠结，不大高兴，但能说什么，又敢表现出什么呢？总不能把公婆撵到大街上去住吧，况且，翡翡可不想被众人的唾沫星子给淹死——翡翡婆婆的群众基础可不是一般的好啊。

大林不让她告诉别人新房房产证的事，认为自家家事，没必要出去到处八卦。有一次，邻居正把她婆婆夸得天花乱坠，翡翡过去说了一句，“说是给儿子买的房，可一家子不是都住在里面嘛，而且，房产证也是公公的名啊……”还没说完就被大林拽走了，回头好一番教育她，“爸爸的房子和咱们的房子有什么区别，我是独生子，以后还不都是咱们的。”翡翡一想，说得对啊，于是，再也没计较过房产证上到底是谁的名字了。

偶尔回趟娘家，看到自家父母仍旧蜗居在寒酸的老房子里，翡翡心里总是涌动着无限的复杂和无奈。

翡翡家就是青岛普通的双职工家庭，翡翡妈一贯勤俭持家，为了买到便宜几毛钱的菜，有时候能多走几站路。翡翡结婚时的二十万装修款，可是爸妈从牙缝里攒下的啊。当初她是坚决拒绝接这钱的，和未婚夫孙大林商量，要不俩人先出去租房住，赶明儿小两口有了积蓄，再商量买房的事，可孙大林回复说："我妈妈不同意。"孙家急匆匆卖了房子，又急匆匆买了房子，翡翡的父母不顾翡翡的反对，说："不能让别人嚼舌头说咱贪图别人的便宜，你爸妈活了一辈子就是在乎名声，不能让别人看轻了……"于是，贡献出了二十万的家底。

操办婚礼的钱是翡翡妈从自个儿娘家拿的，因为孙大林说他家弹尽粮绝了，婚不能不结，仪式不能不办吧。没一分钱的彩礼，穿着花了两百块钱租来的婚纱，翡翡就这样结婚了。最后，婚礼上的全部礼金被婆婆一股脑收走了，说是要添置家具。二十万装修的房子，鬼知道还要添置什么家具！

翡翡和孙大林是大学同学，一起在南京读书，因为是老乡的缘故，他们经常在同乡会之类的聚会中见面，慢慢也就熟识了。之后，大林对她发动了堪称"猛烈执著"且在中国大学校园里常演不衰的追求"把戏"，天天帮翡翡打水，每晚都在女生宿舍楼下"伫立"，经

常结伴去图书馆，总是送出无微不至的关怀……其实，在追求翡翡的人中，大林并不出色，却靠着这股子执著劲儿，最终赢得姑娘的芳心，抱得美人归。

他们属于“毕婚族”，这种刚毕业就结婚的人群在目前的中国有了极其明显的上升趋势，如今，伴着一份纯净的感情走入婚姻的殿堂是很难得的，这是一件绝对幸福的事啊。如今二十五岁的翡翡，严格遵从着婚前从妈妈那里得到的教诲：成了家，就是人家的人了，可得好好孝顺公婆，别让人笑话，否则，会给家里父母丢人的……

蜜月回来，第一天上班。

翡翡在娘家时，每天都是七点起床的，今天才六点，婆婆就敲门了：“翡翡啊，你们今天是上班的啊，不能睡懒觉啊，要迟到的！”

翡翡用了好大劲才睁开眼睛，看看表，说：“妈，不着急，八点才上班呢，我想再睡会儿。”

婆婆说：“那也得起来吃饭啊！”

“妈，我上班路上买点面包吃就行了。”说完，翡翡蒙上被子准备继续呼呼大睡，昨晚小两口缠绵到十二点，难怪困得眼睛都睁不开。

婆婆的嗓门在门外骤然提高：“那面包多贵啊，几块钱买一块儿面包，一捏一小把，吃多少能吃饱！再说大林可是从来不在外面买早点吃的，一个是浪费，再一个是不干净！”

翡翡被她的声音吓得一下子就睁开了惺忪的睡眼，一时不明白自己到底说错了什么，惹得婆婆一大早就教训她。她捅捅闷头大睡的大林："快起来啊，妈生气了！"婆婆的声音猛然又提高了几度："你叫他干什么？他睡眠不足，怎么上班啊？""妈，我也没睡够呢，困死了……"翡翡原以为可以像和自己妈妈一样，向婆婆撒撒娇。门外的婆婆走了，紧接着，翡翡听到别的屋门被摔得震天响。

不一会儿，翡翡的手机就丁零零地响了起来，刚一接，就听到妈妈极其不悦地教育她："你这孩子净给我丢人，你婆婆刚才打电话来说你大清早就知道睡懒觉，也不张罗给大林做早饭，想让大林饿着肚皮上班去啊！你说你这孩子，才结婚就不让人省心，这才多久，就被婆婆告状到家里来了……"

翡翡愣了半天，想说大林怎么不起来给我做饭啊？想说婆婆凭什么告我状啊？想说……妈妈还在喋喋不休："你嫁人了，要学着做个好媳妇，妈妈这一辈子是怎么对你奶奶的，你可是全都看见的吧……""妈，我知道了，我这就起床！"挂了电话，翡翡看看仍然睡得死猪一样的大林，委屈地爬了起来，进厨房去准备早饭了。翡翡这个独生女，也是被爸妈从小百般呵护着长大的，说不上娇生惯养，可家务活确实也没干过多少。于是乎，烫了手，洒了浑身的脏水，鸡蛋也糊了……总不能就做大林的吧，她就把公婆和小叔子的一块儿做了，端上桌一看表，天，都快七点半了，公婆和小叔子都出来吃饭了，皱着眉头看着糊糊的鸡蛋，好像也都没什么胃口。翡翡顾不上吃饭了，和大家说了一声，换了衣服，抓起包就冲了出去，在路边招手叫了辆车，一路催司机快点快点，司机说："小姐，开快车容易出事故你不知道？你给我多少车费值得我卖命啊？”然后，赏了她一记白眼。

翡翡可是急得直跺脚，但还是迟到了。公司规定迟到一次扣五十元，三次以上扣二百，一个月迟到五次公开批评，达到十次，OK，卷铺盖滚蛋吧。翡翡自打来单位就没迟到过，这次破例了。主管自然对翡翡这种考勤一贯优异的员工有更高的要求。整整迟到了十五分钟！这可得好好批评一下，此风不可长啊。

翡翡把早上发生的事说了一遍，主管皱着眉头听完了翡翡结结巴巴的叙述，挥手说：“行了，下次注意点。你婆婆把自家房子卖了，为了你们结婚买那么好的房子，你该多些感恩的心态。早上给公婆做饭也没什么值得委屈的。”

翡翡听完，愣了一下。

她抽空找出了以前出差留下的一次性香皂牙刷去洗手间洗漱，被同事看见，讥笑说，二十一世纪的白领不洗脸不刷牙就跑出来上班，真文明啊。翡翡讪讪地。

早饭没吃，临近中午，翡翡的肚子已经咕咕作响了，以前翡翡都带饭，毕竟家里不富裕，今天翡翡狠了狠心，花了十块钱买了份盒饭，米饭发黄，好像是陈的，而且，还泛着一股异味，菜很少也很难吃，她可不敢回去要求退货，卖饭的女人红脸膛，大嗓门，跟

孙二娘似的。

翡翡正硬着头皮扒拉着盒饭，大林的电话又准时响起了，开心甜蜜的感觉一下子把盒饭带来的不痛快一扫而光，新婚夫妻嘛，那股子亲热劲儿还正当时呢。

“老婆，你中午吃的什么啊？”

“买的盒饭，可难吃了。你呢？”

“妈给我送饭了，说我早上吃你的糊鸡蛋没吃饱，哈哈哈，中午炖的肉特地给我送了些来，老婆，你的盒饭好吃吗？”

电话里突然变成了婆婆的声音：“翡翡啊，你买的盒饭啊？多少钱啊？”

“十块钱。”

“哎呀，翡翡呀，你和大林赚得都不多，要节约啊，你看我上午去买了十块钱的肉，加了点菜，就炖了一小锅，我和你爸吃了，还能给大林送顿饭，你花了十块钱就够一个人吃的……”

大林的声音也清晰地传了过来，“妈，你说什么呢？你以为外面十块钱的盒饭会是多好的啊。再说，她不买盒饭，喝风去啊？”

“买个馒头就点咸菜，先凑合一下呗，晚上不就回家吃了嘛，花两块钱泡袋面也好啊，真是不会过日子……”

翡翡一时气得竟说不出话来了。

“翡翡！别在办公区打私人电话！”主管吆喝着。

挂了电话，翡翡的眼泪就滴滴答答地流下来了，大家觉得很奇怪，刚才还听见她亲亲热热地说情话，怎么一转眼就哭了，大家关切地问到底怎么了。翡翡抽噎着把刚才的事情说了一遍。

满办公室的人大眼瞪小眼，忽然小A姑娘笑起来，说："翡翡，你婆婆是外星来的吧？这年头还有吃馒头就咸菜的吗？她还以为这是旧社会啊，真是神经病！"

小C撇着嘴："切，什么啊，就这婆婆……如果这样对待我，哼……"

"翡翡，你就是太老实了，你婆婆就是看你软柿子好捏！"

……

办公室总是这类话题的集中发祥地。

翡翡觉得胃里的饭菜直往上涌，再也吃不下去了，眼泪直打转。主管看翡翡神色不对，过来安慰说："算了，翡翡，看在你婆婆给你掏光家底买新房的份上，别计较这些七七八八的事了。老人节俭是正常的。"翡翡委屈地说："到哪都是说，她给我买了房，她怎么怎么的好，可是她们一家不是都在那里住着吗？况且，房产证上也是我公公的名字啊！"

此语一出，言惊四座。整个办公室的人全体石化。被彻底雷焦了！

翡翡跑到卫生间大吐起来，直到把那些刚刚咽下去的变质饭菜都吐完了才好受点。

刚回到座位，就被办公室那帮八卦得不行的同事给围了起来，"快给我们说说，不是一直都说给你买的房子吗，怎么又变成这样了？你可别造谣撒谎，博得大家同情，给你婆婆扣帽子啊！"

翡翡哭着把整个事情说了一遍。半天后，小C说："我就这么华丽丽地被你雷毁容了！"小王说："我就这么活生生地被你吓得诈尸了！"主管啪一声拍桌子低吼："我靠！他家玩的这招太高明了，根据法律规定，在这房子上的任何附加投资都是隶属此固定资产的，房产证上是你公公的名字，就证明所有这一切，其实就是你公婆的嘛。你家居然还拿出二十万。”“二十万”这个词故意被点得重重的。翡翡怯生生地说：“大林说了，等他们老两口百年后，就是我们的了！”主管大骂她：“你脑子进水了啊？你那婆婆才五十岁，身体倍儿棒，一口气爬十楼都没问题，还百年之后呢？你就做好伺候人家一家长命百岁的准备吧！不过，也许你会先累死也说不定……”

翡翡不精明，憨憨的，现在谁不希望身边有这样的同事？没事占点便宜什么的，翡翡帮同事买饭，买烟，谁偷懒把工作推给翡翡，翡翡也任劳任怨地细心帮人家完成，谁心情不好也可以抓翡翡撒气，翡翡知道你心情不好，受着气还帮你买冰激凌。虽然大家都有点欺负翡翡，可心里都是很喜欢她的，前一阵别的部门有个新来的看翡翡老实，就栽赃陷害她，满办公室的人挽袖子把那个人揍了个半死，找证据帮翡翡洗清了罪名，直到公司把那个人开除才算完。这样的丫头受了气，大家都会帮忙出点主意。所以，听完翡翡哭诉的家事，大家都是群情激愤、义愤填膺的样子。

大家七嘴八舌地议论着，翡翡无奈地摇摇头，心中充满了莫名的哀伤。

快下班时，办公室的电话响了，接的人说：“翡翡，找你的。”然后用口形告诉大家，是翡翡婆婆的。翡翡接过电话，同时调皮的小 C 按下了免提，婆婆的声音回响在寂静的办公区：“翡翡啊，你下班后去家乐福买点东西吧。早点回来做饭啊，你什么也不会，我得一点点教你呢，家里人爱吃什么你也不知道。对了，你拿张纸，记下要买什么东西。”主管递给翡翡纸笔，婆婆说，“你公公和大林爱吃牛肉，你买五斤熟牛肉，三斤牛肉干，再买一瓶干红，老年人喝葡萄酒对脑血管有好处的，我和你公公一直都喝着，我刚才看家里没了。再买五斤黑木耳，两条鲫鱼，十包紫菜……”电话一挂断，主管就拿着计算器走了过来，“翡翡同志，请你准备好六百块钱再去超市吧，不然，你婆婆定的采购任务你完不成哦……我的妈呀，半个月工资没了！”

翡翡拿出钱包看看，就几十块钱，嗫嚅说：“我回家跟妈妈借点去。”

一办公室的人都强忍住了要掐死她的欲望，开始骂她怎么这么不争气。挨了众人的痛批，翡翡其实也觉得很心疼，毕竟是自己半个月的薪水啊。但既然已经答应婆婆了，就得做啊。主管大姐气得心脏病都快犯了，说以后再招聘大学生先弄张智力测试表测测应聘者的智商，不然还没等老先给气死了。

主管建议翡翡给孙大林打电话，让他去买。翡翡依言去做了，告诉大林自己没钱了，把清单一样一样告诉他，大林很痛快，说过会儿接她一块儿去买。

在家乐福翡翡眼巴巴地看着一块儿蛋糕，大林一看标价就说：“哎

呀妈呀，这么点儿一块儿蛋糕就十二块钱啊，抢劫啊！”翡翡嗫嚅地说：“我饿了，确实饿了，我自己买哈。”大林一把将她拉走，“太贵了，你的钱不是钱啊！马上就回家了，回家有的是吃的！”翡翡只好咽着唾沫跟他走了。

一路上，小两口挽着胳膊，大林说着单位的好笑事，逗得翡翡直乐。翡翡享受着大林对她的呵护，心里甜滋滋的，觉得为了大林，婆婆再有什么都可以忍耐下来，不能让大林夹在中间为难，这也是做妻子的本分。

翡翡不高，有点婴儿肥，小脸粉嘟嘟的，不说很漂亮，但绝对很可爱。大林也不高，一米七三，瘦瘦的。翡翡心疼他，让大林提了一小半，自己提了一大半。饶是这样，他们进门的时候，婆婆先吆喝起来：“我的妈呀！大林你提这么多东西会闪了腰的，快给我吧。”忙不迭地接过来，送厨房去了，翡翡拎着更多的东西，手臂都酸了，客厅里，公公在看报纸，小叔子在吃草莓，似乎没有一个人注意到她，也没一个人过来帮她接下东西。大林一边喊着“累死我了”，一边斜躺到沙发上了。

翡翡费劲地拎着一堆东西进了厨房，婆婆马上过来说：“翡翡，你回来了，正好，我等你半天了，我教你怎么炖排骨。”

婆婆是教师，有种老师的威仪，也不等翡翡说什么，就指挥翡翡去洗排骨。

翡翡早上没吃饭，中午的饭全部吐了，因为超市离家三站地，就没舍得坐车，直接拎着那么沉的东西一路走回来。此时的翡翡，又累又饿，两眼发昏，都快站不住了，就说：“妈，我很累，我先歇会吧。叫大林先帮你吧。”说完，转身进了客厅。

婆婆不说话，却将手里的盆子猛地摔在台子上。

听到响声，公公抬起头，四处望了望，说：“翡翡，你不帮你妈做饭去啊？你妈上课站了一天了。老人身子骨不像年轻人，顶不住……”翡翡有点生气，心想，你知道她累你还在这跷着二郎腿看报纸？不过这话太大逆不道，翡翡只是想想，她可不敢说，就回应说：“嗯，我一会儿就去做饭，太累了，先歇会儿。”

厨房突然传来婆婆的喊声：“大林！”大林懒洋洋地从沙发上站起来，一边嘟囔着“干什么啊，累死了”，一边慢腾腾地朝厨房蹭去。

婆婆和大林低声说了半天，首先表达她对翡翡的不满，说翡翡吃得那么胖，又有劲，怎么还忍心叫大林提那么多东西，然后声调高高地说：“大林你可看见了，只有你亲妈是最疼你的，别人啊，谁都不行，老婆也不行，哪知道心疼你啊？如果我和你一块儿去买东西，我可不舍得让你提那么沉的东西！也不看看你瘦成什么样了，你媳妇知道心疼你吗？”

客厅里，公公从报纸上抬起眼睛，不满地看了媳妇一眼。

翡翡脸红了，气得想说什么，无奈嘴拙，有理说不出来，只能沉默。

大林笑嘻嘻地说：“妈，我知道，你是世界上最好的妈！”

然后婆婆低声问：“大林，结账的时候有没有看见翡翡钱包里还有多少钱？”大林说：“翡翡说她没钱了，是我付的账。”

哐！婆婆把铁盆重重地砸在水池里，大林惊惶地问：“妈，怎么了？”

婆婆厉声叫翡翡进厨房去，被婆婆砸盆吓得惶恐不安的翡翡一路小跑进去了。

“翡翡，这我可得好好说说你，你这孩子怎么这么重的心机啊，我以前听人家说你老实本分，这才同意你俩的婚事。大林是大学生，长得也没挑，我们家孩子教养脾气都好，家庭也好，多少漂亮闺女跟在后面啊，你长相一般吧，家境也一般，还胖得像个……这些我们都不嫌弃，就是图了你这孩子老实本分，风风光光把你娶回家，不是让你在这儿和我们耍心眼的！”

翡翡气得浑身发抖，眼泪不争气地不停掉，心想，我也是大学生，我家境、家教怎么就不好啦，大林有你说的那么好吗，认识他这么多年，我怎么从来没见有人追过大林啊！翡翡妈一再叮嘱翡翡绝对不能和婆婆顶嘴，翡翡嘴笨，心里想的虽然好，真叫她说出来，她肯定结结巴巴地说不清楚。于是，她只好不知所措地站在那儿，任由婆婆训斥。婆婆终于不再说话了，只是把厨房的东西弄得震天响。大林悄悄拉了拉翡翡，想让她上楼去。翡翡一转身，婆婆就喊：“站着！你回来想吃现成的啊！洗排骨去！”

翡翡看看婆婆保养良好的晚娘脸，咽了咽唾沫。她扭头看看大林，希望能从大林那里得到帮助。大林勉强扯了扯嘴角，他可不敢惹他妈，妈妈为人师表，威严有加，而且凡事都很有主意，家里的大事小情也一直都是妈妈做主，大林也觉得妈妈的决定大都是对的，是为了家里好的，只要顺从妈妈就 OK 了。

他瞅着惊惶的翡翡，无可奈何地说：“翡翡，妈心脏不大好，你别惹妈生气，你就在这儿帮妈做晚饭吧，我去洗澡了。”说完掉头走了，他分明感受到了翡翡求助的目光在看着他，可是他确实无能为力，他能做的只是尽快逃离。其实他是爱翡翡的，爱她的纯洁善良，爱她的柔弱和宽厚，只是他的爱一遇到他妈妈的怒火，就自动龟缩起来了。

翡翡无奈，忍着饥饿，笨拙地洗着油腻腻的排骨，听着婆婆怒火冲天地摔打，饥饿折磨得她胃疼，她有点眩晕，听着婆婆唠叨："不会过日子的东西！你不知道是大林花的钱吗？熟牛肉一下子就买五斤，你不怕撑死？越吃越胖，你家就惯着你使劲吃，看看还有个身材吗？鲫鱼一下子买两条，你坐月子还是打胎了？！"

翡翡受不了羞辱，忍不住回嘴说："是你叫我买的！买回来还这也不是那也不是，到底要干吗呀？"

"我是叫你买，不是叫大林买！"

"难道不一样吗？"

"一样个屁！大林的钱全部交给我，你交给我一分钱了吗？什么家教啊？做错了事，婆婆说你几句还顶嘴！你爸妈没读几天书，自己没脑子没家教，教育出的女儿更没家教！我们家真是倒霉，摊上一家什么玩意儿啊……"

翡翡的性格是你侮辱我可以，侮辱我父母万万不能！这时，她已经气得失去理智了，口不择言："你才没家教呢！"说着就把盆猛地摔在地上了，一盆油腻腻的水和没洗好的排骨溅了婆婆一身，婆婆大怒，上来厮打翡翡，翡翡头脑一片混乱，本能地抵抗，抓破了婆婆的脸……

公公、小叔子、大林听到动静跑进来，一齐拉着翡翡，婆婆趁机扇了翡翡几个耳光，然后跑到客厅给翡翡家打电话，对翡翡的妈妈破口大骂。

狂怒的翡翡不顾大林的拦阻，跑过去抢夺婆婆的电话，两人又厮打起来，婆婆不如翡翡劲大，被翡翡扯掉了几缕头发，老太太干脆坐在地上号了起来。

公公、小叔子、大林死拉着翡翡，翡翡已经失去了理智，势若疯虎，从小爱她的父母被婆婆如此辱骂，是个人都会发狂的。

大林猛地把翡翡推向了地上，翡翡的脑袋撞在木质的沙发扶手上，一摸，满头的血。

翡翡傻了，大林也傻了，虽然大林憎恨翡翡打他的母亲，可看见翡翡满头的血，他还是吓得惊惶失措。

公公找来纱布，想给翡翡包扎。翡翡让他滚，然后怒视着一家人，用手机打了110和120。

大林想抢翡翡的手机，毕竟家丑不可外扬，但还是被翡翡疯狂仇恨的目光逼了回去。

一会儿，110和120都来了，满小区的邻居都跑来看热闹，翡翡的婆婆对着所有人号啕大哭。

翡翡浑身发抖，咬紧牙，一句话都不说。

这时翡翡的父母也打车过来了，一看女儿满头是血，满地狼藉，不禁大惊失色。

翡翡妈恨恨地看着大林一家人，想说什么，无奈嘴笨，说不出来，只是暗自生气。

翡翡在医院包扎的时候，姥爷也来了，看着可怜兮兮的外孙女，老人家举着拐杖就要打大林，翡翡父母虽然气极，却不想和大林家闹僵了无法收场，只得拦住翡翡姥爷。翡翡姥爷不听，仍然要揍大林，翡翡妈百般无奈大哭说："他们以后毕竟还要过日子啊！"

包扎好伤口，一家人都被带到了派出所，翡翡的婆婆不愧是老师，口若悬河，说得天花乱坠。翡翡一边哭，一边结结巴巴地说了个大概。

警察也不是吃干饭的，一听就明白了，问翡翡婆婆："你今天发火就是因为你叫媳妇买的东西，结果是你儿子掏了钱，对不对？"

翡翡婆婆立即说："哎呀，同志，我媳妇不是个省油的灯啊，我儿子一个月才一千三百块钱，半个月工资就给这混账媳妇花了啊！"

警察问："这些东西不是你叫买的吗？"

婆婆狠狠剜了翡翡一眼，说："当媳妇的工资不给家里花，难不成留给野汉子？没见过这么有心计的媳妇，什么家教！她就是私自盘算自己的小金库，不舍得为这个家花一分钱！"

满屋的警察一脸轻蔑，鄙夷地看着这个理直气壮的人民教师。

大林脸红了，扯了扯妈妈，婆婆甩开，骂道："你这个没用的东西！娶来的媳妇买来的马，你连老婆都罩不住，孙家的脸叫你丢尽了！"

大林讷讷地不知说什么，这边翡翡姥爷恼了："不讲理的老太婆！你家娶媳妇还是我家娶上门女婿？办婚礼，我们给你贴了二十万！娶媳妇，你家花一分钱了吗？！孙大林就是个上门女婿，你拽什么拽！"

大林满眼仇恨地瞪着翡翡姥爷。

翡翡妈看见了女婿的眼光，急忙拉扯姥爷的袖子，不让他继续说，把老爷子气得脸都紫了。

翡翡婆婆冷笑说："那二十万是你们家主动贴的嫁妆，你家闺女结婚就是嫁人，没听说女人还能娶男人的，可笑！你们家孩子死乞白赖要嫁给大林，自愿倒贴二十万也要嫁过来，贱货！赔钱货！你家养了赔钱货，女大外向，离了我儿子这棵树就吊不死了？哼，女儿都是赔钱货！”

没人说话。

姥爷气得说不出话来，翡翡父母羞愧至极，无话可说。

自己的女儿确实是赔钱货，当初爱大林爱得发昏，死活要嫁给大林，结果大林家一分钱不花地娶了翡翡，反过来骂她贱货，娘家真的无话可说。翡翡摇摇晃晃地站了起来，脸色煞白，嘴唇哆嗦，慢慢往外走。

翡翡妈哭着拉住女儿，怕她想不开。翡翡冷冷地说：“我回家拿结婚证，现在就去离婚。”孙大林抢先一步，拉住了翡翡的手臂，说：“你冷静冷静，咱回家再说。”

翡翡妈也被女儿的话吓得六神无主，刚结婚就离婚，还不被人笑话死？翡翡爸也说：“翡翡，别任性！”

翡翡甩开大林往外走，被妈妈死活拉住了。

翡翡说：“妈，我没带钱，我得回去拿东西，身份证、结婚证什么的，你先给我点钱坐车。”

翡翡婆婆坐在椅子上，跷着二郎腿，轻蔑地说：“你吓唬谁啊？我是干什么的？什么样的学生我都能治得服服帖帖，你这点道行才到哪啊？算了吧，没结婚的时候我就看透你了，你离了我家大林不行！嫁出去的闺女泼出去的水，没听说泼出去的脏水还值钱的？你当你还是黄花闺女啊，你现在是一分钱都不值了，你离啊，我还怕你不离！大林能马上找个黄花大闺女，还是倒贴的！你贴了二十万，大林再找的新老婆能贴我家五十万！你离了呢？哈哈。除了瘸腿瞎眼的六十岁老头谁要你啊，也不看看自己什么德行！”

一个年轻的女警察勃然大怒，拍案而起，说：“这是警察局，你当是你家？净在这里胡说八道！快出去，还有事没？没事快走！”

翡翡感激地对女警察笑了笑。

翡翡婆婆恼了，直冲女警察去了，吆喝着：“你胡说什么？”说着伸手就拽人家衣服。在学校横惯了，习惯动作。

旁边的男警察猛然把翡翡婆婆推开了。另一个男警察说：“你撕人家年轻女孩子衣服干什么？同性恋啊？那么大年纪了怎么这么不要脸了呢？”

大林一家脸色如猪肝。

女警察直接抓了个铐子把翡翡婆婆铐起来了，罪名是“袭警”。

翡翡一家出了警察局，翡翡连饿带伤，眼前直冒金星，站都站不稳了。

那个女警察和一个男警察出来送翡翡，女警察看着摇摇晃晃眼睛都睁不开的翡翡，心有戚戚焉，帮她整了整衣服说：“现在出了警察局，我对你说的话是站在私人立场说的，是女人对女人说的话。我说，不是每个男人都值得你付出一辈子的，趁着年轻，赶快回头，不小心跑到了悬崖边上当然是错误的，可是能悬崖勒马也不迟，敢于承认你看错了人不是丢人的事，你老实巴交的，斗不过那家人的。好好想想我的话，我净和坏人打交道了，什么人我没见过啊，你家的人都太老实了，别和他们斗。”

翡翡望着女警察在路灯下豪爽干净的脸，抹着泪水点头，连声说："谢谢！谢谢！"

翡翡不顾妈妈的劝阻，拿东西回娘家了。

翡翡捂着被子哭到天亮，翡翡妈唉声叹气了一晚上，翡翡的姥爷骂了一晚上。

一夜无眠……

翡翡一夜也没想明白究竟这是怎么了？大林爱她吗？为什么结婚前，看起来慈眉善目的公婆，结婚后脸变得比画皮还快还恐怖？

翡翡想了很久，然后吃惊地发现大林在她心里的分量已经不多了，以前她什么事都替他着想，不为难他，如果换成以前，大林妈被拘留了，大林急得直哭，那么翡翡肯定比大林还心急如焚，可现在，翡翡甚至都不愿想起大林这个人了。

那么，离婚吗？可是父母的二十万怎么办？

第二天，翡翡打电话向单位请了病假，整整一天，大林也没来个问候电话。翡翡倒是很希望大林这时候不要打扰她。翡翡父母着急了，不住地问翡翡，大林为什么不来电话啊？

翡翡不说话，父母问急了，翡翡就说："爸，妈，我真的不想再这样过了，我想离婚，那二十万我会想办法要回来的。"

翡翡妈一听就急得哭了，说翡翡不懂事，这事翡翡错在先，结婚后还睡懒觉，不知道早起做饭，传出去谁不笑话？结婚才几天就把婆婆打了，现在这事没人不知道了，以后父母还做不做人了？出去还不叫人戳破脊梁骨？大林也不是故意撞伤她的，谁叫她当时在打他妈呢？男人看见别人打他妈能不着急吗？老公打老婆没什么，可是媳妇打婆婆就绝对不行了，那是大逆不道啊，要遭雷劈的！“翡翡，你快去跟你婆婆低头认个错吧，然后我和你爸也帮你求个情，让大林赶快把你接回去，你结婚没几天就住回娘家，邻居背后都会嘀咕的，家里丢不起这人啊。”

翡翡说：“你们实话实说就好了。”

翡翡爸爸恼了，说：“叫你妈出去说你才结婚就把婆婆的脸打破了？你不做人，我们还要做人呢！”

翡翡板着小脸和爸爸争论，可惜她终归说不过爸爸，气得嘟着嘴巴不出声。

翡翡妈妈还在唠叨：“其实，你婆婆说得也没错，大林家有那么大的房子，再找个黄花大闺女不成问题。可你呢？离婚的女人是根草，还能找个什么样的？我和你爸一辈子攒了那么点钱，也都给你了，你要是再嫁，如果男方没房子，要和你一起买房，咱家可是干了家底的啊，人家有房有车的好小伙，谁找二婚啊？你别怨我唠叨，我愁得一晚上没睡觉，都是给你操心啊。大林妈就算多不好，可大林对你是有感情的，不到非离不可，千万不能走那一步啊，孩子，离婚都是女人倒霉啊……哎，实在不行，你和大林出来单过吧……”

翡翡望着妈妈悲伤憔悴的脸，明白妈妈的一片苦心都是为她操劳，而且妈妈说的也是实情，一个离婚女人，薪水又低，家境也一般，笨嘴拙舌，没多大本事，长得也不是多漂亮，离婚了能再找一个什么样的呢？

真的嫁给那些大腹便便、庸俗的碌碌无为的中年男人，她甘心吗？

翡翡哭着说：“妈，我不离婚了！”

那边翡翡婆婆还被拘留着呢，得三天，用警察的话说就是，“你在警察局都敢把年轻女警察的衣服往下撕，还有没有王法了？”三天，翡翡婆婆一开始大哭大叫，喊着要找市长伸冤，没人答理她。大林倒是打了市长热线。市长热线的人挺负责，询问了一下，得知她在警察局无缘无故抓着年轻女警察的衣服往下撕，还把年轻女警察好一个打，人家撇撇嘴，跟警察说：“这年头，秦桧都敢满街爬着喊冤了。”警察大笑。

在中国，一个事情总是原本是个芝麻，传来传去成了大西瓜，添枝加叶是人的本性。翡翡婆婆其实就是想去抓女警察的衣服，刚触摸到了衣服，就被人一把推开老远。翡翡婆婆觉得冤枉啊，又在拘留所里吆喝着要去中央上告，更没人答理她了。大林傻眼了，他可没有总理的电话号码。

一开始翡翡婆婆气得吃不下饭，第二天想吃饭了，可没人给她了，一问，人家说了，“昨天给你的饭菜都叫你摔了，我再给你送饭我贱啊？”

一直到了下午，才给送了个馒头。

三天后，出了拘留所，老太太回家，路都不会走了——气的。

她骂完翡翡一家，又骂这三天翡翡家不但不来看她，连个电话都没有。没良心！

她哭着对左邻右舍诉说："你说青岛还有我这样的婆婆吗？把自己房子卖了，给儿媳妇买这个大房子结婚，这才几天啊，你们看她就把我打得满脸血，头发都揪下来多少了，还把我送拘留所去了，我真是没法活了呀！"说罢，跳起来瞅着离儿子和老公最近的那面墙就低头慢步冲了过去。

大林死命拉住了她，哭着说："妈，对不起，是我找错了媳妇，都是我的错……"

左邻右舍散去了，真是说什么的都有。有看热闹的，有给婆婆打抱不平的，有的冷笑："当我傻啊，这婆婆一脸奸诈相，高颧骨，薄嘴唇，那双眼睛贼亮贼亮的，走路昂着个头，高傲得不得了，人家那媳妇我可见过，一看就是老实孩子，腼腆，一说话就脸红，说婆婆欺负媳妇我信，说媳妇虐待婆婆，骗鬼去吧！她要真是好人，怎么能被拘留三天呢，她好好地不犯法警察干吗为难她？"

听者频频点头："有道理。不能光听一面之词。"

在家里，婆婆又在骂学校领导，大林爸爸当时去找她单位领导，

希望把她保出来，可现在谁愿惹事呢？她在学校口碑不好，为人太算计，总想占便宜，这年头谁傻？给你占了便宜去？

单位分点年货，鱼啊虾啊，都差不多斤两，可她呢？一听要分年货，早早从家里拿了弹簧秤去，同事把年货卸下车来，挨份包好了，她窜出去挨份称称，然后挑个最沉的，哪怕就多沉一两也得挑挑。

年轻同事看她是老教师，心里烦她，又不好意思说。年纪大的教师可不管，明里暗里挤兑她，她就和人家辩论，然后把人家气走了。

这次大家刚觉得她给媳妇买房子，办了件好事，正对她的看法有了点转变，没想到不出几天她就被拘留了，消息灵通的人士四处打探情况，这才明白是怎么回事，都议论说，看来江山易改，本性难移啊。

最终，学校也没人去求情保她出来。翡翡婆婆骂到最后，气得血压也高了，严令儿子不准把翡翡接回来。大林三天没看见翡翡了，不知她的伤怎么样了，挂念得很，虽然他在妈妈面前说找错了媳妇，但那话是纯属安慰妈妈的，他心里还是非常爱翡翡的，五六年的感情了，又是新婚，如何放得下？

他偷偷给翡翡打了电话，翡翡语气冷淡，说大家都冷静冷静，然后就挂了。

大林笑了笑，那天翡翡说离婚他根本就没当真，说太阳上面有美元他相信，说翡翡能离开他，打死他也不信，他很自信翡翡对他的爱情，用琼瑶阿姨的话说是：山无棱，天地合，也不与君绝。

翡翡气消了就好了。大林有点后悔那天他不该走开的，留下翡翡面对婆婆，一会儿就打得不可收拾了，如果那天他留下来，可能就不会这么糟糕了。

大林暗暗想，以后妈妈再难为翡翡，他一定站在翡翡身边保护她。毕竟老婆才是和他过一辈子的。

大林的舅舅听说姐姐放出来了，赶快和老婆一块儿来看她。

小叔子过来打了个招呼，转身离开了。

大林妈开始对着弟弟哭诉媳妇的恶行，被弟弟不耐烦地打断，说："别哭些没用的，有那工夫想想怎么给柏柏弄十万块钱。"

柏柏就是小叔子，一直寄养在姑姑家。他爸爸好吃懒做，不务正业，娶的老婆一个德行，没工作，整天磕着瓜子东家溜溜，西家串串，流言八卦，张家长，李家短，唾沫横飞，说得那是一个亢奋激动、心潮澎湃啊。

结婚没两年，就生下了柏柏，夫妻俩为了谁不出去玩谁在家看孩子这种家务事，每天打得鸡飞狗跳，吵架的结果是俩人各玩各的，把孩子一个人扔在床上，哭哑了嗓子都没人答理。

柏柏的奶奶早逝，爷爷娶了后老伴，姥姥姥爷看着别的孙子孙女忙不过来，柏柏就在床上一个人爬到了两岁。

大林妈实在看不过去，就把柏柏抱了过来，柏柏的父母是一分钱也不掏，还没事就来挑毛病，后来看柏柏长得很好很健壮，一米八几的大个子，腰粗膀圆，比大林足足胖了两圈，两口子这才闭嘴了。

大林妈总是说："都说我计较，我抚养两个孩子读大学，我容易吗？大林爸才赚几个钱啊？大林爸家的那两个老东西哪个月不从我这掏出去一千多啊？我省吃俭用为的嘛呀……"（省略五千字的忆苦思甜）

现在柏柏大学毕业了，想单干，说光靠上班那点死工资太少了，他还得多赚钱买房子结婚呢，他父母是没钱给他买房子的，大林家买了这个房子后也弹尽粮绝了。

柏柏想和朋友合伙开个网吧，地段还可以，柏柏需要出十五万，大林妈匀出翡翡婚礼上的礼金五万块给了柏柏，可是还差着十万呢，怎么办？

柏柏爸爸大口吃着苹果，喷着唾沫，说："姐，你怎么那么笨啊？翡翡的姥爷有个店面，一个月租金就是四千啊，你叫翡翡她姥爷把店面转给大林，反正那老头死了后，他家东西不都是大林的？"

大林妈白了他一眼，说："当我傻啊，她姥爷的店面就算给，也是给翡翡妈，轮不到大林，再说翡翡不是还有个姨妈呢！"

柏柏爸爸一撇嘴，"你傻还是我傻？翡翡姨夫是做生意的，家里有钱，还在乎这个小店面？给翡翡妈不就是给大林了？她家只有翡翡一个孩子，不给翡翡给谁？给翡翡不就是给你了？"

大林觉得不好，说："舅舅，不好吧，翡翡姥爷健康着呢，人家怎么会同意转给我呢？他那天差一点把我好打。你别想了，不可能的。"

大林妈动了心思，说："翡翡那小蹄子不是闹腾吗？大林，别去接她，叫她一直住娘家，时间长了她就受不了了，会求你接她的，你放心，这种事男人不急，都是女人急。你还能找个黄花闺女，她可不值钱了，等她家来求咱了，咱就开条件，把她姥爷的店面要过来！然后卖了给柏柏开网吧。"

大林脸都绿了："妈！你太过分了！你盼着你儿子离婚是吗？"

一直在屋里听着的柏柏也出来说："姑姑，这样不好。那天的事就是你欺负嫂子，她也怪可怜的，虽然我一直不怎么答理她，可平心而论，她是个很不错的女人，你可别为了我的事把我哥好好的婚姻拆散了，现在想找嫂子这样的女人太不容易了，你没看见我大学那些女同学一个个跟母夜叉似的……"

柏柏爸妈轰他："闭嘴！闭嘴！大人说话，小孩子插什么嘴！"硬是把柏柏轰走了。大林妈乐得站起来就出门了，血压也不高了，她一溜烟奔房屋中介去打听翡翡姥爷的店面能卖多少钱，得知它价值几十万时，翡翡婆婆满面春色，身轻如燕地真想在大街上跳芭蕾舞，如果不看她走形的身材和菊花脸，真能以为她十八岁呢。八十万啊！她真没想到那个看起来不起眼的小店面能值八十万！别看翡翡一家穿得不怎么样，家底可真是丰厚。大林妈刚才顺便问了问翡翡姥爷的住宅和翡翡父母的房子，因为地段好，加起来居然能值两百万！二百八十万就是她儿子大林的了，让她如何不欢喜！大林妈欢喜得心都要炸开了，唱着"解放区的天是晴朗的天"就进了门，站在客厅里立马就宣布了这个重大利好消息，那叫一个喜不自禁啊，那叫一个心得意满啊，那叫一个两眼放光啊……

大林爸坐在沙发里，点点头，装着不在意，却叫大林给他泡壶平时不大舍得喝的普洱茶。大林乍一听两百八十万也懵了一下，心里也多少有点松动了。他一直想创业，就是没资金，如果有这两百八十万，他也能开个公司自己当老板啦！大林舅舅和舅妈两个脑袋凑一块儿，嘀咕了半天，然后说他们家的房子小了，该换个大的了，柏柏也要结婚，得买个大房子了，还得开网吧，这两百八十万凑合够了吧。

大林爸爸和大林的脸马上沉了下去，大林爸爸把茶壶重重一摔，低声说：“贪婪！无耻！”站起来就走了。大林妈有点为难，想给弟弟一半又怕丈夫骂街。大林恶狠狠地给了舅舅几个白眼，说：“妈，这两百八十万，我创业还不够呢！怎么外人就开始打主意了？”大林舅舅和舅妈嗤之以鼻，轻声说：“想创业也不撒泡尿看看自己的本事！没阅历，没能力，没社会关系，要嘛没嘛，一个书呆子什么都不懂，还创业？！净想着糟蹋钱！”大林面红耳赤，和舅舅吵了起来，大林妈立即劝解。倒是柏柏实在听不过去，出来说：“你们无耻不无耻啊？有本事自己赚钱去，别想着吃软饭！嫂子的姥爷身体还好着呢。人家父母也才五十出头，你们瞎做梦，神经！”满屋人都憎恨地瞪着他。柏柏看看这个，瞅瞅那个，扭身又回屋了，顺手狠狠地摔上了门。

人家一家子算计翡翡家的房产，那边翡翡妈还在长吁短叹，奇怪大林怎么还不来接翡翡。连着两个星期过去了，连个信都没有，翡翡妈心里七上八下，担心翡翡那天说要离婚把大林也给伤了。和翡翡爸商量了半天，决定给大林打个电话。

“大林啊，你爸妈还好吧？翡翡不懂事，你们多包涵啊，你也多劝劝你爸妈，今天晚上咱们去天开酒店吃个饭吧。大家一起坐坐，把不开心的事都忘了吧。”大林刚要说话，就被大林妈抢过话筒了，翡翡妈忙问候了几句，提出晚上大家一块儿吃个饭的想法，大林妈鼻子里哼了一声，说："亲家啊，关键是现在我们家大林也很伤心啊，想离婚了，这两天，我一个老姐妹给大林介绍了个漂亮的女大学生，她爸是什么局的，说是让我们今晚陪大林相亲去，再见啊！"

翡翡妈急得对着话筒"喂"了半天，才无力地放下。紧接着又给翡翡打了电话。翡翡听了说："妈，没事，你别操心了，船到桥头自然直。"放下电话，翡翡捂着脸，好半天没说话。想给大林打个电话问问到底怎么回事，又觉得没有必要了，呆呆地发怔。小A、小C和翡翡关系不错，都跑过来问她怎么了，她低声说了，疲倦像潮水淹没着她所有的力气。小C"啪"地一拍桌子，开始骂翡翡怎么碰到了这么一家人。翡翡脸色苍白，对主管说："大姐，我想进业务部，你帮我和老总说说好吗？"

翡翡虽然憨厚，可毕竟不是傻子，她当初应聘到这家公司的时候，就安排她做对外业务，没几天，人家发现她嘴笨，离做业务所需要的八面玲珑、见风使舵差了十万八千里，马上把她调到材料科管单位资料去了，翡翡也有自知之明，安心地一做就是三年，现在业务部的同仁有的月薪过万了，最差的也七千元，她仍然是按月拿着可怜的一千三百元度日。

主管奇怪了，怎么突然说这个？翡翡静静地说："业务部待遇好点，我想既然要离婚，我妈的二十万就瞎了，我想赚到二十万还给我妈。我知道自己表现不好，不过，我以后肯定会好好干的，我能承受业务部的压力……"主管想了想，决定带她去老总办公室碰碰运气。

老总是个胖男人，他看看一脸坚决的翡翡，不好打击她，就说："那你试一个月吧，先领原来的薪水，转正了再说。"翡翡点头，哭了，说："谢谢您了！"

之后，翡翡一直在业务部忙着熟悉业务，工作的劳碌慢慢冲淡了大林相亲事件带来的痛苦，翡翡妈知道女儿事业要紧，也不催她了。

两个月过去了，大林坐不住了。那天他妈说相亲，被大林好一顿埋怨，他屡屡想打电话给翡翡，毕竟他很想念翡翡，新婚夫妻嘛，他也知道妈妈是为他好，如果现在就把翡翡接回来，等于前功尽弃，一想到那两百八十万，大林就激动，好像看见了自己宝马豪宅，前簇后拥的得意光景，辛苦了一辈子的妈妈也能全球旅游了。这天，翡翡妈终于按捺不住，再次给大林打电话，大林也早猴急了，答应晚上两家人一起出去吃个饭。

六点整，小绍兴酒店门口，翡翡一家等来了大林一家。大林妈很矜持地对翡翡的父母点了点头，大林倒是猴急地跑过去搂住翡翡，嘴里欣喜地说："老婆，我想你了，你想我了没？"翡翡的父母一脸喜色，大林妈的嘴角使劲向下撇了撇。翡翡注意到婆婆的神色，感觉一阵恶心，推开了大林，淡淡地说："是不是你老婆现在还难说。"然后就进酒店了。大林急忙跟了进去，赔不是，"翡翡，你就别和妈生气了，一家人吵嘴还记仇啊，听话！"说着，就用他的小细胳膊去搂翡翡的腰。翡翡厌恶地甩开，径自上楼去了。她本来不想来的，可妈妈急得都快哭了，说两口子哪有不吵架的，床头吵架床尾和，夫妻过一辈子，有勺子不碰锅沿的吗？这大林都去相亲了，万一真看上了那个女大学生，你可怎么办啊？翡翡也彷徨了，真一下子就离婚了，翡翡一时半会也不好接受。

翡翡在大学里初识大林时，都是老乡，自然觉得亲切，大林又每天帮她打水、洗衣服的，陪着说话，无比殷勤，排解了多少独自在异乡的寂寞啊。翡翡一点点地让他走进了心里，然后顺理成章地结婚，外人都觉得翡翡很爱大林，翡翡也觉得大林是她心里的唯一，是她全部的爱。

结婚后大林的表现着实让翡翡寒心，他拉住她，任由婆婆打她耳光。翡翡长这么大，被父母跟宝贝一样呵护着，谁动过她一指头啊，如今受得了这样的羞辱？过后寻思起来，翡翡屈辱得浑身哆嗦，那种被凌辱的感觉刻骨铭心，一想起来她就脸色发青，止不住地颤抖。她没告诉父母，怕他们为她难过，这几个耳光太羞辱了，以致连在她最亲的父母面前，她都觉得丢脸至极，难以启齿。

今天，她用陌生人的眼光重新去审视大林，发现他原来是那么的矮小，那么的瘦弱，脸色发黄，跟在母亲身后唯唯诺诺，一点儿也不像个男人。怎么会有这种感觉呢，翡翡悲伤得无法自制！

大林妈进了包间，哎哎地说：“哎呀，不是很上档次的地方啊。”

翡翡一家沉默。

“想去香格里拉你也不看自己配不配！”门口站着个怒目而视的女孩，踢门骂道。这是翡翡的表妹王馨，泼辣厉害，咄咄逼人，一看就不是好惹的主儿。她高挑修长的身材，长长的腿上裹着黑色的紧身裤，一双大红色皮靴，雪白的紧身衣露着肚脐，露着肩膀，露着腰，染着棕色的头发，化着淡妆，一只耳朵上还戴着白金耳钉。她是翡翡姨妈家的孩子，性情火爆，二十二岁就开始和爸爸一块儿做生意。

大林妈一看是她，闭嘴了，婚礼上拍着桌子骂大林是上门女婿的就是她。王馨一直不明白翡翡怎么就看上大林这个矮瘦穷的凤凰男了。以前因为一言不合，王馨就会大打出手，今天，她听说了这场鸿门宴，特意带了她男朋友大少和铁哥们儿明明过来，那意思是，大林家要是不老实，就等着挨收拾吧！

大林妈是不敢惹她的，婚礼那天她骂大林，大林妈回了几句，王馨上来就骂，还非要过去扇她，被王馨爸死活拉住了。从此，大林妈就对这个王馨有了特殊的深刻印象。

大林看这阵势，吓得不敢说话，大林舅舅跳起来，嚷道："干什么干什么？我姐和亲家谈话，你们几个外人来捣什么乱？"他和他老婆听说有人免费请吃饭，中午就饿了一顿了。

大少咧嘴一笑："我们是亲戚，你是谁，你算什么东西，这哪有你说话的份。"

你一言我一语，说着就要起冲突了。

翡翡父母大惊失色，其实，他们根本就没想到王馨会来，早上只是和妹妹打电话时说了这事，没料到王馨居然来了，还带着人。

他们太了解这个外甥女的性格了，今天不出意外，这里非成了断墙残壁不可，大林和他妈妈能不能竖着出去都是问题。他们赶紧拉住摩拳擦掌眼看就要大打出手的王馨："你这孩子，捣什么乱……"

王馨眉头一皱，几下就把翡翡妈推出去了："姨父，你也出去，拳脚可不长眼。"说着，就把翡翡爸爸毫不客气地推了出去，然后对服务员瞪眼说："我们商量事情，不喜欢被打扰，有任何声音你们都不准管，不准报警！听见了没？"说完，把门一插，杏眼一瞪："给我打！"

她想把桌子推倒，结果桌子太沉，一下没推倒，她怒对大少和明明，大少和明明对视嘻嘻一笑，各起一脚，桌子应声而倒。屋里的阵势摆开了。

刚才大林妈一直强装镇定，她觉得翡翡父母是长辈，长辈为大，翡翡父母绝对不会让王馨真的弄出点什么事。所以她一直没跑，保持着人民教师的端正威仪正襟危坐着，大林和大林爸，大林舅舅一家更是唯她马首是瞻。

柏柏没来，人家不占这白吃白喝的便宜，为此还被他母亲大骂："有馆子不吃，烧包！"

可大林妈万没想到，翡翡父母竟被王馨毫不客气地轰了出去，此刻他俩在门外使劲敲门，叫王馨不要胡来，王馨充耳不闻。直到他们把桌子砸了，大林妈才回过神来，"哎呀妈呀，真打啊，不行，我得逃跑！"

王馨拦住往外跑的大林妈，朝她脸上猛扇几下！大林妈也不客气，上去就撕扯王馨，猛抓她的脸。大林急了，挥着胳膊，直冲王馨去了，被大少一把抓住，一下子甩了出去。大林爸正要冲过去，被明明给挡住了，大林妈顾不得自己，舍命扑过来："敢动我儿子，老娘今天和你们拼了！”

双方怒目相对，僵持了一会儿，王馨坐在一个没踢翻的椅子上，跷着二郎腿，逼视着披头散发、满面是血的大林妈：“说吧，什么时候把二十万还给我姨家？我姐肯定是要离婚的，赶紧把那二十万给我吐出来，不然小心我叫你家断子绝孙！”大林妈一听，蓦地跳了起来，翡翡家的两百八十万她还没到手，竟然叫她吐出二十万，在她心里，这二十万早已是她家的私人财产了，叫她吐出来，不如叫她去死！

大林妈急怒攻心，差一点呕出一口血来，一时间，暴怒地失去了理智，可仍然不敢对王馨动手，便以飞毛腿或爱国者或刘翔或刘易斯的速度扑到了一直在墙角瑟瑟发抖的翡翡身上，左右开弓，六七个耳光以万钧之力落到了翡翡脸上。

翡翡的鼻血喷涌而出。众人突然被眼前的情形惊呆了，王馨更是当场石化。翡翡猝不及防，根本没反应过来，耳朵被打得嗡嗡响。王馨飞身从后面一脚踹在大林妈的腰上，把她踢开，赶紧跑过去看翡翡，翡翡鼻血流了满脸，惊惶而不知所措，哆嗦着嘴唇说不出话来。

王馨看到从小说话都不敢大声的表姐，竟然在自己的眼皮子底下被人扇了好几个耳光，气得脸都绿了，一副杀人的神情把大家都吓住了。大林妈见势不好，赶紧爬着想出去找地方报警，毕竟这是法制社会啊。刚才她被王馨踹了，这光景也不敢喊疼。

爬了几步，面前出现了一条名牌的昂贵的裤子，还有一双锃亮的鳄鱼皮鞋。大林妈愕然，抬头一看，是王馨的男朋友大少。他说：“我不打女人，馨馨你来，别站那直抽气。”王馨抄起把椅子砸向大林妈，大林妈惨叫一声，晕了过去，大林和大林爸急着来拦，被明明踹倒了。

酒店的人听动静不对，怕出什么事，就赶紧报警了。众人被请进了局子。

翡翡没想到遇到的又是上一次那个女警察。女警察难以置信地盯着脸蛋肿得高高且浑身是血直打哆嗦的翡翡。

一路上王馨死活不让她把血擦了，说那是证据。翡翡只好困窘地带着血来见人了。王馨、大少，还有明明，和警察像老熟人似的打着招呼，大少和明明掏出烟给警察点着，连声叫着“哥”，不停的赔着笑脸。

那五大三粗的警察推开烟：“去去去！怎么又让我看见你们了？知道就没好事！说吧，这次又打了谁？”明明嘻嘻一笑：“张哥，这可是我托人买的进口烟，绝对好，您尝尝。”张哥接过烟，敲了他脑袋一下，“你小子，就不长记性，以后少给我惹事！”王馨把翡翡拽过去，说：“张哥，这是我姐，你看被她婆婆打得满脸血，大概都打聋了，我们报案！”“你就编吧，现在这社会还有婆婆打媳妇的？”张哥扯扯嘴角。

王馨急了，把跟来警察局的大林舅舅扯过来，逼问说：“你也在现场！你说是不是你姐打的？”大林舅舅想辩解几句，看看不怒自威的张哥和王馨他们，咽咽唾沫，点点头。大林舅舅就是熊包，欺软怕硬，遇到软的他使劲作践，遇到费油的灯他马上变成一条哈巴狗。王馨伶牙俐齿地把整个事情描述了一下，把翡翡和大林舅舅听得直发晕。

王馨是这样说的："我姐家那个老不死的婆婆和她儿子上一次就把我姐打得满头是血，这次听我妈说我姨要在小绍兴请他们一家吃饭，我就想趁这个机会和那家说道说道！我说我姐一定得离婚，赶紧把我姨家的二十万还了，谁想到那老不死的爱财如命，一听叫她还二十万，上去就把我姐打成这样，你看我姐弱得跟林黛玉似的，手无缚鸡之力，光挨打去了，我得拉开那老不死的啊，就踹了她一脚，她儿子上来就打我……我们可是正当防卫啊！"打人不假,顺序错了，大林舅舅不干了，指手画脚地骂王馨胡说。

女警察想给翡翡擦擦血，被王馨拦住了，说马上就带翡翡去医院验伤，翡翡的耳朵听不见了，一定得起诉得上告，说着暗暗拧了翡翡一把。

女警察问翡翡："我们说话你能不能听到？"

翡翡有些不知所措，她不是善于撒谎的孩子，只好看着女警察张了张嘴巴。

女警察以为翡翡真聋了，不禁叹息，对张哥说："这就是上次袭警的那个老太太的儿媳妇。上次，她和她儿子联手打得这女孩满头是血，后来又撕我衣服，这不，才几天啊，又把这女孩打聋了。"

"赶紧去医院检查啊，家庭暴力啊，都杵在这干什么？"张哥皱眉说。

留下明明在警察局，翡翡父母和王馨以及大少都陪翡翡去医院了。检查结果是轻伤，耳膜没穿孔，耳朵也没问题，可王馨坚持说翡翡听不到了，翡翡的耳朵确实有点嗡嗡响，于是她垂着头不做声。

于是，医生检查了半天，结论是“外力击打引发的暂时性失聪”。

王馨拿着鉴定就去法院起诉了。翡翡父母心疼女儿，却又不知所措，拦不住王馨，只好向妹妹家求助。王馨妈和翡翡妈都表示不支持离婚，说翡翡婆婆再不好，也不和她过一辈子，大林还行就算了。王馨爸爸倒是支持离婚，支持打官司把二十万要回来，可惜处境是一比三，意见无效。

大林也受伤了，不过无大碍。大林妈满脸胶布，鼻青眼肿，牙齿掉了几颗，鼻子有点歪，最严重的是椎间盘突出了，走路要扭着走。

一开始大林家吵嚷着要告要上法院，一听翡翡家先起诉了，都愣了。

想了想，不甘心，还是要告。

打架的事作为民事纠纷处理，以前大少和明明成天打架斗殴，他们俩在警察局进来出去的都快踩得警察局不长草了，和张哥他们都混熟了，张哥知道他俩的德行，这次没出人命，也没出残废，加上大林妈的前科，警察把他们俩训了一顿，放了。

大林妈不甘心啊，这顿打白挨了？拿着病例，上法院，要翡翡家赔偿十五万。

第二天，翡翡就去上班了，业务部的人都盯着她脸上肿胀的五彩斑斓的五指山，相视无语，这里的每个人都很忙，没人在乎旁人

的家长里短。翡翡拼命工作，试图忘记被婆婆扇耳光的屈辱，可那情形总是无比清晰地浮现出来，让她痛苦难耐，羞辱重重。

最近的这个项目，是一家上市公司（M 公司）和翡翡公司的合作，这家公司收购翡翡公司的半成品部件，组装后卖到国外，他们各自的技术是保密的，因此谁也甩不了谁。而且，两家的产品技术都是国内顶尖的。这样的合作已经维持几年了，可今年 M 公司的老总把这个项目放权给他儿子了。据说，这位新任 M 公司的领导总是借口原材料供大于求，欲将收购价格压缩百分之二十，这样翡翡公司的利润就很少了，吴总很郁闷，说请那位少爷去九寨沟旅游，人家不去，反过来说，倒是很想和吴总结伴去攀喜马拉雅山，以便联络感情。

吴总一听就歇菜了，就他那高血压、脂肪肝，连崂山都爬不上去，还喜马拉雅山呢，恐怕有去的命，没回来的命了。吴总请他在王朝大酒店洽谈，他说："不浪费了，就在贵公司谈谈好了。"

吴总及业务部的几位骨干领导在会议室里谈话，翡翡想多学点业务知识，征得吴总同意，她搬了个凳子坐在角落里旁听。那位被称为杨总的 M 公司新掌门，话不多，微笑着听大家发言，大家说完了，他淡淡一笑，开始引经据典，侃侃而谈，从国内产品、国内形势一直说到国外经济形势、汇率、兑换、贸易顺差、贸易逆差……说得满屋人都眼冒金星了。这一通忽悠下来，大家都意识到眼前这个看起来年纪轻轻的掌门人，着实不好对付了。

翡翡专业学的是国际贸易，平时又喜欢研究国外的很多经典贸易案例，听完杨总一通神侃，总觉得有些地方是不大对的，可是，周围同事都没反应，难道就这么被杨总蒙了？大庭广众之下，她是没勇气开口的，即使被人强迫表达意见，她也会结结巴巴。

杨总就是在欺负人，虽然笑容淡淡的，可口气非常强硬，非要压低百分之二十，否则免谈。

翡翡下了很大的决心，斗争了好久才鼓起勇气，站起来，主动提议，想谈点自己的看法。吴总和其他同事，以及杨总皆皱着眉头看着她，老总有点脸红，自家员工如此上不了台面，够糗的。

翡翡一看大家的表情，更是紧张，结巴得语不成句，说着说着就要哭。

杨总叫人给翡翡拿了杯咖啡，叫她慢慢说。翡翡极力镇定下来，觉得杨总态度还算和蔼，就不那么紧张了。整个房间只有翡翡结巴的声音在讲述国外有过的这类案例，加了点她自己的见解，明确指出杨总的蒙人之处，好一会儿，翡翡才说完。最后，她瞥到了吴总投过来的鼓励的目光，更勇敢了，话说得也流利了一些，可她的小脸一直都紧张得通红通红的。好不容易说完了，翡翡看着大家，有些不知所措。

吴总听明白了，微笑不语。别的同事面无表情，没有人给这个勇敢站出来的女孩以鼓励，也没有惊讶，仿佛这件事多么地不足一提。

杨总蒙人的伎俩被当场揭穿，却依旧面不改色，淡淡地笑，并饶有兴致地看着翡翡的脸颊，笑吟吟地说："这位女士懂的真是不少，在下佩服，只是好奇是因为你的学问太多了才鼓到脸上的吗？鼓得这么姹紫嫣红，看来学问多了就是漂亮啊，哈哈哈哈！"杨总不顾他高高在上的形象，放肆无忌地大笑起来。吴总脸上的怒意一闪而过。有些同事露出了幸灾乐祸的表情……

翡翡蓦地想起她挨耳光的那一幕，觉得再也受不了杨总的笑声了，眼泪在眼眶直打转，一分钟后夺路而逃。

商谈会结束，大家都散去了。吴总从会议室出来，见翡翡躲在走廊角落里抹眼泪，不禁叹口气，走过去，浅浅地表扬了翡翡一下，说："既然你懂这方面，就暂时加入这个项目组吧。"另外批给她半天假，让她去医院看看。

翡翡终于接到了她的第一个任务单子，难过之余还是多了几分开心。

中午，杨总和大家一起吃工作餐，四下看看，发现和他争辩的翡翡不在。就问："那个学问太鼓的员工怎么不在？"

老总有些不悦，迎上他的目光："估计她还躲在哪里哭呢。她还是个小姑娘，杨总，希望你以后口下多留情一些哦。"

"哦，呵呵。不好意思，我以后多注意。"杨总低头忍住笑。

翡翡回家后，看到王馨和小姨来了，还带来了进口的化淤药膏，正说着家常话，这时大林来电话了，说他还在医院，无法行动，他舅舅和舅妈不管他，他电话里一直跟翡翡说对不起，他妈那是神经失常了，不该打翡翡，不知翡翡怎么样了，说到最后，想叫翡翡去照顾照顾他。翡翡心情很复杂，也不知该说点什么，支吾了几句就挂了。

电话刚刚放下，又响了，这次被王馨抢了过去，一听是大林，就得意扬扬地说："我姐没时间，要约会呢。你妈不是让你和一个女大学生相亲去了吗？就让那个女大学生去照顾你呗，还叫我姐干吗？对了，明明正准备追我姐呢，明明你知道吧，他可是咱这掰着手指头也能数过来的帅哥，家里又有钱。唉，人家就看上我姐了，还非得约我姐下午去逛街，没空去慰问你了，你好好照顾自己吧。”

翡翡和她父母听得是瞠目结舌。

王馨又立即给明明打电话，让他开车来接翡翡出去玩。翡翡不干，告诉王馨别胡闹了，王馨跳脚说：“你傻啊？话都说出去了，你就是不做别人也当你做了，白冤屈！明明多好啊，我早就想给你牵红线了，都是熟人，窗户纸捅破就好了！”说着就把翡翡往外拉，翡翡懵得晕头转向。翡翡父母急忙拉住翡翡，说：“不行啊，你可别瞎折腾，这不胡闹吗！”

王馨恼了，大声道：“大姨，姨父！我懂人情世故，听我的没错！别拦我们，翡翡，走！”

明明已经在楼下等着了，倚在他的凌志车上抽烟。风和日丽，玉面郎君，玉树临风。

翡翡突然有点脸红，很多女孩子看见帅哥就脸红，她也不例外。

王馨过去冲明明嘀咕了几句，明明咧嘴一笑，躬躬身说：“得令！母夜叉！”王馨好一顿揪打他。

翡翡和明明上车了，车里放着周杰伦的《东风破》，两人在音乐声中沉默着。车子驶上了东海路，明明说：“咱们去海底世界玩吧。”翡翡急忙摇摇头：“太贵了！”

海底世界门票一百元，她从来没去过，刚毕业那会儿，大林曾提议说，想和翡翡去海底世界玩，大林妈很不悦，张口就说：“你们才赚几个钱啊？你们俩去一次就两百块钱，有这钱怎么不想着孝敬一下你爹妈呢？你工作了，挣钱了，给我和你爸买过什么呀，先想着自己享受？！”

大林讷讷地，翡翡看着未来的婆婆，也不敢说话。

大林爸开口了：“唉，现在的年轻人啊，凡事就知道最先考虑自己！”一边感叹，一边低头翻着报纸。翡翡嗫嚅了半天，也觉得公婆说得有道理，暗暗责怪大林并深深自责。现在想来，那会儿就能看出大林父母是不好相处的人，而自己竟然毫无发觉，还觉得大林父母的话很正确，真是白痴！

转眼，车子就停在了海底世界门口，明明不顾翡翡的阻拦，硬是买了票，翡翡害羞地要还他钱。

明明说：“就两百块钱至于吗？你是王馨她姐，我照顾你是应该的。”说着，就拽着翡翡进去了，海底世界里琳琅满目，美不胜收，很多珍奇的海底动物翡翡都没见过，翡翡看得目不暇接，烦心事暂且抛到脑后。翡翡在里面看得流连忘返，最后，恋恋不舍地和明明出去了。

两个人玩得有些饿了，找了个地方吃饭，翡翡不住对明明道谢，以至于明明说，“你再谢我我就一头撞死”，翡翡才不说了。

旁边桌子，一个女人在打电话，吆喝说：“……又离婚了，哎，她怎么走了这一步啊，再婚的没几个过得好的……”这话一下子触到了翡翡的心事，她一下子沉默下来了。明明问怎么了。翡翡想了一会儿，抬头看着明明黑亮的眼睛，问：“明明，你会跟一个离过婚的女人结婚吗？”明明想都没想就摇头说：“不会。”翡翡低下头，突然感觉没食欲了。明明看到了她的情绪变化，安慰她说：“不过那也得看什么人，如果是我真正爱的人，我就不在乎。比如王馨，她就是离婚三次，只要她同意，我立马和她结婚。”翡翡小小吃惊了一下，转念想想明明对王馨的感情，释然地笑笑。“没什么，好多年了，大家都知道。可你妹妹不要我，嫌我不成熟，妈的！好像她自己多成熟！”明明灌了几口酒。

回家的路上，两个人又都开始沉默了。下车的时候，明明说：“翡翡姐，生活是自己选择的，路是自己走的，人就一辈子，凑合凑合过得不开心是一辈子，尽情狂欢也是一辈子。对自己负责才是最重要的，每个人都需要追求幸福，天下没有那么多想不开的事！”然后他开门，转过去，给翡翡开门。有些习惯性的，他拉着翡翡的手往家走。

随着一声怒吼，大林从暗处扑了过来，好像一头暴怒的狮子，直扑着翡翡就去了，伸拳头就要揍她。大林妈在后面喊：“不守妇道的破鞋！”

原来，大林接完王馨电话后，就坐不住了，强撑着就要下床往外跑，他妈说他相亲那事纯属吓唬人的，王馨抓住这事挤兑他，他哑口无言。可是，翡翡要真去相亲，那可怎么办啊！一想到这些，他就害怕。大林妈看他要下床，急问怎么了。大林说了，穿衣服就走，他妈“呸”了一声，说：“让那家人骗你吧，结了婚的女人不值钱了，谁还要她？”大林不听，强撑着非要去翡翡家。大林妈终归不放心，怕儿子吃亏，还是陪着大林一起去了。

明明不想管人家两口子的事，他就听王馨的，王馨叫他干什么，他随叫随到，除她之外，他亲娘都难支使他。这时候，他选择沉默，觉得自己说什么也不合适。

翡翡吓得面无血色，跟小猫似的，大林气势汹汹地骂着："说!你和这个野男人一下午干什么去了？我们还没离婚呢，你就这么明目张胆地勾搭男人？！"大林妈在旁边添油加醋，激得大林更加怒火万丈。

吵闹声把翡翡父母也惊动了，老两口跑出来一看，就吓坏了，赶紧拉住大林母子赔不是，小区散步的人三三两两围了过来，议论纷纷，翡翡父母觉得头都抬不起来了。

明明有些烦了，对大林说："你怎么连你媳妇都信不过？你媳妇什么人你不知道吗，像个男人点！"大林立马把怒气转移到了明明身上，"你他妈的算哪根葱，我管教自己媳妇，关你屁事！"明明哪里是好惹的，凑过来就要动粗了，"你敢！"大林妈大声喊。明明死盯着大林，一语不发。大林不由自主地后退了几步。围观人群中，传来嗤嗤的笑声。大林异常困窘，他知道自己不是明明的对手，动手只会让自己吃亏。再说，他本心也不想挨打。大林就杵在那儿，前不得，退不得，一张脸在路灯下也能看出和红盖头一个色儿了。

大林妈护着儿子，当然清楚儿子和明明单挑，自家人肯定吃亏，可就这么僵着，也实在下不来台，于是，转过身对着翡翡父母发横："你俩看看！这叫什么事？还有这样没天理的事吗？野汉子都跑来发横了，这就是你们家教育的好女儿？！"翡翡父母确实也觉得女儿做得不得体，可大林妈的态度又实在可气，可是，当着这么多人，面子还是要顾及的，只能沉默着。明明冷眼瞪着不敢动弹的大林，哼了一声，和翡翡父母打了声招呼，扭身走了。翡翡父母呼了一口气，劝大林妈也回家吧，找个合适的时间，再谈儿女们的事。围观的人也慢慢散去了。

大林一把扯住翡翡，让她回家。翡翡妈说：“今天晚了，翡翡也累了，有什么话明天再说吧。”大林妈拽过儿子，扭头就走，大林无奈，只好走了，可是一路上不住地回头。

回家后，大林把自己关在卧室抹眼泪，他妈在外面敲门，叫他吃饭，他没好气地说：“不吃，死了算了！”大林妈气也不打一处来，“我拉扯你这么大，就是让我生气的吗？自己媳妇管不了，回来跟当娘的撒气！你长本事了，是吗？”“还不都是因为你！我好不容易把她娶回来了，你给我打跑了，你在学校霸道惯了，学生都得听你的，我也得听你的，人家翡翡凭什么非得任你打骂？你是她妈还是她老师？”大林妈耐住性子，哄儿子，“别听她瞎闹！她要真敢离婚，谁还要她啊？就是离，咱也不怕，妈再给你找个比她强一万倍的！”大林气得一抹眼泪，怒道：“好！离婚！那你把二十万还人家吧！还天天想着人家的两百八十万，我离婚了，你上哪弄两百八十万去？”大林妈昂头说：“哼！二十万是她的嫁妆！想拿走，没门！妈再给你找个更有钱的更漂亮的，别说两百八十万，多少万也是咱家的！”“妈！你走开！你别做梦了！有钱的漂亮的会要我这个二婚的？”大林快疯了。大林妈笑了：“傻儿子，你懂什么？离婚的女人是根草，二婚的男人是个宝。就咱这条件，不愁找不到更好的。乖！吃饭了！”

那边翡翡家，翡翡妈苦口婆心地教育翡翡：“你这孩子，就不能叫父母省点心！大林去相亲，你也跟着瞎闹，你一个结了婚的人在外面和别的男人手拉手的，叫人看见算什么？”翡翡洗完澡擦着头发说：“别人爱怎么想就怎么想！孙大林不是去相亲吗？相吧！我凭什么不能去？”翡翡妈一边帮她擦头发一边说：“傻孩子！大林那是胡说！今天下午，大林和他妈坐咱家等了你一下午，给你打电话你关机，大林急得抓耳挠腮，直跟我道歉，说他绝对没去相亲，是逗你玩的！叫咱别往心里去，你和大林还是新婚的小夫妻呢，你就和明明那么亲热，不好啊，叫别人指咱的脊梁骨呢。”翡翡爸唉声叹气，他一辈子老实巴交的，最看重的就是名声，今天翡翡和明明那样亲热，不知背后被小区的人怎样议论呢，让人指着鼻子说他教女无方，刚结婚就偷汉子，哎，没脸见人了！

翡翡还在那里不懂事，跟她妈顶嘴说：“妈，你别唠叨了，我不想和大林过了，我看见他就生气，我想离婚。”翡翡爸再也忍不住了，站起来大发雷霆，“你想过就过？不想过就不过？当初我和你妈反对你这婚事，你死活不听。现在你看清楚你婆婆是个什么材料了？才结婚就离婚？我和你妈这老脸往哪儿放？再说，大林怎么了？他对你哪点不好来着？去小绍兴那天，他看见你就高兴成那样，你呢，爱答不理的，告诉你，任何男人看见老婆和他妈厮打，也是第一个把老婆推开，不管谁对谁错！他还能把老人推开？那还叫个人？那叫畜生！大林今天拉你，为什么？因为他着急！他一下午急得跟热锅上的蚂蚁一样走来走去，晚饭都不吃，急得在楼下一直张望你，你呢，那么晚了还和明明手拉手的。你叫大林怎么想？哪个男人喜欢戴绿帽子？”翡翡见爸爸真的恼了，不敢再说话。爸爸几年不发一次脾气，发一次就火冒三丈，叫人害怕。

翡翡爸最后说：“我也知道大林妈不是善茬。馨馨也帮你教训她了，谅她再也不敢对你动手了。日子还得过！那二十万咱是给错了，也没办法了，你好好和大林过，以后他父母死了还不都是你们的？你把大林工资卡要过来，不行就出去租房子过段时间吧！”翡翡虽然不敢顶嘴，却愤愤地扭身回屋了。

今天本来挺开心的，和明明去了海底世界，坐着凌志，享受着明明温柔的照顾，旁边多少豆蔻年华的女孩子用羡慕的眼光看着她啊。她好像又回到了无忧无虑的学生时代。这才是做女人的感觉呢！和大林在一起，大林整日地絮叨怎样省钱，能走路就不坐车……翡翡最常听大林说的一句话就是：“什么什么又涨价了！”大林从来不想怎么样多赚钱，当然他也没那本事，唯一能想的就是怎样省钱，怎样勒紧裤腰带过日子。如果一辈子面对大林那张市侩寒酸的脸和大林妈那张太后脸，以及大林爸那张故作清高的小市民脸……翡翡把脸埋在枕头里，茫然不知所措。

为什么那么早急着结婚呢？真是后悔！

翡翡不喜欢待家里了，父母的唠叨让她心烦。她干脆把所有的精力都转移到工作中，以摆脱感情的烦恼。现在，她最想的就是好好地做成杨总的项目。翡翡查了很多资料，想对付杨总只能把他别的路给堵死，还得让他看见是怎么样被堵死的。

翡翡爸是搞机械的，虽然没多高的学历，可是自己多年来学着看图、画图，到现在已经是一位高级技工了，说起来和工程师的水平差不多。从小翡翡就跟爸爸在车间玩，弄一身油，可对机械也看懂了不少，爸爸经常在家摆弄机械，画图纸，翡翡耳濡目染地也学了不少真本事。当下，翡翡就拿着吴总的一纸批示去车间研究这个项目的机器去了，研究透了，就去找吴总要预付的差旅费，全国做这个项目的一共八家，翡翡得挨个去摸底。毕竟，杨总压价百分之二十不是小数目，也不是就做这一次，长年累月的那得损失多少啊。

翡翡刚才做了个计划给吴总，吴总叫财务算算大概需要多少差旅费，叫翡翡下午来找他签字去领取。翡翡小心翼翼地敲门，有人说:“请进！”有点耳熟，却不是吴总的声音。翡翡纳闷，还是进去了。竟然看见杨总坐在真皮沙发上看报纸，翡翡的脸腾地红了，一看见他，翡翡就不由自主地想起那天他讥讽她的事，进而联想到婆婆两次抽她耳光的屈辱，那屈辱是翡翡毕生难忘的。翡翡咬着下嘴唇，脸色就不那么好看了。杨总看见她也很意外，故意很仔细地看了看她的脸，自言自语说:“今天学问不大了。”言外之意就是今天翡翡的脸不肿了。翡翡气得要冒烟，笨嘴拙舌地又说不出什么。只是站在那里生闷气，杨总懒得理她，又低头翻报纸。吴总很快回来了，看见翡翡，就来给她签字，签完字，又觉得翡翡一个人去有点不放心，她自己可没单独出过差啊，可别出什么意外，现在外面拐卖妇女的可是成群结队，浩浩荡荡啊。

吴总还是决定让工作量不大的小D陪她一块儿去。翡翡直说:“不用了不用了。”杨总看着报纸，头也不抬，说:“用吧用吧。你脑子不够用的，小心把你拐卖到山西黑煤窑去。”吴总接口:“她手不能抬，肩不能扛，又不能当劳力用，煤窑拐她干什么?”杨总嘿嘿一笑，放下报纸，抬头说:“去当慰安——”吴总冰冷的目光如同利刃一样扫过去，杨总立即住口。

翡翡还不明白，追问道:“为安什么?”吴总说:“他说外语呢。你去吧。能买到票下午就出发。”

翡翡一出门，吴总的脸色刷地就阴了，面沉似水，“杨战，我和你父亲也有多年的交情了，他可是非常儒雅厚道，当然，我也很敬重他。”语气一转，“论年纪，我也能当你叔叔了，我也算是看着你一步步长大的，看着你渐渐的成熟，接手了你父亲的生意，我也为你爸为你感到高兴。你的口碑在业内是有名的狠辣无情，精明机变。我一直以为那只是你在生意场上的手腕，没想到你对一个涉世未深的女孩都能说出这种话!”杨总沉默了几秒，摸摸鼻子，就事论事地说:“Sorry，我以最诚挚的态度表达我最深的歉意。”语气很诚恳，可怎么听怎么像在演戏。吴总叹声气，不和他计较了。杨总却开口说:“我没想到叔叔的公司喜欢养羊。”

吴总愣了一下，继而无奈地说：“她就是一只羊，你还能期待把她变成一条狼不成？”“那就看她是在羊圈还是在狼群里了。如果都二十多岁了还甘心当一只羊羔，就别怪后面的狼张开血盆大口了。叔叔，我一直很欣赏一段词：暮春三月，羊欢草长，天寒地冻，问谁饲狼？人心怜羊，狼心独怆，天心难测，世情如霜。狼有狼的准则，狼有狼的活法。狼也要生存，也要养家糊口。我今年三十一岁了，做了三十一年的狼，我感觉很好。”杨总淡然一笑，露出一排美加净的牙齿，有点挑战似的盯着吴总。

吴总沉吟了一会儿，说：“羊有羊的生活，狼有狼的准则，怪不得狼吃羊，谁让羊是天生的弱势呢。不过，说不准哪天羊也会变成狼呢，呵呵。人一辈子变数太多，难以预料啊。”

翡翡出差了，大林还不知道呢，在楼下等了翡翡几天，没等到，就忍不住上去敲门找翡翡了。翡翡妈说她出差了啊。大林问：“翡翡的工作不需要出差的，她是不是不想见我啊？”翡翡妈说，翡翡调业务部去了。大林只好打道回府。翡翡妈本来想和他说说让他们出去单过的事，又一想，还是等翡翡回来再说吧。大林回家和他妈说了这事。

大林妈想了想，咦！以前听翡翡说过她们公司业务部都是月薪上万的啊。大林被他妈一提醒，登时两眼放光。“对啊，翡翡现在赚大钱了！我们的小日子以后可是会越来越好喽。”

大林妈笑着说：“妈也支持你和翡翡好好过日子。再生个孙子，那咱家该是多好的日子啊。翡翡虽然毛病多，不尊重长辈，可儿子你喜欢，妈就支持！妈还不都是为了你吗？”大林喜上眉梢，“妈，你真好！我一定和翡翡一块儿好好孝顺你和爸。”大林妈边抚摸着儿子的头，边寻思：“既然翡翡一个月能挣到上万了，那柏柏开网吧的十万块钱，就有着落了。”

这天，大林妈和大林爸带着大林，提着大西瓜和橙子，来翡翡家了。一进门，大林妈就亲热地拉着翡翡妈的手嘘寒问暖，热情不已。仿佛以前发生的不愉快根本就不存在，或者已经是上世纪的事，早就烟消云散了。看着热情洋溢的大林父母，翡翡父母心里没底，不知他们这是要唱哪出戏。翡翡父母虽然老实，可不傻，大林妈做的那些事，他们表面不说，心里还是挺生气的。凭什么自己辛苦养大的女儿，落大林妈手里被任意欺负？

大林妈坐在沙发上，啃着翡翡妈切好的他们带来的西瓜，连啃几块才停下。她拉着翡翡妈的手，就开始吧嗒吧嗒掉金豆豆了，“亲家啊！我做错了啊！”说着就号啕起来，翡翡父母直纳闷，大林妈抹着眼泪，进入正题，“亲家啊，我活到那把年纪，谁不说我老实厚道啊，我这一辈子没叫别人说过一句闲话啊，到老了，别人说我欺负儿媳妇，可叫我怎么活啊！”抽搭一会儿，看翡翡父母不搭腔，她只好接着哭下去，“当年我爹妈是谆谆告诫我要孝顺公婆，我嫁给大林爸后，每天早上第一个爬起来，做一家子的饭，然后急三火四地跑去上班，那时公交车少，我带着大林去挤车，挤得孩子哇哇哭，我把大林送去了幼儿园再去上班，饶是这样辛苦，我也不敢说叫谁来替我，公婆辛苦了一辈子了，哪能再让他们操劳呢。大林爸是家里的顶梁柱，我又不敢多指望他分担家务事，所以只有咱里里外外操持了，辛苦是辛苦，可是看着一家子过得好好的，我就是再辛苦也没怨言啊！”

大林爸偷偷撇嘴，心想：“你就吹吧。吹也找个暖和地方吹，别吹掉了你的大门牙！当年你和我妈厮打滥打的时候你都忘了？你把我妈打得鼻子出血，把我爸气得得了心脏病。如果不是看在大林还小的分上，我早和你离婚了！”虽然心里犯嘀咕，可目前他和大林妈是一个壕沟的战友，于是他继续坚持沉默是金。

大林妈看翡翡那传统思想浓厚的父母对自己这套贤惠媳妇言论频频点头，不禁信心大增，又继续说：“你说咱这当媳妇的，自然是一切以夫家为重，我也是挣工资的，可说实话，我从来没舍得往自己身上花过一分钱啊，我这么干为啥呀？不都是为了这个家吗？我对自己吝啬，对公婆可是大方，公婆每季都有新衣服，海参啦燕窝啦，家里也一直不断，我公婆到现在还一直在吃我孝敬他们的海参。不信你们问大林爸。”大林爸频频点头，心里却想：“我爸妈被你气了一身病，现在吃药的钱找你要，你给一次能骂十天。”大林妈话锋一转，语气哀婉，说：“翡翡嫁过来后，我是一直按照我心里的好媳妇的标准要求她的，我不奢望她跟我一样，如今这年头，世风日下，人心眼都多了，什么事都只为自己考虑。哎，我不是说翡翡，我就是觉得公婆再怎么样也是长辈呀，都说养儿防老，要是娶了媳妇就把爹娘都忘了，那还不是畜生？百善孝当先，孩子们年轻不懂事，我是尽力把他们往好路上领，就怕小辈们做错了事惹得别人说三道四的，我和大林爸都是要脸的人，就怕别人笑话啊。”翡翡父母跟着她的话转，转得晕头转向。她讲的都是中国几千年来的传统美德，她这样要求翡翡是应该的啊，人家说得句句在理，翡翡父母觉得翡翡在人家当媳妇确实太不称职了。

大林妈又说：“我们那会儿，哪有敢打婆婆的啊，还不被男人打死，还不被街坊邻居的唾沫给淹死。他们小两口度蜜月回来，我特地花了很多钱买了上好的排骨炖给翡翡吃，我从心里是把翡翡当亲生闺女啊，可翡翡呢？打得我满脸是血……”大林妈哭得说不下去了。

翡翡父母满面羞愧，无言以对。大林妈又说：“我知道翡翡恨大林那天推了她，是大林不好。我在这儿给亲家赔罪了。翡翡是要和大林过一辈子的人，我这个当妈的呢，也老了，没几年活头了，对大林和翡翡也奉献不出什么来了。大林就是帮助自己媳妇来打我也是该的，翡翡再怎么打我这个婆婆，大林都不该推她。大林，你还不快给你岳父岳母赔礼！”

大林忙上前说：“爸、妈，那天我看翡翡打我妈，我真是急了，就推了她一下。我错了，请爸妈原谅。”翡翡父母还能说什么呢，只能一个劲儿地自责没教育好翡翡，忙安慰大林妈：“翡翡这孩子确实做得不对，你管教她是应该的，应该的……”大林妈抽搭了一会儿，泪眼婆娑地说：“亲家，我想好了，翡翡看来是嫌弃我们老两口了，我决定和大林爸还有柏柏搬出去住，房子我都找好了。等翡翡出差回来我们就搬走，只要他们两口子过得好，我们当老人的怎么样都成。”大林父母说着就非拉着翡翡爸妈去看他们租的房子。翡翡爸妈不太想去，可被大林妈死活拽着就出门了。

大林妈一直把翡翡父母拉到了李沧区，李沧区就是李村和沧口，工厂多，污染重，离海很远。翡翡父母看着这个偏僻简陋的地方很难为情，这时大林妈又指着一处地方说："亲家，你看这就是我们要租的房子。"翡翡妈一看就眼冒金星，那叫房子吗？那不就是个破仓库吗，门在风里不停地咣当作响，里面破烂肮脏不已，带着刺鼻汽油味的破棉絮到处都是，四壁脏得看不出本来颜色，还四处透风。大林妈顺手捡起几块棉絮说："没啥，收拾收拾就能住人了。"大林爸接过话茬："这儿可便宜呢，一个月三百块钱，虽然没有电，没有水，没有下水道，可是很便宜啊，翡翡和大林赚钱都不多，以后再有了孩子，就更不够花了，为了孩子们，我和大林妈一定得省吃俭用，省下一分是一分啊，以后孩子们用钱的地方多了去了。"翡翡父母心有戚戚焉，觉得这事大大的不合适。这传出去还不被人笑话死！于是就劝阻大林妈，他们老两口不能搬出去，要搬也是孩子们出去。无论翡翡父母怎样劝说，大林妈就是一口咬定等翡翡回来，他们老两口和柏柏就立即搬到这个鬼地方来住。

翡翡父母无奈，回家了，路上俩人念叨："大林妈其实也是很不错的人啊，以前咱都是误会她了。翡翡能摊上这样的婆婆，也是孩子的福气啊。"

第二天，大林下班就直奔翡翡家。

他哭丧着脸对岳母说："妈，我真是不孝啊，没能力自己买房，还连累我父母那么大年纪了，出去租那个没电没水的破仓库住，我昨晚难受得一夜没睡，想了个办法，我想和翡翡出来单过，可又没钱租房子，现在租房子起码一千多才能租个像样的，可我一个月工资光租房去了，怎么养家养翡翡呢？""是啊是啊，"翡翡妈说，"我也觉得不能让你父母出去住。"大林立即顺着翡翡妈的话锋转："我想过了，我和翡翡搬回来住，就住翡翡原来的卧室。虽然小点，也够了，只要一家人和和美美，什么都无所谓。翡翡对我妈的误会很深，一时半会怕也好不了。你和爸年纪大了，也需要人服侍，我以后就天天服侍你和爸。妈，你看怎么样？"翡翡父母看大林说得如此诚恳，虽然觉得住一起不太方便，可是想到如果以后能和翡翡每天在一起，也是幸福得不得了的事，因此立马就同意了。

当下，大林立即跑到厨房去洗菜做饭了，他在家也没干过啥，什么也不会，不是洒一地水，就是油锅快起火了，再不就是切了手指头了，大林妈看女婿手忙脚乱一头大汗，心疼地叫他去歇着，她来做。大林不听，一直和她抢活干，一团母子和谐亲热的场景。饭后，大林又抢着洗碗，打扫厨房，把地板都拖了一遍，才回去。翡翡父母感动得眼泪汪汪，直说等翡翡回来，一定和大林住家里，这个家多美满多幸福啊！

大林疲惫不堪地回了家，一头扎沙发上就爬不起来了。"哎呀，妈，都是你出的馊主意，可累死我了，家务活真不是男人干的啊！"大林妈扭着腰就过来了，心疼无比地帮儿子按摩，说："大林啊，累不了几天的，等你正式住进去了，哪天哄着你岳父岳母把房产证上换成你的名字，咱就又多一套房了！儿子，你的好日子就快来了，哈哈！”

翡翡父母心中欢喜，就把这事告诉了来串门的王馨妈妈。王馨妈妈想了想，皱起眉头，表示这事不好。古语说，远香近臭。婆媳住一起矛盾多，翁婿住一起也是如此。时间久了，难免磕磕绊绊的，大林家的人又不好相处，闹翻了脸再搬出去就是一辈子的疙瘩了。

翡翡妈也觉得妹妹说的在理，王馨妈妈想了一会，说：“馨馨那套房子借给翡翡和大林住吧，反正馨馨也不住。”她说的那套房子在四方区，是王馨姥爷的，王馨叛逆期时，经常闹离家出走，王馨姥爷就把这套房子过户给了王馨，让她住在那里，省得和爸妈天天闹别扭。王馨在那也没住几天，就搬回家了，因为那时正好是冬天，屋里也没个暖气，再就是环境实在是差得要命，满楼道堆放的煤啊木头啊太脏了。不过，王馨经常自我吹嘘：“咱也是有房一族！”王馨一直说把那套房子过户给翡翡，翡翡妈没好意思要，要了好像有点不满意爸爸当初给馨馨没给翡翡的嫌疑。可是，自从翡翡要和大林结婚，王馨再不提这茬了。问她，她不屑地说：“我不帮人养上门女婿！”现在，王馨妈妈提房子的事，翡翡妈犹豫了一下，“馨馨不同意怎么办？”“那是咱爸的房，再说馨馨根本不要那个房子。你叫翡翡去住着，馨馨顶多发阵脾气就完了。再说是去借住，馨馨真的死活不同意让大林去住的话，让他再搬出来好了。”说着，就找了钥匙给姐姐。

翡翡妈等大林又来表示孝敬拼命干活的时候，把钥匙给了他，让他去收拾一下，先搬了去，等翡翡回来就过去。翡翡妈顺嘴把这房子的来历和王馨曾经想过户给翡翡的事都说了。大林妈听大林一说，心思活动了："你说她姥爷凭什么偏心眼？两个孙女，他给王馨不给翡翡是什么意思？这房子就该给翡翡。翡翡家不富裕，翡翡姨妈家多有钱！不给没钱的，偏给有钱的，什么事啊。你先和翡翡去住着，过段时间你就让翡翡把房子过户过来！"

王馨妈晚上和丈夫说了这事，丈夫踱了一会儿步，沉吟说："这事办得不妥。就馨馨那脾气，知道这事能不翻脸？闹得你灰头土脸的就不好看了。""我都把钥匙给她了，你不早说！""你也没问我啊，你呀，心眼儿太直，大林妈真能去住那个仓库？打死我都不信。你说她能把翡翡逼着去住那仓库，我可能还信！"夫妻俩说了一会儿，王馨回家了，他们也就不再提这事了。

过了两天，王馨爸爸越想越不对劲，就开车去四方了。不看倒好，这一看，把王馨爸爸气得都哆嗦了。王馨爸爸看到在单元门口，大林妈和一个六十多岁的老太太在唾沫横飞地对战，火药味十足，大林妈两只胳膊挥舞着，表情非常愤怒激动，眼里刷刷地往外喷洒着不甘和狂怒的火焰。对面那老太太也是架势十足，又高又胖的身体一直激动地往前冲，嘴里不停地咆哮着，对大林妈指指戳戳，如果旁边不是一个七十多岁的老大爷拉着，她简直要扑到大林妈身上了。旁边是一地的家具。老太太骂几句，就想把家具往楼上搬，可大林妈死活不让。

风雨欲来，大战一触即发。怎么回事啊？王馨爸爸下了车，走近几步，询问了在旁边看热闹的人。他态度亲切，装成一副八卦好奇的样子，那些健谈的老大姐们就七嘴八舌地对着他议论开了。原来大林妈和那老太太几乎吵了一天了，好像说这房子是大林妈的儿子的，他这几天陆陆续续地往里搬东西，可是今天早上这老太太拉着老大爷也雇车拉了一车家具来，也想往里搬，那儿子不让，打电话叫来了自己妈妈，于是他妈妈就与胖老太太撕扯起来了。王馨爸爸纳闷了，我闺女的房子怎么成大林的了？

原来这老太太是大林妈的继母，大林妈的亲生母亲二十多年前就去世了，她爸娶了这后老太太，这老太太宁可整天在马路上跳舞，也不去帮继子看柏柏，更别说照顾外孙大林了，大林妈这些年连过年都懒得回家一趟，和后妈越来越水火不容。大林要搬到王馨房子的事，被多嘴的大林舅舅告诉了他爹，这后妈一听，哎呀，这房子离他们家不远啊，都是四方区，就赶快来看看，一看就相中了。虽说没暖气，可是三室一厅一百二十多平米的房子，多亮堂宽敞啊。而现在他们住的房子，简直就是鸽子窝。于是老太太就鼓动老头子去和大林妈商量，要搬过来和大林一块儿住，反正房子那么大，大林两口子住太可惜了，大林妈当然一口回绝，老太太不甘心啊，想先斩后奏，早上雇了车就把家具拉来了，要搬进去，大林不许，叫来了爸妈，于是“房子争夺战”开演了。

王馨爸爸这下全明白了，觉得这家人真是可笑，他走出人群给王馨打电话叫她马上过来。此刻王馨正和大少泡温泉呢，听完爸爸电话后，王馨狠狠地说：“我日！”大少扑哧一声笑了：“日谁？日我？

大白天的当着这么多人你也好意思啊？不过，咱俩马上回房还——”

“滚！”王馨一声怒喝，大少闭嘴了，他眨巴眨巴眼睛，看到王馨利索地从温泉池里爬出来就走，知道发生大事了，急忙起身跟上。

王馨赶到时都已经晚上八点多了。大林姥爷不顾女儿反对，执意把家具搬了上去，大林妈总不能打老爹吧，气得把弟弟全家叫来评理。这会儿老太太也牵了条大大的哈士奇狗上楼了，白天太热，舍不得它出来，晚上凉了，老太太把它牵来要住这大房子里了。王馨和大少上去的时候，门关着，但仍然能听到里面激烈的争吵声。

大林妈吵了一天，嗓子都哑了，吵架这活可比上课累多了，王馨用脚踹门，里面传来大林妈的声音：“谁呀？”“王馨！”里面立即不作声了，大林家上一次被打后，王馨的威名传遍了他家每一个角落。大林妈跑猫眼里看看，发现就俩人，但还是紧张得不敢开门。王馨又狠狠地踹了一脚，喝道：“开门！”大林妈故意装糊涂：“你有什么事吗？”就是不开门。

“我的房子我要进去！你说什么事？”里面的人面面相觑，老太太说话了：“怎么是你的房子？这是大林的房子！”王馨怒极反笑，“那你们让孙大林拿出房产证来看看！给你三分钟，再不开门，我报警了！”大林妈还是心虚了，喊着：“来了来了……”赶紧把门开开，然后急忙跳到门后面。

王馨昂首阔步地走了进来，她扫了一眼满屋摆放的家具，眼里直冒火，一字一句斩钉截铁地说：“我脾气不好，先告诉你们一下，给你们十五分钟，马上把这些东西弄走，把钥匙给我。否则——”王馨挥了下拳头，大少直直地站在她身后，随时听从她吩咐。老太太先吆喝起来："你谁呀？跑我家撒野！""你家？"王馨冷笑起来："拿出房产证看看？""不用看！这就是我的房子！"老太太蛮不讲理地瞪着王馨。王馨上去抓住老太太就往外推，老太太也不是吃素的，和王馨抓扯起来。她哪里是王馨的对手啊，一会儿工夫就让老太太嗷嗷叫了起来。大林妈见识过王馨的厉害，此时缩在众人后面，看见老太太挨打，心里倒是有几分幸灾乐祸。老大爷看见老伴被打，上来推王馨，骂她滚。大少一把拽住老大爷的领口，把他搡到门外去了。

这时，那条哈士奇闷声不响，过来吭哧一下就咬在了王馨的大腿上，王馨穿的短裙，正好露着大腿，一下就被狠狠地咬住了。王馨惨叫一声，疼得几乎晕了过去，那哈士奇死咬着不松口，登时就见血了。俗话说："咬人的狗不叫。"真是这样的。大少一看王馨被咬了，登时失去了理智，两眼喷火，一脚死死踹在哈士奇的脑袋上，又顺手操起一把斧子，使劲朝哈士奇劈了过去，哈士奇脑袋上血花四溅，仍然不松口。大少手里的斧头雨点般地砍向这条恶狗，一直把它砍得血肉模糊，不成狗形了，身子被砍成了几大块，血流成灾。也不知道它什么时候松口的，王馨脸色惨白，摇摇欲坠，腿上被咬了几个深深的牙洞，红色的肉都有点翻了出来，血顺着大腿直淌。大少扔下斧子抱着王馨直奔楼下，上车朝医院疾驰而去。剩下满屋的人站在那儿发愣。

王馨父母和明明闻讯都急匆匆赶到了医院，大夫正在给王馨的伤口消毒，王馨疼得直打哆嗦，眼泪汪汪。王馨妈妈心疼得直掉眼泪，王馨爸爸拼命按捺住怒气，一边安慰女儿和妻子，一边劝阻大少和明明非要去杀人的冲动。

大林妈一路小跑就去了翡翡家，扑到翡翡妈身上就开始号啕大哭。她哭着述说了整个事情的经过，说她那个老不死的后妈想来蹭房子，她和大林爸正努力往外撵他们，王馨就杀气腾腾地来了，砍死了她爸爸心爱的哈士奇，还扬言要杀了他们全家。翡翡妈听得心惊胆战，怎么也没想到事情会演变成这样，看着亲家母那受惊了的可怜兮兮的模样，翡翡妈不禁有些埋怨王馨，心想："这房子是我和你妈让大林住的，当初我爸爸匆匆忙忙地给了你，根本没考虑翡翡，我们也没计较。怎么这孩子就这么不懂事呢。再怎么说也是你妈妈给的钥匙，又不是谁偷的抢的，就是不高兴他们住，也得提前和我说一声啊，这以后叫我怎么在亲家母面前有脸说话？"翡翡妈心里想着，不说话。但大林妈把她的神情看得一清二楚，接着添油加醋地说："亲家母，确实是你给大林钥匙的啊，不是说好让翡翡他们先去借住一段时间吗？怎么我们刚搬进去，王馨就去砍人啊？这叫我们怎么办啊？我真是没脸见你，你好不容易帮翡翡借的房子，房主竟然把我们砍了，我实在对不住你啊。"这一字字、一句句都打在了翡翡妈的心坎上，触得她的心一动一动的。大林妈口口声声说她对不起翡翡妈，可翡翡妈怎么都觉得是自己对不起亲家母。看着大林妈委屈的模样，翡翡妈想，一定要让大林住上这房子。刚才通了电话，知道王馨包扎好了，翡翡妈也就不那么担心了。

翡翡妈买了些水果去医院看王馨，先是把王馨安慰了一番，随后，抽时间把王馨妈拉出病房，王馨爸爸也跟了出来，翡翡妈问妹妹：“你们怎么和馨馨说的？怎么大林才进去，馨馨就去砍人啊？”王馨父母的脸色马上阴了下来。王馨妈问：“那你怎么打算的？”王馨爸爸在一旁，冷冰冰的不说话。翡翡妈说：“就让大林和翡翡先住那吧，不然他们俩住哪儿？”王馨爸爸开口了，不动声色地说：“那大姐准备让他们住多久？几天？几年？几十年？”翡翡妈愣了，她还真没想过这个问题。

翡翡妈张口结舌了半天，才说：“馨馨又不住……”王馨爸爸脸上浮现出笑容：“大姐，馨馨是不住。可也不能给那家王八蛋住。我们不住，可以卖可以租。难道还能闲着不成。翡翡要住，没问题。可孙大林想住，那我就得收房租了。”翡翡妈不乐意了，“大林怎么了？对翡翡挺好的，而且，对我和她爸也不错，挺孝顺的孩子。”王馨爸爸赶快打断说：“你那是丈母娘看女婿，越看越喜欢，我可没看出他好在哪里。”王馨妈妈在背后使劲掐了他一下，打圆场说：“姐，这是馨馨的房子，馨馨不喜欢他们住，我也没办法，那天我就和你说如果馨馨不同意，叫他们搬走好了。”翡翡妈的脸色也不好看了。王馨爸爸才不管呢，继续说：“大姐，馨馨这医药费你看怎么办？是你去要还是我去要？”“医药费？”翡翡妈一下子呆在那里了，她可怎么和亲家开口说这事呢。

病房里，王馨下不了床，急得推大少，说：“你去看看，我爸妈和我姨在外面说什么呢。”

大少探探脑袋，回复：“圆桌会议！他们看起来脸色都挺不好的。”过了一会儿，翡翡妈进来看看王馨，叮嘱了好好休息什么的，走了。王馨父母和王馨商量这事，王馨和爸爸的观点一样，翡翡怎么住都可以，孙大林要住，交房租没商量。

翡翡妈无奈，犹豫许久还是去找亲家说了房租和医药费的事。大林妈气得眼前发黑，可是看在翡翡月薪上万的分上，她不能和翡翡妈闹翻，不然照她的脾气早就跳高对着翡翡妈又讽刺又挖苦了。大林妈坐在沙发上拿着毛巾不断擦眼睛，轻声啜泣着。翡翡妈看她这样，也难过，都怪自己办事没办好。大林妈唉声叹气，嘴里说着：“大姐，你别上火，大不了我家这个月不吃肉了，给他们家医药费就是了。这几天我就收拾东西和老头子搬仓库去，唉，没办法，叫你跟着费心了。”翡翡妈真是百爪挠心啊。

翡翡和大林一家闹得这么僵，自然不能再回去住了，住自己家虽然好，可房子太小了，而且，就像妹妹说的，时间久了，闹出不合犯不上。可如果小夫妻长期分居，日子能好到哪去。翡翡妈和翡爸商量来商量去，决定去找老爷子，把老爷子原来打算留给翡翡的店面和王馨换了，店铺给王馨，四方区的房子给翡翡。

翡翡妈一口气跑回娘家，逼着父亲把四方区的房子过户给翡翡，让老爷子立遗嘱把店面给馨馨。老爷子愤愤地说：“我还没死呢！你就忙着分我的遗产！”翡翡妈不依，振振有词地说：“早晚都是孩子的，你能眼看着翡翡因为没房子住离婚吗？”老爷子气得把杯子都摔了，吹胡子瞪眼说：“这是什么话？哪家结婚不是男方预备房子？怎么，孙大林想当上门女婿想疯了！看见老婆娘家的房子就想住？连老婆表妹的房子他都敢想？接下来是不是就得住我这套房子了！”翡翡妈和老爷子不欢而散。

老爷子去医院看到馨馨的伤，气得跳脚，骂大林一家不是东西，又骂翡翡妈是个糊涂蛋。王馨爸爸只笑不语，关系到岳父和妻姐的事，他这个外姓人不好说什么。不过，听王馨妈和老爷子说了半天，都没说到点子上，王馨爸忍不住开口了：“爸，这事我分析了一下，大姐的意思是这房子过户给翡翡，那不就成了翡翡和大林的婚后财产了。如果离婚，这房子就得让他家分一半去。我看大林一家没个好鸟，离婚是迟早的事。爸，你说呢？”老爷子和王馨妈频频点头，“有理，有理！”王馨爸起身给老爷子倒了杯水，接着说：“爸，这房子在馨馨手里一天，大林家就得惦记一天。没准还惦记着爸的店铺和房子呢！你就是给了大姐，就大姐和姐夫两口子，没几天就叫大林家给糊弄去了！”老爷子非常沮丧地坐着，心里苦闷。

几天后，老爷子去公证处立了遗嘱，他把全部家产都留给馨馨，翡翡什么时候和大林离婚，才可以分一半。这是王馨爸爸的主意，他不在乎岳父那点家产，就是都给了翡翡他也无所谓，可叫大林家那些人霸占了去实在不甘心！

翡翡妈听到消息后，脸色发青，直埋怨妹妹和妹夫私下搞鬼。从此翡翡妈就和妹妹家不大来往了。

这阵子，大林妈仍然指挥着大林下班就去翡翡家做饭拖地献殷勤。她没事也跑到翡翡家帮翡翡妈打扫卫生，拉家常。大热的天，大林妈扭着受伤的腰，趴在沙发后面费劲地清扫灰尘，然后蹲着拿抹布仔仔细细地擦柜子、桌子、椅子。翡翡父母感动地直拉她，说：“亲家，别忙了，这……你叫我们怎么好意思呢！”大林妈站了起来，揉着腰，说：“老姐姐啊，我把翡翡当成亲闺女，她出差不能帮你们干活了，我就来替她帮帮你们，你们年纪也大了，不能太受累。”翡翡父母感动得涕泪横流啊！

两周后，王馨出院了。这期间，大林妈的继母和爸爸还是赖在王馨的房子里，王馨爸爸严令大少和明明不能有任何行动，说他自有主意。

这天，晚饭后，王馨一家三口和大少、明明来到王馨的房子里。大林姥爷开的门。王馨爸爸一进去就说：“你们把大林他妈给我叫来，今天这个房子的事咱说清楚了！”老太太摇着蒲扇，不屑地说：“叫她干什么？你家的人砍死了我的狗，砍伤了我家老头子，这账怎么算？”王馨爸爸找了张椅子坐下，微笑说：“今天就是来谈这事的，我想给你们家很好的赔偿！”“赔偿？！”老太太一下子凑了过来。“就是赔偿这套房子！”王馨爸爸镇定自若地说：“我说的很清楚！我赔偿你们这套房子！”老太太激动得站不住了。“真的？”“真的。”王馨爸爸斩钉截铁地回答。

老太太脸色有些苍白，心跳立马不规律了，在打 120 上医院还是留下来要房子的选择上，她老人家毅然选择了后者。用生命来捍卫别人家的财产，这是一种多么伟大的情操啊！她从桌上的药瓶里掏出几颗药来吞下去，然后高昂着烈士一般的头颅，开口道："行！我接受你的赔偿，虽然这赔偿还远远不够！"王馨爸爸说："大娘，你把大林他妈叫来吧，一块儿商量下。"老太太急了，"不是赔偿给我的吗？关她屁事？""那可不行，当初我大姐是让大林来住的，没你什么事，现在你住这儿不走，怎么也得把大家叫齐了说说吧。""不行！"老太太死活不肯把大林妈叫来。王馨妈妈冷笑一声，打了姐姐的电话，要了大林的电话，说了这事，叫他妈快来。大林妈晚饭都没吃完就一路狂奔而来。王馨爸爸把大林妈和老太太以外的人全部撵了出去，说要这两个当家的女人作决定就行了，不许旁人唧唧歪歪。于是大林妈和老太太在屋里每人雄踞着半个房间，各自开始玩心眼儿了。

大林妈当初是想让老太太帮她对付王馨，如果打赢了王馨，叫王馨不敢再来闹，她会立即带着弟弟、弟妹、大林和柏柏把老太太和她爹轰出去，他们家占据这房子。这叫伊拉克打科威特——美国在后。如果老太太被王馨打败了，那是老太太倒霉。大林妈坐山观虎斗，不费力气还免费看大戏。现在，没想到王馨家来这么一出戏，什么意思？大林妈可不信天上会掉馅饼，掉陷阱倒是有可能。她想看看王馨爸演的哪出戏。

大林妈对王馨爸说："我爸身体不好，我把这房子让给我爸爸了！”老太太看着大林妈，二十年来眼睛里第一次有了一丝感动。“好，难得你这么高风亮节。佩服！”王馨爸爸竖起大拇指。随即他从皮包里拿出早已写好的一纸合同，叫老太太签字。合同大意——鉴于缓和双方的矛盾，王馨家自愿拿出这套房子（什么路什么小区什么门牌号码）赠送给（空白），赠予手续和过户手续三天后一起去房产交易中心办理，然后去公证。

“大娘，你叫什么名字？我好填在这里。”王馨爸爸问。“李珍。”老太太喜上眉梢。填好了名字，双方签字按了手印。“等等！”大林妈一把抢过合同，看了几分钟，哗啦给撕了！老太太愣了一下，随后破口大骂。大林妈此刻像一个无畏的斗士一样，昂首而立，全身散发出逼人的母老虎风采。失策了！她做梦也没想到王馨家真的要让出这房子，这让她后悔不迭。老太太家有好几个下岗的儿女，如果真写了老太太的名字，到时候八成是落到老太太儿女家去了，自己可能啥也得不到。大林妈把合同撕得粉碎，老太太拼命抢也只抢到一些碎片。大林妈很硬气地说：“刚才那合同不算！我亲家对我说这房子是给大林住的，关李珍什么事？”她探头看看王馨爸爸的皮包，问：“你还有合同吗？我马上就和你签！”王馨一家笑而不语。老太太上来就是一耳光，大林妈立即和她厮打成一团。王馨一家人笑着看热闹。这个场面是早就预料到的，调皮的大少甚至拿着手机在拍她们打架的镜头。这一开始就是很可笑很容易识破的套儿，可是这两个愚蠢又自私的女人居然都掉进去了。

合同不假，可签名的是王馨爸爸。试想，房产证是王馨的，别人签名赠予房子有个什么用啊？可怜的老太太和大林妈利欲熏心，这么重要的问题都没看出来。人家一直逗她们玩呢！更可怜的是此刻大林妈被老太太揪着头发，压在身下一顿好打。大林妈又瘦又小，老太太虽然比大林妈大十岁，但人胖劲大，一看到有人和她抢房子，立即爆发出极强的潜能，大林妈被压在地上，老太太跨坐在她身上，一手揪着她的头发，一手使足劲扇她耳光，大林妈杀猪一样地号叫起来！大林妈的头发被拽住，死压在胸前，头自然抬不起来，两手只能不停乱打，忽然她的手碰到了老太太的乳房，好咧！大林妈用吃奶的力气拼命拧那倒霉的胖乳房，一只手摸到了老太太的耳朵，一把抓住，死命往下扯。老太太被揪得惨号起来……

大林妈扯着嗓子喊："大林！"大林他们听声音不对，急匆匆跑了上来，大林妈这时已经从地上爬起来了，披头散发，满脸都是血迹，她扑到厨房抄起把菜刀，塞给儿子，大哭，"大林，宰了这老不死的！她差一点把你妈活活打死！"大林一看自己妈挨了打，顿时两眼血红，冲着老太太就要砍过去，老太太吓得直往后退。

大林姥爷玩命地跟外孙抢菜刀。大林恶狠狠地推开姥爷，举着菜刀就冲老太太砍过去了！

奥地利滑雪圣地。一个身材高大矫健的男人从山峰上熟练优美地飞速滑下，他以极快的速度滑到了平地，然后摘下防护镜，等着后面的几个朋友。这男人俊朗如画，牙齿如喜马拉雅山上的雪一样，

白得刺眼，眼神却冰冷如万年寒潭。他就是杨战。

一会儿，他的几个金发碧眼的男女朋友依次滑下，凑在他身边，他用流利的法语和他们交谈着。电话响了，杨战一看，是翡翡公司业务部的韩副经理。那女孩二十四岁，业务能力很强，进公司不到三年就成了业务骨干。此女心机深沉，貌美如花，一心想嫁入豪门。这次的项目让她第一次遇到了真正的豪门公子——有品有貌的杨战，从此她对他狂追不舍。

杨战对一心想往他床上爬的各位美女一向是抱着不拒绝、不负责、不承诺的态度，而且告诉每个有非分之想的女人，他有未婚妻。可这个韩副经理为了讨好杨战，告诉了他这个项目的全部内情，甚至连翡翡这次出差是为了断他后路都告诉了他。

杨战听了冷笑不已，就那胖乎乎的结巴女孩？等着在路上被拐卖吧！杨战自己也觉得有些时候他还是比较恶毒的。这才是商海中狼的本性。韩副经理在电话里撒娇地问他："你在奥地利过得开心吗？在干什么呢？""在滑雪。很开心。谢谢。"他简洁地回答，皱起了眉头。他最烦女人缠着他，问他的行踪。韩副经理听出他的语气不善，急忙说正事，翡翡快回来了，听说她掌握了很多有用的资料，恐怕对杨总不利，最后嘱咐他要小心些。杨战冷冰冰地答应了几句，就挂了，然后搂着身边的那个明艳照人的欧洲名模准备去进行下一轮滑雪。这是他认识不久的名模，只是被他当成了在奥地利解闷的性伙伴。

再次从雪峰上疾驰而下时，他边调整着平衡边恶狠狠地想："想断我？等死吧！小结巴！"

国内，青岛，王馨的房子里。

大林拿着菜刀追杀老太太。大少乐得站了起来，拿着手机狂拍。老太太虽然年纪大点，可是腿脚利索，她一溜烟跑到阳台上，把门关好，大林气势汹汹地跑过去，一刀砍在阳台门的玻璃上，哗啦一声玻璃都碎了，掉下的碎玻璃扎到了大林赤裸的胳膊上，流血了。大林一看见自己流血，就先吓坏了，嘴里叫着："哎呀我的妈呀！"登时不知所措了，宛如受惊的小鹿一样寻找他的妈妈。

大少、明明和王馨不约而同地歪了歪嘴巴，撇嘴道："唉，真不是个男人！一头撞死算了，活着也浪费氧气！"王馨父母直感叹，那么好的翡翡怎么嫁了这么个不男不女的东西！

他姥爷抢上前夺了他的菜刀，还顺便在他脑袋上拍了一巴掌，骂道："兔崽子，连你姥姥你也敢打！"大林妈看到儿子受伤，还被姥爷打，心疼了，扑过来护着儿子，冲她爹大吼："你有什么资格打大林？你娶了个不要脸的破鞋，连柏柏都不给看！还有脸和我抢房子？你们哪天嘎巴死了这世界就干净了！臭不要脸的，有本事你躲阳台一辈子别出来，出来我就砍死你！"最后这句是冲老太太嚷的。她这一顿怒骂把她爹气得不轻，喘气都憋了，脸色登时青紫。大林妈继续破口大骂，把这些年对他们的仇恨全部发泄出来，浑然不管她爹已经不行了的模样。

倒是老太太心疼老头子，跑出来急忙问："怎么了？你可不能出事啊！"急忙把老头子扶到椅子上，给他吃了几片药。大林妈和大林冷眼旁观。老头子看起来确实不大好，刚才上楼太急了，还没喘好气，就被大林拿刀砍老伴的场景吓得手脚冰凉，紧接着又被女儿不堪入耳的辱骂刺激得脑供血不足，眼前发黑，呼吸急促。大林妈找了个蒲扇给儿子扇着风，对她爹看都不看一眼。

其实，现在不少家庭都是如此，一旦父亲或母亲找了后老伴，子女和父母的感情很快会降到冰点。大林妈对她父亲两口子积怨深久，虽然以前没撕破脸，可感情早没了。老太太看老头子的情况实在不好，想打120送医院去，可又担心她一走，大林妈立即和王馨家签合同，那可就吃大亏了。

不能走！不能走！老太太放开老头子，对王馨爸爸勉强挤出一个笑脸，说："大兄弟，你看我家老头子现在这样了……要不，先和我签了这合同？"

王馨爸爸又拿出一份合同，放在桌上，摆弄着笔，懒洋洋地说："到底填谁？你们商量出结果了没有？"大林妈立即抢过笔，要填自己的名字。她耍了个心眼，不能填大林的名字，否则就是婚后财产，填她自己的名字，大林离婚后，翡翡一点儿都别想得到。老太太岂是吃干饭的？上去就把大林妈推了个趔趄，抢过笔，就要签自己的名字。又是一番混战，最终，大林妈还是于乱战中华丽丽地签下了自己的大名，并按了手印，把合同推到王馨爸爸面前，请他签字按手印。大林妈是老思想，觉得父母为大，爸爸签字就代表女儿签字了。其实从法律上讲，王馨爸爸签字是无效的。王馨爸爸怕再出变故，立即照做，然后把合同收了放在皮包里。

等老太太用刺杀日本鬼子的力量奋力冲出重围，扑到了桌子面前时，合同早已签完，收起来了。

老太太只觉眼前一黑，就要跌倒，被老伴扶住，不断安慰说："算了算了，咱不住了，咱还不稀罕住呢！"老太太对老伴大吼："你不住我还想住呢！给了你女儿又不是给了外人，你当然不着急了！可是我的小儿子至今还租房住呢！他第一个老婆就是因为他没房子跑了，这才找的老婆也整天嚷嚷着再没房子就拉倒！我这当娘的连给儿子弄个房子的本事都没有，我还活着干什么！"说着就冲向阳台了。大林姥爷说："咱家那套房子以后给他不就行了。"大林妈立即河东狮吼起来："那房子是你和我妈的！是你的婚前财产！我和柏柏爸都有份！是妈留给我们的遗产！爸，我跟你说，你敢把房子留给她，我豁上这条命，也得杀了她全家！不信你就等着看！"大林姥爷指着女儿，发抖，一句话说不出来。大林妈猛地一把把她爹推开，跨上阳台，威逼着老太太："跳啊！怎么不跳了！给我跳啊！"老太太怒视着大林妈，大林妈见她不跳了，恨不得把她推下去。老太太吓得直叫："救命啊！我不敢了！"大林妈不顾她爹的拦阻，用劲往下推，反正老太太刚才就要跳楼，她帮她一把是助人为乐，可不是犯罪。

这一切原原本本地被大少和明明用手机拍了下来。老太太体格高大，缓过气来，一头撞在大林妈头上，把她撞得退后了几步，老太太趁机跑进房间。老太太对着王馨爸爸又哀求又威胁，"大兄弟，刚才那泼妇和你签的合同不能算数，你今天如果不跟我签，我就死给你看！"话虽如此，她可不敢再去阳台了，到处找自杀的东西，一眼看见地上的菜刀，抓起来握在手里。王馨爸爸淡淡一笑，不理她，转头对大林妈说："合同签了，你什么时候给我二十万？"大林妈吓了一跳："二十万？"

王馨爸爸拿出合同，指着合同上的条款说："此房以低价赠与乙方，乙方出价二十万购买，一周内付清全部款项，否则此合同作废。"大林妈当场傻眼了！王馨爸爸冷笑说："价值八十万的房子，你用二十万买下来，占大便宜了！你要不要？不要的话，我下午就放房屋中介去，半天就出手了！"大林妈如同当头一盆冷水浇下来，不知所措。是啊，二十万买八十万的房子，确实是天上掉黄金，可是这黄金需要她花钱买,问题是她没钱啊。一阵沉默。老太太也不吱声了，她连两万都拿不出，只能闭嘴。"怎么？不想给钱？那算了，我撕了这合同！"说着，王馨爸爸拿过合同就要撕掉。"你们也尽快搬走吧，我给了你们六十万的赔偿，你们不要，和我无关！"大林妈一听到"六十万"的字眼，立即如同弹簧一样直跳起来，去抢合同，嘴里忙不迭地说："我去想办法筹钱！这合同千万不能撕！"王馨爸爸见她自觉地入瓮了，便沉静地问她："你有什么办法筹钱？""我想想，我想想。"大林妈说。王馨爸爸冷然看着她，说："到底成不成？给个话！""成！"大林妈急忙说。"那好。"王馨爸爸拿出银行卡，把卡号和名字写在合同上，"一周内把二十万打给我，我这里的房产证和过户需要的东西马上准备好，钱一到账，同时过户。一手交钱，一手交货，怎么样？"大林妈点头如捣蒜。

王馨爸爸站起来在屋内走了几步，说："既然成交了，我也不能把这个旧了的房子就这么交给你，我王某对客户一向有情有义，这样，这几天我找专业家装公司把这房子好好装修一下，你住着也舒心不是？”这么个一百二十平米的大房子装修最起码也得七八万吧。哈，又赚到了七八万的便宜，把她幸福得几乎像洞房花烛夜的新娘了。王馨爸爸一家达到了目的，走了。

回家后，王馨爸爸喝着茶，催促妻子赶快给翡翡妈打电话，嘱咐她千万别借钱给大林妈。王馨妈妈哭笑不得，顺手打他一巴掌，说：“你觉得俺家人都是二百五啊，我姐的二十万还没拿回来呢，还能再傻得往里填钱？”王馨爸爸笑着握住老婆的手：“不怕一万，就怕万一，你姐和你姐夫你不是不了解，面软心慈的跟唐僧他娘似的，万一那老太婆去你姐那借钱，又哭又求的，你姐八成就给她了，没准连借条都不要的。”王馨妈妈一想，可不是，大林妈奸诈似鬼，诡计百出，翡翡结婚不就骗去了姐姐二十万，再去骗也不是不可能，加上姐姐生怕翡翡离婚，更会特意委曲求全地讨好大林家。

于是，王馨妈就给姐姐打了电话，告知此事。翡翡妈却问：“馨馨爸真的想把房子二十万就给了大林？”王馨妈一怔，没想到姐姐问这个，为了怕出岔子，她只好含糊其辞地回答：“是啊，不都是为了翡翡吗？”姐妹俩聊了会家常，就挂了。

大林妈竟然真的去找翡翡妈了，委委屈屈地坐在翡翡妈身边，掏出手绢擦眼睛，哭着说：“老姐姐，我对不起你，对不起翡翡，我真的没钱了，那房子我也不能要了，我还是和老伴搬仓库去吧……”她在翡翡妈面前哭了好几天，私下托人去贷款，贷了十万。大林依然天天来翡翡家做饭洗衣拖地板，闲下来就唉声叹气，说：“我真想去抢银行！我没本事，不能给翡翡好房子住，是我无能啊。真还不如让翡翡再找个好人家呢！”

无奈，大林妈试探着，小心翼翼讨好地问翡翡妈能不能借十万元给她的时候，翡翡妈心一横，答应了。翡翡妈向同事借够了十万，一股脑地给了大林妈，还让大林妈写了借条。大林妈玩心眼儿，让大林写，这样这十万元的债务就是大林和翡翡的了。现在，翡翡月薪过万，当然是翡翡还钱了，没大林什么事。翡翡妈不敢把这事告诉爸爸和妹妹，怕挨骂。王馨爸爸找大林妈说原来给她的信用卡不能用了，换给她一张打印好的信用卡号码和名字，说打这里。

王馨家要和大林妈过户了，交易大厅外，王馨爸拿着房产证和过户材料给大林妈一一看过，然后让大林妈快把二十万打入账户，大林妈往银行去打钱，喜滋滋地跑回来，催促在交易中心等待的王馨爸爸和王馨快去过户。王馨爸爸淡淡笑着，在柜台问了几句，让大林妈快把她的证件拿出来，在她拿证件的空儿，王馨爸爸打了个电话，问王馨妈，王馨妈说账户一分钱没收到。王馨爸微微皱眉，问大林妈：“你的钱打过去了吗？应该马上会收到的，怎么还没收到？”大林妈一脸不解，说可能银行系统慢，一会儿就收到了。“那就再等等。”王馨说：“我先去买盒冰激凌吃。”一会儿，王馨买了两盒冰激凌回来，她和爸爸一人一盒，没大林妈什么事。渴得冒烟的大林妈眼睁睁地看着他们父女惬意地吃着冰激凌，她可不舍得去买，她一辈子省吃俭用，自己从来不舍得买衣服，从来不舍得买根冰棍，可是对老公、儿子和柏柏却是有求必应，专门挑最好的给他们买，最贵的给他们吃，确实是典型的中国式贤妻良母。

“真没家教！”大林妈愤愤地想。最起码她也是个长辈，王馨竟然连盒冰激凌都不给她，连客气话都不说，而王馨爸爸竟然在一旁和女儿有说有笑，仿佛根本没看见她渴得直舔嘴唇，即使她不渴，礼貌上王馨爸爸也该教育女儿把冰激凌先给她吃啊！

“没家教！”大林妈再次愤愤地想，嘴上却什么也不敢说，也不敢露出不悦的神情来，因为，她面对的是王馨。如果是翡翡，她早就开骂了。如果是翡翡，买了冰激凌第一个会先孝敬她的。第一次，大林妈感觉到了翡翡是个善良温顺的好孩子。等翡翡回来，让她和大林好好过日子，再生个孩子，这个家就美满了。大林妈想着，脸上露出微笑。

一个小时了。钱仍然没到账。

王馨爸爸再次皱眉，却安慰大林妈，“不急，有一次客户给我汇款，银行说马上到账，可是第二天下午我才收到，银行系统总是出问题。”大林妈试探着说：“王兄弟，咱先把过户办了？”“那可不行！当时说好的，一手交钱，一手交货，现在就等钱到账了，万一出了娄子，房子过户给你了，钱我没收到，那算怎么回事？”王馨爸爸一口回绝。“哎呀，咱是这么好的亲家关系，我怎么可能骗你呢，我干了一辈子教师，可不是那种人！不信你去打听打听！”大林妈急得站了起来，有些激动。王馨爸爸不动声色，“我不管你是什么人！我王某做了一辈子生意，难道还能挨家挨户打听我的客户是什么人再打交道？亲兄弟，明算账！这是我的原则！”一直等到下午四点，王馨妈来电话说钱仍然没到账。大林妈急了，要去银行问问。王馨爸爸站起来，说：“你先去问，我不能等了，明天到账了咱们再来过户好了！”说罢走了。

大林妈对银行职员抱怨了半天，人家说应该是马上就到账了，把钱给她划过去了，不然明天再看看，还没到账的话银行再帮她查。大林妈郁闷地回家了。

第二天下午，二十万仍然没到账。大林妈急了，王馨爸爸勃然大怒，指责她诈骗！既然是诈骗，王馨爸就报警了，说大林妈是诈骗犯！

警方一查，那钱第一天下午就到账了，打入的账户竟然是广州的！联系了广州警方，查了录像，录像显示，钱一到账，马上被一个戴墨镜而且还带着遮阳帽的年轻人转入了六个账户，追踪这些账户，在转入的两个小时内，分别被这个年轻人提走了。而这些账户，竟然都是查无此人。大林妈呻吟了一声，几乎晕了过去。

王馨爸爸冷笑着，指着大林妈对警察说：“骗子！骗子！你打入的账户根本就不是我的！你把二十万打在广州，找你亲戚朋友提了，还一直蒙我，催我和你过户！警察同志，这个骗子一定不能让她逍遥法外！”大林妈妈呆若木鸡，脸如死灰，然后一头冲出警察局，对着大街上的车就冲了过去，大叫：“别拦我，我不活了。”折腾了半天，大林妈被警察张哥拉回了警局，她一路呜咽着，哭着抓住张哥的袖子哀求着：“同志，你可得帮我把二十万找回来啊，这可是要了我的命啊！”“真会演戏！”王馨爸爸冷笑着，“我那天特地去找你，把写着信用卡号码和名字的纸给你，你没照着打钱，你打给谁了？”大林妈急忙从包里拿出那张纸，申辩说：“就是这张纸！我就是照着这个号码打的！你看看！”王馨爸爸接过那纸，双手拿着，看了看，果决地说：“不是这张！我不认识什么金朴仁，韩国人？你亲戚？”王馨爸爸在此又玩了个花招！万一大林妈把这张纸拿去做指纹鉴定，就会鉴定出王馨爸爸的指纹，那王馨爸爸说这纸不是他给大林妈的就是自相矛盾，于是王馨爸爸用话激大林妈把纸拿出来，他接过来，这不就有了指纹！大林妈惊呆了：“怎么可能？就是这张！”

王馨爸爸说：“我在合同上原本写的那个信用卡，是我常用的，前几天一个客户说这几天要给我在这卡里汇款，我怕和你的钱弄混了，就另外给了你一张卡，这卡是我一个在广州的客户的，我最近要给他汇四十多万的款，我跟他在电话里说好了，你先给他打二十万，剩下的我这几天就给他汇过去。这一点我是不是那天就说明白了？”大林妈点头。王馨爸爸接着说：“他是在电话里告诉我卡号的，我还怕手写出问题，就叫我公司的一个小伙子给打印出来，叫他把字打得大一些，因为我也得用这个卡号给他汇款，就叫他打了好几份，给了你一份，我抽屉里还有几份，卡号我记不住，可是名字我记得，他姓刘。绝对不是你的那个什么姓金的。警察同志，我可以叫那个小伙子给我作证。”说着，王馨爸爸就打电话让小伙子拿着那几份卡号，来警察局。不一会儿，小伙子拿着几张纸来了，完全证实了王馨爸爸的话。

王馨爸爸生气地说：“你怎么回事？”大林妈百口莫辩，急得脸白耳赤，不停地说：“就是这张！”王馨妈妈用手绢擦着汗，对大林妈说：“为了你，我们差一点连客户都得罪了！我就纳闷，出什么问题了？刚才馨馨给我电话，我才知道你把钱打到一个姓金的人的账户去了，你太过分了！”王馨爸爸想了想，说：“我明白了，你知道这是广州的账户，就另外找了你家广州亲戚的账户，汇款过去，然后一遍遍催我过户，哼！太过分了。”大林妈也反应过来了，大叫着：“我明白了，你们这帮骗子，不就是想借这个房子把翡翡她妈的二十万骗回去吗？哈哈哈，做梦！我告诉你们，这二十万有十万是我跟翡翡妈要的！借条是大林写的，叫你家翡翡去还吧！哈哈！想和我斗！没门！”王馨爸爸眼里掠过一丝惊异，王馨妈妈张大了嘴，王馨跳了起来，说：“胡说八道！我大姨还能借给你钱？”他们的表现都被经验老道审人无数的张哥看在眼里。王馨爸爸拿起手机给翡翡妈打电话，“大姐，刚才大林他妈说她买馨馨房子的二十万有十万是你借的？”翡翡妈瞒也瞒不过去，就说了实话：“我看她怪可怜的，再说也是为了翡翡和大林……”“写借条了吗？”“写了。”“谁写的？”“大林。”

王馨爸爸几乎被气晕了，再问：“写了还款期限了吗？”“啊？不知道，我去看看！”翡翡妈过了几分钟又跑回来，“哎呀，忘写了，没事吧。”王馨爸爸脸都青了，对着电话吼道：“你是不是疯了，大林他妈把这二十万打到她亲戚家的账户去了，然后空手套白狼想骗馨馨的房子！”翡翡妈却生气了，说：“不可能，大林妈是个实诚人，就是脾气不太好。她怎么可能骗你呢？是不是误会了？”王馨爸爸简直是一口血都能喷出来，一下子挂了电话，脸色都气得青了。他好心帮翡翡要回二十万，反而被翡翡妈埋怨，气煞人了！

王馨和妈妈看他捂着心脏，话都说不出来，脸色青白，急忙和张哥打了招呼，把他送医院去了。医院说王馨爸爸有冠心病，不能生气，以后注意。王馨爸爸苦笑了一下，对老婆说：“我本来身体跟铁打的一样，自从馨馨被狗咬了后，我就经常觉得胸闷，原来被气得得了冠心病。”王馨妈妈后悔不迭，千不该万不该不该把馨馨房子的钥匙给了姐姐，闹出那么大的事。晚上王馨妈妈去了姐姐家，把姐姐劈头盖脸一顿痛骂！此时翡翡妈早被下午大林妈的一顿哭诉弄得昏头昏脑了，现在，馨馨妈在姐姐家发完脾气，气呼呼地走了，留下翡翡妈一个人暗自垂泪。

她一辈子老老实实做人，从不曾想去害谁，她以为天下人都和她一样，都不会去害人。她只有翡翡一个孩子，翡翡的幸福就是她的幸福，如果翡翡才结婚就离婚，这辈子还能找到幸福吗？大林虽然不是十全十美，可对翡翡还是很不错的，对大林妈，也只能尽量好好相处，只求人心换人心。翡翡妈见过太多离婚女人自己拉扯着孩子艰难度日了，又没钱，又没了青春，早早成了黄脸婆，很多女人连房子都没有，前夫再不给抚养费，一个人带着孩子的艰难令人难以想象。不是翡翡妈自私，非要馨馨的房子，而是她想趁着自己还活着，用自己最大的力量给翡翡铺好一条容易走的路，不然翡翡真的过上离婚女人的凄惨日子，作为妈妈，该是最伤心的了。女人的一生，一步错，百步歪。现在，闹得妹妹家和女儿婆家水火不容，她什么都做不了，翡翡妈真想站在窗台上一头跳下去，就此一了百了。

第二天，张哥把王馨、大少和明明请到警察局，严厉审问

二十万的下落。张哥想，这三个小鬼头一个比一个精明，一个比一个会胡说八道，稍有疏忽就被他们给耍了，因此必须谨慎。

大少说："张哥，天热把你热糊涂了吧？馨馨和我还没结婚呢，我只是暂时取得了当她护花使者的伟大资格。她家卖房子的事我能去掺和吗？"明明笑道："大少的话张哥听见了，他一个准女婿都不敢插手的事我能插手？我就是馨馨的一个普通朋友，她家卖房子的大事能告诉我一个外人？张哥，我给你出去买瓶冰镇可乐吧。"说着他就要往外溜，被张哥呵斥："站住！回来！王馨，你不会也打算告诉我你对卖房的事一无所知吧？"王馨嘻嘻一笑，说："张哥，我确实不清楚。那房子我本来就不想给孙大林住的，可我爸为了我表姐，非逼我把它卖了，我说的我爸不听，他叫我在过户那天去签字，别的事我一概不知。不过，大林妈居然诈骗我们，张哥，你们把那老不死的抓起来没有？"

"我会查清楚的，你们三个小浑蛋可给我老实点，你们打架斗殴还算小事，如果，真的查出你们诈骗，那可是要坐牢的。"张哥气呼呼地说完，拿起茶杯想喝水，发现没水，眼疾手快的明明接过茶杯去给张哥续水了。明明把水放在张哥面前，笑道："明白，张哥，我们真的不知道这事。"

翡翡回来了，稍微瘦了点。韩副经理去接的车。在车上，她就

向翡翡要资料，想第一时间送给杨战，翡翡说还没整理好呢，翻着手里一大摞杂乱无章的数据，韩副经理只好算了，把这些乱七八糟的东西拿给杨战，纯属找骂。

当天晚上，大林心急火燎地拉着翡翡想亲热，翡翡不理他，大林无趣地继续在岳母家做饭扫地献殷勤。晚饭后，大林想拉她回家，翡翡一想起大林妈就恨得咬牙切齿，不回去。翡翡妈只好对大林说："翡翡累了，你先回吧，明天再说。"大林灰溜溜地走了。第二天，翡翡去医院探望姨父，王馨把大林妈又拿了她家十万的事说了，翡翡气得眼眶都红了，不知该怎样表达她的愤慨了。王馨爸爸对她眨眨眼，笑嘻嘻地说："傻孩子，相信姨父，万一你离婚了，姨父会把大林妈弄走的二十万要回来的，哈哈。"翡翡张大了嘴巴，然后笑了。

几天后，翡翡把资料整理好了送给吴总，吴总看了一遍，吩咐打印了几份，立即约杨战来谈判。然后，抽时间把翡翡叫到办公室，给了她一个大信封，里面是一万元。吴总说翡翡的资料很全面，这些肯定能给杨战一个痛击，翡翡是花了很多心血调查研究完成的，肯定吃了很多苦，这一万元奖励给翡翡以表示对她工作的肯定。翡翡乐滋滋的，回家把这一万元给了妈妈。第二天，大林妈打电话约翡翡妈一块去买东西，俩人推着购物车在广场休息的时候，大林妈装着拉家常说："老姐姐，翡翡总算回来了，我和大林真是想她啊，我一想到儿媳妇在外面吃苦，我这心都揪起来了……翡翡这次发的出差补助肯定不少吧？"翡翡妈心眼儿直，说："补助倒没有，不过领导说翡翡干得好，奖励了一万块呢。""啊！一万？"大林妈心跳加速了。

张哥仍然在焦头烂额地追查二十万的下落，他还来医院问过王馨爸爸，可什么有价值的东西也没问出来，倒是王馨爸爸一天一个电话，催促他快把大林妈这个女骗子抓起来。同时，王馨爸爸还叫王馨每天都去买二十多个西瓜送到警局，冰镇饮料和冰激凌更是管够，警察都不好意思了，直说："别客气，我们办案是应该的，别送了。"可王馨仍然每天照送不误，大林妈可舍不得天天去买冰镇饮料和冰激凌给警察，她唯一的手段就是天天请假到警察局拿个手绢去哭，催促张哥赶快把她的二十万找回来，哭够了趁王馨不在，就偷偷摸摸地吃王馨买的西瓜，吃得直打饱嗝，还把西瓜子隔老远吐垃圾桶里。气大伤身，心情郁闷的她连力气也没多少了，吐也吐不准，吐了好些西瓜子在地板上，看得警察直皱眉。吃够了西瓜，又大吃特吃王馨买来的饮料和冰激凌。她是个很节约的人，平时不大舍得买这些"奢侈品"，此刻有了免费管够的，她不吃饱不吃好，都对不住自己。久而久之，大林妈的这套做派让人都生厌了。

警察也是人，也有七情六欲，别人对他好，他们也会感激。对讨厌的人，他们也会厌烦。案子还没查清楚，双方都有嫌疑，他们互相指责对方诈骗，在这种情况下，王馨家是怎么表现的，大林妈又是什么反应，大家心里自然清楚。

王馨爸爸也想借这事让王馨和有权势的部门搞好关系，多认识一些以后能帮她的人。王馨爸爸已经是知天命的年纪了，可王馨还小，以后的路还长着呢，家里的生意以后要全部让她扛起来。这下活泼开朗嘴巴又甜的王馨每天在警局进进出出，和警察们上上下下都熟稔了，对她今后的人生只有好处没有坏处。王馨爸爸一直很不看好翡翡父母教育孩子的方式，说他们把好孩子糟蹋了。翡翡父母把孩子关在家里，放学了按时回家，一分钟也不能耽误，晚一会儿翡翡妈就火烧火燎地到处去找，不让翡翡多接触人，以至于翡翡根本没接触过几个男孩子，一上大学没人管了就一头栽到孙大林的蝴蝶网里了。王馨爸爸鼓励孩子去闯荡，他在暗处注视着孩子的一举一动，孩子遇到困难了，他鼓励孩子自己去思考去想办法，勇敢地面对。所以王馨遇到的大少，王馨爸爸就很看好，长得帅气，善良正直，父母都是知识分子下海发了财，连外公外婆爷爷奶奶也都是书香家庭。比起来，翡翡遇到的那是个什么人家啊……

大林妈仍然每天饿着肚子去警局死命地吃，吃够了就回家，还放言，反正那二十万是被王馨家骗去的，等房子装修好了，她就搬进去，谁敢拦她，她就跟谁拼了这条老命。彪悍的人生不需要解释！另外，翡翡的一万块奖励让她是如此激动，万没想到儿子娶回来的竟然是个能下金蛋的媳妇啊！一下子就赚了一万块钱，顶儿子赚一年的了！

她的二十万没了，银行每个月的贷款是一定要还的，大林妈对儿子说如此这般……大林有些为难，“不好吧，现在翡翡都不正眼看我，我去要钱她能给吗？”大林妈一瞪眼，骂道：“没用的东西！懂什么？翡翡的钱是夫妻共同财产，她的钱就是你的钱，就是妈的钱！死脑筋！过几天你把翡翡的工资卡给我弄过来，不然她就都拿给她妈了！她是你老婆，就得事事以你为大！不听话的，就趁早打出门去！”大林觉得没那么简单，很打憷，不敢去要。大林妈可不惯他毛病，这天晚饭后就强拉着大林去了翡翡家。翡翡父母热情招呼，端上西瓜。翡翡冷冷地看着他俩，一言不发。大林妈热情地笑：“闺女，这些日子,妈真是想你啊,看看,出差一次都瘦了,妈真是心疼啊……”翡翡的目光就像要杀人一样，仍旧不说话。翡翡妈推了她一把，“傻愣着干什么呢？”

翡翡慢慢走到大林妈面前，突然伸手就是一个狠狠的耳光。当时大林妈坐在沙发上，正毫无防备地吃西瓜，翡翡居高临下，用尽全力一掌挥下，紧接着又是狠狠几巴掌挥下，足有一分钟，他们才反应过来，大林狂吼一声就掐住了翡翡的脖子，翡翡妈从来没想到老实懦弱的女儿会动手打人，而且打的还是自己的婆婆，登时双腿发软，震惊得什么也说不出来了。大林妈捂着脸发愣，刚才啃的西瓜也被打落在地板上，一向老实的翡翡竟然动手扇她耳光，而且是无缘无故毫无征兆的，她有些反应不过来了。

此刻，翡翡爸看到自己女儿被大林掐住脖子拼命挣扎，急了，他可没空去分析翡翡刚才的行为是对是错，总之，就在自己眼皮子底下这样打女儿就是不行！当下，翡翡爸爸一拳就把大林从侧面击倒了，连带着翡翡一块儿跌倒，翡翡爸爸长得块头大，身大力不亏，大林虽然年轻，毕竟又瘦又小，不扛打。然后，暴怒的翡翡爸爸一把拎起大林，就像拎小鸡崽一样，开门把他扔了出去，大骂道：“我再发现一次你打我闺女，我活撕了你！小王八蛋！”大林妈见大林挨了打，又被撵了出去，急忙去拉，翡翡妈忙去劝解，她一下把翡翡妈推了个趔趄，翡翡妈的腿被绊在茶几腿上，吭哧就摔倒了。翡翡看见妈妈被打，一股血气涌上了脑袋，什么也不想，拿起沙发上的靠垫，就扑到大林妈身上，把她扑倒，把靠垫死死地按在她的头上。大林妈被闷得喘不上气，手脚死命地扑腾。翡翡妈见了更是吓得手脚酸软，爬都爬不起来，直喊："翡翡，住手，她是你婆婆啊！作孽啊！"翡翡充耳不闻，用尽吃奶的力气死命闷着大林妈。

翡翡爸爸骂完了大林，回身听见妻子悲惨的呼救，急忙关门回屋，发现大林妈已经不动了，他怕出人命，急忙来拉翡翡，可是翡翡是铁了心想闷死大林妈，双手跟铁箍一样掰不动，爬起来的翡翡妈和翡翡爸齐心协力，好不容易才把翡翡拉开。翡翡妈哭着问翡翡："你这到底怎么了，你就想打人杀人吗？"翡翡双眼一片空洞，望着妈妈的脸，眼神茫然，什么也不说。翡翡妈看翡翡好像疯了的样子，吓得大哭起来，躺在地上的大林妈脸色煞白，没一点儿呼吸。

前几天，大林妈的学校是风起云涌，先是王馨爸爸带着一帮人去闹，要求校长把大林妈这个诈骗犯交出来，闹了好几天，弄得是家喻户晓，地球人都知道了大林妈是个诈骗犯。

王馨爸爸威胁校长说："既然她是你的职工，那她诈骗我的事你们学校就得管，你赶快想办法解决我的问题，不然我天天来闹。"校长焦头烂额，此刻大林妈已经请假了，他就打大林妈的电话，叫她回来。大林妈在电话里大骂王馨爸爸才是诈骗犯，校长气得说：“我不管你们谁是诈骗犯，你赶快把这事解决了，别让他在学校闹了，这叫什么事啊，学校给你们闹得乌烟瘴气，还怎么上课啊？”大林妈一听王馨爸爸带人气势汹汹地在学校等着她，大概还有王馨吧，大林妈一缩脖子，说：“你叫他们去警察局解决吧，我现在回不去。”校长无奈，打 110 才把王馨爸爸请走了。第二天，王馨爸爸又带一帮人来了，传达室根本拦不住，学校门口有拦车的自动屏障，可是这些大男人轻松一跃就跳了过去，一路大摇大摆地进了校长室，问校长这事怎么解决。接着，学校里贴满了大字报，上面历数大林妈一家是怎样诈骗了儿媳妇家的二十万，又是怎样令人发指地毒打儿媳妇，还有，她居然在儿子新婚期间就去找女大学生和儿子相亲，等等。

学生、老师、家长议论纷纷，另外，几十个学生模样的人在学校门口发传单，题目是：大林妈毒打老母亲。上面印满了大林妈和老太太厮打的照片，是大少和明明那天用手机拍下来的，这些照片都非常彪悍，巨搞笑。传单上还印有网址，大少把这段录像放到网上，让大家下载了去看。爱热闹的学生们纷纷去下载，看完后笑作一团，很多家长也看了，纷纷找校长说这种人怎么能做老师？另外，大林爸爸单位、大林家的小区也被如法炮制了，一时间，大林一家都成了名人。

王馨爸爸此刻正喝着绿茶，轻轻地笑着。

翡翡家。

翡翡父母看着躺在地上一动不动的大林妈，茫然不知所措。翡翡妈看她好像死了，躲得老远，惊惶地不停小声问：“怎么办，怎么办？”翡翡爸定了定神，壮胆走近，仔细看了看，说好像有呼吸，再摸她的脉搏，还有微弱的跳动。翡翡爸着急地想，送医院吗？翡翡难逃干系。不送？死了怎么办？门外还有个大林在拍门呢！最终，还是决定打 120。当 120 呼啸而来时，大林也跟着一块儿进来了，这半天了里面什么声音也没有，他妈还在里面呢，大林妈可是一贯的大嗓门，不会是出了什么事吧。

进屋后，大林看到他妈脸色煞白煞白地躺在地板上，眼圈登时红了，扑上去就扒拉他妈的眼睛，哭着求他妈快醒来。医生嫌他碍事，让他到边上去，抢救了一会儿，戴上呼吸机，把大林妈抬上担架，送到救护车上了。走之前，大林用杀人的眼神阴鸷地看着翡翡一家，恶狠狠地说：“我妈要是有事，我杀了你们全家！”没等翡翡父母说什么，翡翡先笑了起来，一步步地朝大林走了过去，大喊：“滚！”大林吃惊地看了看她，急匆匆地下楼了。翡翡父母还想跟着救护车去医院，被翡翡拦住了，“不用去，死了拉倒！我给她偿命。你们就是去了，也不讨好，还得拿医药费。”翡翡妈手足无措，给妹妹打了电话。妹妹一听，说他们马上过来。

随后，王馨一家飞车过来了，王馨妈妈先观察了一下脸色青白的翡翡，把她搂在怀里，细声问她："翡翡，你心里不舒服吗？"翡翡低头不说话，眼神一片茫然。翡翡的变化太突然了，让人心惊胆战。王馨爸爸听完全部过程，笑了，起身就把翡翡家的卧室和客厅弄了个乱七八糟，还叫着王馨一块儿帮忙弄，"大姐，你的存折拿给我。"王馨爸爸说。一头雾水的翡翡妈莫名其妙，不懂他是什么意思。"大姨，给我爸啊！我爸肯定有办法。"王馨催促着翡翡妈。翡翡妈只好把家里的几个存折拿了出来，上面也没几个钱。

王馨爸爸把存折扔了一地，又把翡翡爸的汗衫撕破条口子，把桌子上的西瓜和杯盘甩了一地。然后拍拍手，对翡翡爸说："姐夫，报警吧，记住，这是你家！大林母子诈骗我的房子不成，今天来闹事，找你的麻烦，你们拿出存折，他们看上面没钱，就把你打了，把大姐推在地上，翡翡护着母亲，他们母子就和你们家厮打了起来，为了防止大林他妈殴打大姐，翡翡不小心捂到了她的脸，她就装晕。翡翡脖子上有大林掐的痕迹，完全是正当防卫。姐夫，你记住了？报警吧，现在可是法制社会，呵呵。"翡翡妈却拉着翡翡爸不让报警，说："别报警，翡翡以后的日子还怎么过？"翡翡爸愤然推开妻子，怒道："过！过你个头！闹成这样了还过个什么意思？"说着，怒气冲冲的翡翡爸就要去报警，翡翡妈哭了，无助地说："那也不能叫翡翡离婚啊？再说如果不是翡翡打她婆婆，大林也不能掐翡翡，谁看着亲妈被打还能老实坐着啊？"翡翡爸不理她，打电话报了警。翡翡妈低头直哭，翡翡仍旧茫然地看着前方，一言不发，嘴角却有微笑。

大家惊异地看着翡翡，王馨妈急得直拉她的手，她的手冰冷毫无生气。

大林妈在医院缓过气了，醒来知道自己和儿子成了入室抢劫犯，一口气没上来，又被生生气晕了过去。大林妈住院的当儿，她入室抢劫的伟大光荣事迹又被王馨爸爸在她学校渲染得无人不知、无鬼不晓了。学校这些机关，没大的错误不能开除职工。大林妈诈骗的事儿没被认定,打儿媳妇打后妈是家务事。一个干了几十年的老教师，马上就退休了，此时被辞退，于情于理都说不过去。

省教育厅和青岛市教育局分别收到了几封打印的信件，历数大林妈学校的校长和副校长贪污受贿，在建分校时私吞了工程款和上百万回扣款，还说有证据可以证明。再历数校长怎么样打压老教师，她是个辛苦耕耘一辈子的老教师，没有功劳也有苦劳，校长因为私人恩怨，不让她当教务主任。还有私仇，这私仇是，校长曾经对她进行了令人发指的性骚扰，被她大义凛然地拒绝了……信的署名是大林妈。这封信的目的是大林妈快退休了，退休前希望能当上众望所归的教务主任，当然，如果愿望达成，退休金也会高一些。

不久，校长得知举报信的事了，脸色青白，心跳都没规律了。他的确贪污了一些，学校建分校，他多少拿了些回扣和贿赂，不过，没举报信上说的那么多。他可没想到大林妈会在背后捅刀子，校长气得浑身发抖，打电话叫大林妈来学校对质，她不是有证据吗？叫她拿出证据来看看。大林妈一听赶紧跑回学校，赌咒发誓说举报信不是她写的。

谁信她啊，根据大林妈的品性推断，极有可能是她做的。校长当着教育局的领导，厉声历数大林妈的种种英雄壮举。说到打压她，不让当教务主任的事，众所周知，当主任必须得能力出众，在同事中有很高的威望，有处理棘手事情的非凡胆略和手腕，现任教务主任非常出色，大林妈想当主任，她有那个能力吗？她有那种威望吗？问问所有老师，谁服她？谁支持她当教务主任？如果大林妈是学校领导，估计她能把整个学校贪污得渣都不剩。至于性骚扰，校长气得直骂，“我眼睛还没瞎，还没那么饥不择食，亏她怎么有脸说得出来！”校长声音很大，外面偷听的同事不少，大林妈威名远播啊。大林妈哭了起来，直呼冤枉，发誓说那信真不是她写的，请大家相信她。

举报人矢口否认，这事怎么查？教育局领导粗枝大叶地调查了一下，没发现什么问题，回去了。大林妈在学校的日子就异常难捱了。校长没和她太计较，教务主任可不想就这么放过她，想当主任，取而代之？好吧，那咱们就试试。

翡翡一直在睡觉，睡得很沉。

她公司的人来看过，后来吴总也担心起来，从翡翡出差搜集的极为全面的资料和照片来看，她事事想得周到，滴水不漏，很多老总都没想到的方面翡翡都去一一调查了，甚至翡翡还用计拆了机器部件，用针孔摄像机拍了下来。就是不明白翡翡为什么在做人方面那么无能，天才和蠢材往往只有一线之隔。吴总认为翡翡是个非常优秀的业务人才，内秀不外露。现在翡翡不大对劲，老总也皱起了眉头。

翡翡爸在王馨爸爸和姥爷的劝说下，请了精神病专家给翡翡看病，专家诊断翡翡精神方面没问题，只是压力太大，最近受了很多伤害，这些伤害超出了她精神上可以承受的范围，于是她的精神系统自动关闭了起来。这也是一种医学上的精神自我防御，精神关闭了以后，可以保护她再不受伤害了。只要翡翡能在心理上自我战胜阴影，加上家人的关心呵护，很快就会恢复过来，他还推荐了一位著名的心理医生给翡翡。

心理医生对翡翡循循善诱，翡翡只是低头，一句话也不说。再问，她就惊惶起来，站起来往外走，还喊着："别打我！婆婆，求你别打我！为什么婆婆打我我不能还手，为什么？"翡翡父母撕心裂肺，王馨一家摩拳擦掌，翡翡姥爷泣不成声。他们告诉翡翡，以后，谁再敢打她，她可以还手。如果婆婆再打她，就让她憋足劲，往死里打那个老太婆。翡翡捂着头，大哭着说："妈妈不让，她教我尊重长辈，孝顺婆婆，我不能打婆婆，呜呜，可是她打我，我该怎么办啊？我上次打她了，我觉得是我不对，我心里可乱了，我想不明白……"

翡翡妈捂着脸无声地痛哭，一遍遍地问自己："我错了吗？难道我教错孩子了……"翡翡回家后，继续沉沉入睡，经常梦里喊着："别打我！"翡翡父母一夜之间双双白了头。这天，大林雄赳赳气昂昂地开进翡翡家，坐在沙发上跷着二郎腿，得瑟地说要离婚，并要翡翡家赔偿他十万，几乎被翡翡的病折磨得精神失常的翡翡妈抢在翡翡爸发飙之前，抓过茶几上的电视遥控器就扑了过去，朝大林没头没脸地砸了起来，边砸边哭边骂："你们一家怎么这样，我今天打死你给我的翡翡报仇！你怎么还不死？"翡翡妈哭得撕心裂肺，几乎晕了过去。女儿的一辈子完了，父母的人生也就到头了，翡翡妈心痛如绞，拿着遥控器不停地捶打大林，大林几时见岳母如此厉害过，不禁心惊胆战，直往后退，哀求说："爸，妈，你们这是怎么了？"

翡翡爸一想到他刚才跷着二郎腿索要赔偿费的情形，越想越来气，抄起凳子砸向大林，大林见势不好，一溜烟跑到门边，打开门跑得无影无踪了，凳子也随之飞了出去，楼上楼下邻居听到巨响，急忙开门出来看，只见翡翡爸双眼赤红，浑身发抖，拳头捏得咯咯作响，连话都说不出来，翡翡妈则蜷缩在地上，捂着脸无助地呜咽着。有人问翡翡妈，发生什么事了。

翡翡一家忠厚老实，对任何人都尽心尽力地帮忙，谁家急需钱，跟亲戚都借不到，跟翡翡家一借，马上能借到。谁家孩子放学回家，家长不在的时候，孩子都会跑翡翡家写作业看电视，直到在翡翡家吃了晚饭才回家。翡翡妈是护士，楼前楼后的谁家有人感冒发烧什么的，都来找翡翡妈，翡翡妈从来都是有求必应。翡翡爸手巧，谁家的家电坏了，热水器坏了，他都能免费帮他们修好。这一家人向来都是与人为善的，翡翡这孩子从小腼腆害羞，见人就低声叫人，一说话就脸红，很多邻居是看着翡翡长大的。他们对这家人的评价是很高的。

大家把翡翡妈扶起来，又进屋看看翡翡，翡翡已经被外面的动静惊醒了，双手死死抓住被角，一双受惊的眼睛茫然无助地看着她们，她们看翡翡的神情不对，问她问题，翡翡也不回答，嗫嚅着失去血色的嘴唇，泪水汪汪地看着众人，又好像什么也没看见。大家看事情不对头，就去问翡翡妈。翡翡妈一直觉得女儿的婚姻弄到现在这个境地很丢人，不敢告诉别人，此刻再也瞒不住了，捂着脸号啕大哭，断断续续地说："女婿家把翡翡逼疯了，刚才女婿来提出离婚，要我们赔偿他十万……"

"刚结婚时不是好好的吗，这才几天，发生什么事了？"翡翡妈把女儿结婚以来的遭遇大概说了一遍，说到难过处，眼泪不停地流下来，双肩不停地抖动，哭声悲切，听者无不动容。大伙听了，也都是咬牙切齿，为翡翡鸣不平。

翡翡爸不停地自责："都是我不好。翡翡第二次挨打后，回家就一直不对劲，几乎每晚都做噩梦，说梦见婆婆打她，我们还劝她，不许把人往坏处想。她出差之后我每次给她打电话，她都病恹恹的，还是经常做噩梦，我不该不顾孩子感受，阻挠孩子离婚啊。"翡翡爸哭着用拳头砸自己的脑袋，任谁都拉不住。

话说大林灰头土脸地回了家，哭哭唧唧对大林妈诉说了他在翡翡家遭到的不幸待遇，他感到万分委屈。老婆把他妈打了，他提出

离婚有什么不对？其实他是爱翡翡的，他只是想吓唬吓唬翡翡，他很清楚翡翡一家怕离婚，他就是要狠狠地收拾她一次，叫翡翡以后对他低眉顺眼，这日子就好过了。

大林妈其实早就打好了如意算盘，如果翡翡家同意离婚，赔偿他家十万，正好可以给柏柏投到网吧上去，在她心里，柏柏从小就是她一手拉扯大的，和亲儿子没什么区别。如果不离，那翡翡一个月一万块的收入也是这个家的。总之，怎么算自己也亏不了。

这天，大林妈的心情也不好，在学校，主任处处排挤她，处处给她小鞋穿，以前她请假都不大扣工资，现在主任算了算她请假的天数，还说没正式的请假条，算是旷工，一下子扣了她大半月的薪水，大林妈怎么哀求都不行。教务主任早就放出话来，想干就干，不想干就滚！有的是人盯着你的位置呢。人在屋檐下，不得不低头啊！

大林妈去上课晚了几分钟，被人打了小报告，主任急匆匆跑来教室，当着学生，像呵斥孙子一样地呵斥她。她辩解，主任就说："想干就干，不想干就走人。学校给你发工资是请你来磨洋工的？当老师的都迟到，你还有什么师德？"大林妈气得找校长评理，校长看着书，眼皮都不抬，说："我们这个小庙容不下你这尊大神了，你随时可以给我辞职报告，去另谋高就。"大林妈急忙赔笑说："不会，不会，我会在您的领导下努力工作的。"大林妈整天憋了一肚子气没地方撒，回家听大林一说，再看看儿子头上脸上被打得红肿起来了，她是又心疼又气愤，一股无名火腾地就窜起来了，领着大林就扑向了翡翡家。

翡翡家的邻居都散去了，大林妈使劲踹门，翡翡爸拿着菜刀就要开门，被翡翡妈死死拉住，哭道："杀人偿命啊！翡翡疯了，你再出点什么事，我可怎么活呀！”翡翡爸流泪，放下了菜刀。大林妈在门外破口大骂：“你们该死的一家人，叫你闺女离婚了当鸡去？就怕你闺女那样的，满大街卖都没人要，倒贴的贱货！等我儿子离婚了，找个有钱的黄花大姑娘，你闺女离婚了就是倒贴着恐怕也难找主儿了。”邻居纷纷出来指责她，她对着邻居大骂：“她闺女叫我儿子玩够了，还想离婚去给别人玩！当别人都是傻子，哪个男人会要你家这个破烂货！”在大林妈不堪入耳的怒骂声中，早已不堪重负的翡翡妈感觉血直往上涌，眼前一黑，就栽倒了。

大林妈在外面疯狂砸门的时候，翡翡再次被惊醒了，一听到大林妈的声音她就控制不住地哆嗦，当听到大林妈那连续不断的辱骂时，翡翡痛苦万分地把整个人都藏进了被窝，用被子死死捂住耳朵，可那不堪入耳的辱骂仍然尖利地钻进了翡翡的耳朵。翡翡躲在被子里无声地哭泣，泪流成河。当听到爸爸异样地呼喊妈妈的名字时，翡翡惊得急忙下床，看到妈妈倒在地上，不省人事，而爸爸正急得语无伦次地呼叫 120。

大林妈见状，拉住吓坏了的大林一溜烟跑了。等 120 来了，医生诊断说翡翡妈死了，脑溢血。他们回天乏力。翡翡妈死的时候还睁着眼睛，眼神里尽是悲愤难平之色，还有无尽的不甘和不放心。死不瞑目啊！

等翡翡姥爷和王馨一家得到消息来医院时，翡翡妈的身体已经僵硬了。翡翡爸爸根本无法接受妻子突然离世的残酷事实，在医院已经放弃抢救的情况下，他满头大汗地拼命按着妻子的胸口，叫着妻子的名字，任谁劝都不听，他总是觉得妻子还能抢救过来，不停地给妻子做人工呼吸。翡翡姥爷和姥姥无论如何也不能接受这个残酷的事实，上前帮着女婿一起按女儿的胸口，希望出现奇迹。王馨和妈妈拉住翡翡妈僵硬的手哭得死去活来。王馨爸爸立即报警了。

而翡翡，木头人一样在旁边呆呆站着。她的世界完全崩溃了，本来她是自闭了，不想再受伤害。可妈妈的溘然长逝把她在自我世界圈起来的防御全然打破，这一切好像山洪冲泻而来，把她那脆弱的世界完全毁灭了。警察来了，翡翡妈的尸体早已冰冷，而翡翡爸爸和翡翡姥姥、姥爷仍然在不遗余力地按着、按着……几个警察只得强行把他们拉开。被警察拉开后的翡翡爸爸跪在妻子的尸体边号啕大哭，双手抓住妻子已无生气的手不放，此景悲切得让外人都不禁落泪。翡翡姥姥、姥爷白发人送黑发人，怎一个哭字了得！医生看他们俩也快不行了，只好送去打镇静剂。

大少和明明也闻讯赶来，大家看到眼前的情形，都忍不住落泪了。

大林妈和大林在家里有些忐忑不安，希望翡翡妈没事，不然翡翡肯定得离婚，大林妈可舍不得翡翡那一个月一万的薪水啊。当警察来敲门的时候，大林一家才知道翡翡妈死了。

大林妈“唉呀”一声，双腿一软，坐在了椅子上，头脑里顿时一片空白，嗡嗡叫个不停。“怎么死了？下午还好好的，怎么就死了呢？”大林妈好半天反应不过来，然后哭了，“我不是有意的，我真的不是有意的，我就是去出口气，我不是存心的啊！我这张破嘴哟！”大林也委顿在沙发里，直掉眼泪。翡翡妈一直对他很好，现在竟然叫他亲妈给活活骂死了，他以后的婚姻全完了！他还不想失去翡翡，他也无法想象失去翡翡的日子怎么过。他一定得去找翡翡说清楚，说他妈不是有意的，求翡翡原谅。翡翡一直都很温顺体贴，她不会让丈夫难做的，她会体谅他的，不会让他受夹板气的。大林一定要叫他妈给翡翡父女赔礼道歉，等翡翡原谅他，就没事了。

女人都是好哄的。想到这，大林就站起来要去找翡翡解释清楚。翡翡是爱他的，这点大林很自信，翡翡当然会哭会生气，他要好好哄哄，然后就雨过天晴了。大林不顾母亲的拦阻，冲出了家门。有人会说了，这大林现在去找翡翡，那不是自个儿找死吗？NO！这大林猴精着呢，他家可没脑残的基因。现在出了这么大的事，如果他躲起来不露头，让翡翡怎么看他？翡翡会更加痛恨他。他知道现在翡翡对他和他妈是恨之入骨，没办法，他也只能硬着头皮往前冲。

当下，他雄赳赳气昂昂地勇敢无畏地去找翡翡了，趁着翡翡现在六神无主(他家还不知道翡翡的精神状况出问题了)，在翡翡面前说尽好话，帮着料理丧事，让翡翡感受到她的男人是个顶天立地的男子汉！是他妈的错，他会让他妈给翡翡赔礼道歉的，杀人不过头点地，婆婆都给媳妇道歉了，媳妇还能梗到什么时候呢？日子还得过啊！他爱翡翡，他知道翡翡现在很难过，他得去安慰她，给她温暖的怀抱。还有更重要的是，王馨一家肯定不会善罢甘休，他如果能把翡翡拉过来，和他站在同一战线上，翡翡就会在王馨家面前给他做最好的挡箭牌。即使翡翡不能原谅他妈，可翡翡毕竟是他老婆啊，

她能看着他死吗？那天都是大林妈出口辱骂的，他大林可没骂一句。

大林小心翼翼地进了医院的大门，一路贴着墙根走，力求不引起别人注意，两只眼睛贼溜溜地扫视着看有没有王馨家的人。顺着悲惨的哭声，他很容易就找到了翡翡妈停放的地方，他把身子躲在拐角处，探头看到了翡翡妈僵硬的尸体，大林不禁心头一酸，眼泪就往下掉。平心而论，翡翡妈对他一直是非常照顾的。她死了，大林又何尝不难过？人都是有感情的。大林擦了擦眼泪，开始寻找翡翡的身影。翡翡正背朝着他站着。大林可没胆子进去找翡翡，他拉住一位路过的小护士，指了指翡翡，请小护士把翡翡叫来，就说有人找她。

小护士奇怪地问："你自己怎么不去找她？"大林急得说："她旁边的那些人挑唆我们离婚啊！"小护士打量了他一下，看他还有那么点文化人的样子，不像坏人，就进去轻声对翡翡说有人找她。所有人都在悲痛欲绝，没有人注意到翡翡的情况。翡翡迷迷糊糊地听到小护士在和她说话，没在意，也没动。小护士好心，看翡翡心不在焉的，就把翡翡拉到了大林面前。大林喜得对小护士好一个感谢，急忙拉住翡翡一溜烟连跑了几个拐角，看四面没什么人才停下来。

翡翡被他拉得踉踉跄跄的几乎跑掉了鞋，迷迷糊糊地就跟着他跑。她脑袋里一片混沌，几乎不认识大林了。大林讨好似的对翡翡说："老婆，是我妈不好，她做错了，你原谅她好吗？我妈真的不是有意的，她就是刀子嘴豆腐心。老婆，咱俩还得过日子，我们还有几十年要一起携手走过呢，你不是很喜欢那句歌词吗：最浪漫的事就是和你一起慢慢变老。翡翡，你在听我说吗？"翡翡看着他，目光迷蒙，好像不认识他似的。大林这下急了，说了半天都是白说，他想翡翡因为母亲突然去世，受刺激太大了，他摇了摇翡翡，翡翡还是照旧。大林急得团团转，想了几分钟，毅然决然地拉住翡翡奔到了马路上，打了个车就把翡翡带回了家。他想与其把一时脑筋不清醒的翡翡留下来让王馨家洗脑，还不如他带回家自己给她洗脑呢。反正翡翡是他老婆，他带她回家天经地义。

大林妈见他把翡翡带了回来，很吃惊。她定了定神，然后一脸堆笑地拉住翡翡的手在沙发上坐下，慈爱地说："闺女，你回来我就放心了，以前的事都是我这个当妈的错，我真不是有意的，如果我是有意的，让我马上就遭天打雷劈。以前的事我是后悔不迭啊，人死不能复生，闺女你要节哀啊……"说着就抹起了眼泪，这眼泪是真的，一点儿不掺假。

大林说翡翡受刺激了，让他妈赶快去做点热粥，给翡翡压压惊。翡翡平时就喜欢喝香喷喷的大米粥。

大林妈抹着眼泪赶快去厨房熬粥了，一边淘米一边哭，回想着自己这一辈子的不易。从小她家就穷，她父亲是工人，妈妈没工作，抚育她和弟弟够吃力了，她也懂事，从来不要求吃好的穿好的，可是看着别的家境好的女同学吃穿用度都比她不知强了几百倍，她是多么的羡慕啊！过年的时候，别的女同学都有五颜六色式样新颖的新衣服穿，而她得到的新年衣服是爸爸改小了的灰色工作服。大林妈表面没表现出不开心，却暗地里一个人偷偷哭了一晚上。都是一样的花季少女，豆蔻年华每个人仅有一次，而大林妈的少女岁月却是在贫穷和自卑中度过的。为了摆脱贫穷，她拼命读书，终于得到了一份老师的工作。而她爱如珍宝的弟弟，却没有半点进取心，一生游手好闲，甚至连自己的儿子都懒得抚育。大林妈的母亲死于过度操劳，她整天到处去当临时工，干体力活，吃得又差，终于不堪重负，累病了，死了。父亲很快再婚。大林妈那会儿刚生了大林，又很快接过柏柏来抚育。为了抚养柏柏，她受了公婆多少白眼，还和大林爸几乎闹到了离婚的地步。

从小到大的自卑和贫困，让大林妈变得异常的敏感和珍惜钱财，因为她知道，每一分钱都是血汗，是多么的来之不易。她变得贪婪不知足，拼命想要更多的钱，却一分也不舍得花。她快退休了，为了退休金，无论教务主任怎样羞辱她，她都得忍耐下来。柏柏还没结婚，还没房子。大林赚钱又那么少，这一切都促使她身不由己地拼命去抢每一分钱。没有哪个女人生来就是恶毒的,都是环境逼迫的。当年豆蔻年华的大林妈也是如同琼瑶笔下的那些女孩一样的纯情和多愁善感，是生活把她蹂躏得没了女人的水分，倒活像一个奸诈的猴子了。

大林妈一开始没想对翡翡家怎么样攻城掠地，后来发生的事情都是一步步走过来的，越走越错。她乍一听到翡翡妈死了的消息时，一下子懵了，内心如同打翻了五味瓶，百般滋味难以描述。她明白，她这个家完了。翡翡爸爸和王馨家不会放过她和大林，校长和主任还不趁机整死她，也许她还得吃官司，如果她被开除了，这房子抵押的十万就还不上了，大林爸的工资不多，还得管着公婆的医药费。这房子如果被收回去，她一家人就无家可归了。如果翡翡和大林离婚了，大林没了房子，去哪里找媳妇呢？还有欠了翡翡家的十万，拿什么去还？就算只还五万，大林家现在也拿不出来。人家知道了是她把亲家母活活骂死的，谁家女孩还敢和大林结婚？她被骗去的二十万，让她心疼得整夜整夜的失眠，明知道被王馨爸爸骗去了，可还不好查。她本来想，实在没办法，她就使劲求翡翡妈，让翡翡妈帮她要回来，毕竟人家姐妹俩好说话。她做梦都想不到，翡翡妈会突然死了。

翡翡妈就那么死了，大林妈亦是无法接受，面对着迷茫的翡翡，大林妈自责之极，愧疚之极。她也不是天生的坏人。大林妈在厨房边哭边熬粥，眼泪把手绢都湿透了。

医院里，等大家发现翡翡没了的时候已经快晚上十一点了，大家急忙分头寻找，后来小护士说刚才有人找过她，问了那人的体貌特征，还有他说了些什么，大家马上就知道是大林了。翡翡爸爸赤红着眼睛，大少和明明开车拉着他们，一路飞到大林家。大林开门了，他想对翡翡爸晓之以情，动之以理，希望翡翡爸爸宽宏大量，原谅他。

翡翡爸爸看见翡翡无助地蜷缩在沙发上，先放心了。然后，又看到了怯生生站在厨房门口的大林妈，仇人相见，分外眼红。翡翡爸只觉得眼睛里的怒火都燃烧到了眼睫毛外面。翡翡爸爸怒吼一声，几步过去就要打死她，大林妈吓得直往后退。大林扑通就跪了下来，死死抱住翡翡爸的腿，哭着哀求："爸！你饶了我妈吧！她真不是成心的！你别和她一般见识！爸,我求你了！她好歹也是翡翡的妈啊！"

王馨怒道："你就是哭死我们也不能饶了你！该还给你和你妈的一点也少不了！你当我大姨白没了？"王馨父母冷眼看着,一语不发。王馨妈妈望着大林妈，眼睛里满是刻骨的怨恨，恨不能揭其皮，食其肉，吞其骨。大林妈看到王馨妈的眼神和翡翡爸的仇恨，为了这个家，为了大林和柏柏，大林妈丢弃了做人的自尊和脸面，缓步走过来，竟然"扑通"给翡翡爸跪下了。

大林和大林爸都大吃一惊，大林去拉她，她不起来，昂头流泪对翡翡爸说："亲家，是我错了，都是我这张破嘴惹的祸。可我绝对不是有意的，我当时就是看见大林被打了，太心疼，口不择言。我也后悔得要死，亲家，你要打就打死我吧，只求你饶了大林，这事不关他，我疼大林的心和你们疼翡翡的心是一样的，咱们都是做父母的，亲家你能理解我这个当妈的心吧。我活着就是为了大林，也是为了这个家，哪个当妈的看见孩子被打了不气啊？亲家，你将心比心，也想想我的处境。"大林一直跪在他妈身边，搂着他妈，哭着对翡翡爸说："爸，一个女婿半个儿！我求你饶了我妈。以后我当牛做马伺候你，爸！"翡翡爸从来就是个善良老实人，看着大林和大林妈跪在他面前，哭着哀求，大林妈说的做父母一切都是为了孩子的话句句扎进他的心里，扎得他手直发抖，举起的拳头颤抖了半天也打不下去。

王馨妈赶紧说："姐夫，你忘了我姐姐是怎么死的了吗？"王馨、大少、明明都催促翡翡爸打死这个老不死的。王馨爸爸双手抱肩，冷冷地看着这场面，一句话不说。不知过了多久，内心无比矛盾的翡翡爸在他受到的慈悲为怀的教育里和报仇的念头里苦苦挣扎着，终于，翡翡爸爸徐徐放下拳头，咬牙说："冤冤相报何时了，我今天就放你家一马，从此谁也不认识谁了。孙大林你尽快和翡翡办完离婚手续，我这辈子都不想再看见你们了！"大林急得说："爸，不能啊，我爱翡翡，翡翡也爱我，你给我时间，我会用一辈子补偿翡翡的。如果我对她不好，出门就给撞死！"翡翡爸不理他，拉起翡翡就想走。

"慢着！"王馨妈一声怒喝，"这事就这么了了？姐夫，你也真好心啊，我姐尸骨未寒，你就不给她报仇了？我不求你杀了大林他妈，可你甚至连打凶手一顿都做不到，你凭什么当我姐夫？你有什么资格？窝囊废！"翡翡爸看着怒不可遏的王馨妈，羞愧地说："小妹，他们也知道错了，都下跪赔礼道歉了，还能怎么样啊？"王馨妈眼圈红了，哽咽道："我明白了，对你来说，老婆就是一件衣服，你不能为了一件衣服去得罪人，去报仇，去冒风险打人。你才五十出头，身体好着呢，你得保护好你自己，这样好再婚，是不是？"说到最后一句时，她的口气蓦地无比凌厉愤怒。翡翡爸恼了，呵斥道："你胡说什么？"

王馨妈妈盯着他的眼睛，狠狠地一个字一个字地说："原来没有血缘关系就是不行！夫妻本是同林鸟，大难来到各自飞！既然你不想给我姐报仇，那我们今天和你一刀两断！从此再不来往！你不报仇是你的事，我的亲姐被人害死了，我不报仇我就不是人！"王馨妈妈再不理他，喝令："馨馨，想不想给你大姨报仇？"王馨凛然道："这不是想不想的事，是有种没种的事。大少，如果我以后被人害死了，你怎么做？"大少平静而不容置疑地回答："灭门！"明明欣赏地对大少笑笑。王馨冷笑着问尴尬的翡翡爸爸："大姨她男人，我拆了你亲爱的亲家的骨头，你不会心疼吧？"翡翡爸爸涨红了脸，说："小妹，馨馨，你们别这样。你们这样，我们就成了仇家，叫翡翡妈在九泉之下也难瞑目啊！"

王馨妈妈眼泪一下子夺眶而出，可还是冷笑说："我姐本来也是死不瞑目，是我给她合上的眼睛。她的眼神是那么留恋世界，留恋翡翡，她怎么舍得放心撇下翡翡一个人离开？我姐拿着翡翡比她的命还重要！"王馨爸爸搂住忍不住啜泣的妻子，翡翡爸爸不禁也哭了，说："小妹，翡翡妈死得太惨了，我虽然下不了手打死他们，不过，我也得给翡翡妈讨个公道。明天我就去法院告他们，不告得他们倾家荡产不算完。"大林妈脸色一下子苍白了，哭着哀求他说："亲家，别这样，给我们留点后路吧，我马上就退休了，你一告，我可能就被开除，没退休金了，亲家，你非逼得我走投无路吗？"

王馨听她说废话，大怒，喝令着大少和明明动手把大林妈照着重症监护室的规格往死里打。大少和明明准备动手，大林妈吓得直往后退，大少和明明步步紧逼，大林不要命地护在他妈面前。大林爸爸急得打电话报警，被王馨夺过电话摔了。翡翡爸爸冷眼看着，搂着翡翡站在一边。眼看着大林妈就要被打得人不人鬼不鬼，一直没开口的王馨爸爸开口了："都给我住手！"大家吃惊地看着他，疑惑不解。

大林妈哭着一下子坐在了地上，感谢道："还是大兄弟是个好人啊！"王馨爸爸笑了，笑得阴寒，说："过奖了，我从来不是坏人。"然后他对妻子说，"咱这个年纪的人都知天命了，受点刺激都不行了。对付他们咱有的是办法，何必亲自出手？万一这老婆子死了或者残废了，谁都得吃不了兜着走。"王馨妈妈知道他说得有理，可是很不甘心，问："那怎么办？"王馨爸爸笑了笑，说："有的是办法。生不如死才最解气。翡翡一定得离婚，大姐借给他们的十万有欠条，明天就上法院叫他们还。翡翡离婚了，那二十万是要不回来了，不是他家说要二十万来装修和买家具吗？咱今天就把这二十万给砸回来！就是咱要不回来，也不能放在他家，给我砸！"

随着他一声令下，那三个小老虎立即行动，大少抄起凳子砸向了墙上的液晶电视，只听"哗啦"一声，碎了，再砸几下，电视掉了下来。

大林妈和大林急得眼红，上来拦阻，被王馨推一边去了，大林横了心，上来就想打王馨，被明明一脚踹在裤裆里，惨叫一声，当下就倒了下去，他父母也顾不得家具了，扑上来护着儿子。那三个小老虎把客厅里能砸的都砸了，然后挨个卧室狠砸，连柏柏房间的电脑和音响，都全部粉身碎骨，无一保留。家具、衣柜、写字台等都被推倒了。整个过程中，大林妈一家缩在墙角，瑟瑟发抖，大林妈低声呜咽着，心疼如刀绞，可也无可奈何。她明白，这只是第一步。

以前还没怎么着呢，王馨爸爸就设计骗了她二十万，写了举报信去害她，她也心知肚明，这狠辣的手段除了王馨爸爸还能有谁？现在她骂死了翡翡妈，王馨妈能饶了她才怪，以后的日子真是愁云惨雾啊。大林妈悔得肠子都青了，千不该万不该图一时嘴巴痛快，骂死了翡翡妈，惹下这弥天大祸啊。翡翡爸爸看大林妈哭得肝肠寸断，不忍心了，走过去想劝劝王馨妈，砸到这样就算了，别闹大了。可被王馨妈妈狠狠一瞪，翡翡爸只好偃旗息鼓。整个家是满目疮痍，惨不忍睹。

大林妈一眼扫到了脸色苍白的翡翡，急忙跑进厨房寻找她熬的粥，明明把厨房都砸了，可是怕被那锅热粥烫了，就没砸。大林妈找了个没破的碗，倒了一碗热粥一路小跑送给翡翡，想讨好翡翡。刚端到翡翡跟前，就被王馨妈妈一掌打翻在了没有地板的水泥地上。王馨妈妈喝道："你给翡翡下什么毒？"大林妈哀求说："哪能有毒啊，我一直在火上熬着的粥，那么晚了，翡翡也饿了，我让她吃点东西不行吗？"王馨妈妈指着她大骂："滚远点！我告诉你，这事没完。"

王馨一家带着翡翡和翡翡爸，扬长而去。留下大林妈在邻居的议论声中号啕大哭。山雨欲来风满楼。乌云盖顶，雷霆在上。

大林妈是在学校接到法院传票的，同事们都议论纷纷，教务主

任当着很多同事的面讥讽她："哦，你都能把亲家母气死了，还想当主任，是凭你会骂人，还是凭你会诈骗啊？我们学校出了你这号人才，没准能名垂青史呢！我这当主任的脸上也大大有光呢！哈哈！"主任大笑了起来，其他同事也跟着哈哈大笑，一是本来就瞧不起大林妈干的事，二是为了讨好主任。大林妈闭着嘴，发青的嘴唇轻微地颤抖，手指甲都把手心抓破了，也不敢吭声。

她如果回嘴，只能招来更恶毒的咒骂。闹大了，学校随时能把她开除，她快退休了，为了她的退休金，再大的侮辱她也只能打落牙齿和血吞。在同事们的嘲笑声里，大林妈不敢作声，拿着教案，低着头，为了不引起别人的注意挪着步子走了出去。背后传来同事们和主任肆无忌惮的恶毒嘲笑声。大林妈听着如针刺一样，眼泪一下子就出来了。家徒四壁，满目疮痍，无法落脚。在学校她也是四面楚歌，每日战战兢兢，小心翼翼，如履薄冰，生怕走错一步，说错一句。

校长和主任明目张胆地排挤她，想把她撵走，同事们不但不肯出面为她说一句话，反都当起了主任的耳目，监视着她的一举一动，随时去报告给主任。一旦她做错了一点，主任都会找碴儿把她堵在教室里，劈头盖脸地骂一顿。大林妈的日子不好过了，她离退休还有好几年，此时她也不敢说有病退养，一旦她说有病，马上就会被虎视眈眈的校长开除。大林爸和她争吵多年，早已面合心不合，没了感情。儿子面临离婚，她明白，如果儿子离婚了，可能再难找到媳妇了，他家的名声已经臭了，谁家女孩还肯嫁给大林啊。

大林整天躲在房间里哭，他多次去找翡翡，都被翡翡爸赶出来，最后一次还被翡翡爸拿板凳砸了，再不敢去了。儿子很久不和她说话了，一开口说话火气就很大，骂她贪财。大林妈又被法院发了传票，在学校她如芒在背，她真是觉得活着一点儿意思也没有了，几次走到了海泊河，她都想一头扎下去，一了百了。是想到了儿子，她才没扎下去，可是儿子已经恨她了，恨她破坏他的婚姻，恨他自己的懦弱，没及时保护好翡翡，现在悔不当初。在儿子的眼里，大林妈清楚地看到了仇恨。

杨战如约来到了翡翡公司的会议室。简单寒暄过后，吴总镇静而微笑着拿出了翡翡整理的全部资料。等杨战慢慢看完了所有的资料和照片还有录像后，他沉默了，虽然依然装作面无表情，可心里已经明白他没了退路。他知道是翡翡调查的，不禁直悔自己以貌取人小看了那个女子，大意失了荆州。

吴总淡淡微笑着，说："杨总，我和贵公司合作多少年了，我们公司的产品质量可以和国际同行业最高水平相提并论，价格也是非常优惠的，当然，我们的信誉在业界也是有口皆碑。你看，我们还能继续合作吗？"杨战镇定地一笑，说："我想回去考虑一下，明天给你回复。这些资料我可以带走吗？""当然可以。"吴总温雅地说道。

第二天，杨战和吴总以原来的价格签订了一年合同。本来一签就是两年的，可这次杨战要了心计，只签了一年。因为前天晚上，他在自家豪宅里喝着饮料，享受韩副经理大献殷勤时，得到了很多宝贵信息。当杨战问韩副经理怎么一直没看见那个小结巴时，韩副经理淡淡地说翡翡疯了。杨战大吃一惊，忙问怎么回事。韩副经理就告诉他，翡翡是怎么叫婆婆打疯的。她本来就患了自闭症，她妈妈又被她婆婆活活骂死了，这下翡翡彻底疯了。

杨战难以置信地直摇头，说："可惜，可惜。"杨战又问了一些关于翡翡的其他事情，得知她出差之前曾经在生产车间学会了机器的构造，要知道，那车间可是很少人能进去的，而且每个零件都是封闭制造的，即使是生产车间的技术工人也只是了解自己生产的这个部件，对别的部件一无所知。这是为了保护机器内部的隐秘，不让技术外泄，吴总对技术的保密做得很好。翡翡必须要了解这些，吴总相信翡翡，而且翡翡进车间前和吴总签了协议，内容是永久保密她学到的东西。杨战站了起来，在房间里走来走去，如果他能让翡翡告诉他机器的制造秘密，凭着他手里的那些技术精英，不出一年，他原样制造出这种机器完全可能。那样他就不用从吴总这里购买了，一年省下几千万，至于翡翡，会不会因为泄露公司机密被开除并被起诉，那就和他杨战无关了。因此，第二天，他就和吴总签了一年的合同。这一年，他一定要制造出这种机器来。

拿下翡翡，还不是轻易而举的事，疯了也没事，只要她把机器秘密说出来就行。当下，杨战打听到翡翡家的地址，驱车而去。

大林妈这几天心神不宁，王馨爸爸雇了三个虎背熊腰的小伙子，捧着翡翡妈的黑白大照片，照片上扎了白布，从大林妈早上出门就跟着她，嘴里念叨："还我命来！还我命来！"她去上课，他们就举着照片在教室外等着，下课后，他们就跟她回办公室，继续念叨："还我命来！还我命来！"放学回家，他们就跟她一路，在她家门外敲锣打鼓地吆喝，弄得大林一家和邻居都敢怒不敢言，成夜地睡不着觉。邻居不敢对那三个胳膊上有刺青的小伙子发火，就使劲朝大林妈撒气，把她堵在家里破口大骂，污言秽语，不堪入耳。大林妈骂也骂不过，打也打不过，几次被气得都想从楼上跳下去。

这天，大林妈在上课，突然，课堂上一个女学生对着大林妈扮出恶意的鬼脸，别的同学看不到，可大林妈站在讲台上，如何看不到？心情本来就郁闷的大林妈一看她那样，立即生气了，问她在干什么？她笑吟吟地对大林妈说了一句话，把大林妈气得跳了起来，直冲了过去。女学生阴沉沉冷森森地龇着一口白牙，语调好像是从地狱升上来的一样可怕，好像僵尸在说话，一个字一个字地往外蹦，每个字之间停顿两秒，"亲家，我在太平间的冷柜里好冷啊！"大林妈浑身打了个冷战，好久没反应过来，最初的惊愕过后，她回到了现实里，这世上哪有鬼？神鬼怕恶人，这世上恶人多如牛毛，鬼哪敢来冒头？肯定是这小丫头被谁挑唆来找碴儿的，想到这里，大林妈哪还能忍得住？王馨爸爸整她，学校整她，身后那三个彪悍粗野仿佛牛魔王一般的小伙子跟着整她，她神经上的弦已经绷到了极处，随时都可能崩断。

大林妈脑子一热，冲过去对着女学生大吼：“你好好的课不上，在课堂上装神弄鬼，你诈尸呢！给我出去！”在大林妈的怒威中，女学生按捺住害怕的心，按照明明的计划行动了，她从同学身边挤了出去，经过大林妈的时候暗地用肘子顶了她一下，然后冲到了讲台上，深深吸了口气，看着下面诧异的同学和暴怒的大林妈，她知道，她得演下去，因为她收了帅哥明明的钞票。这时，大林妈已经跑到了讲台上，女学生悄悄按下了明明给她的微型录音机。大林妈揪着她的耳朵，怒道：“出去，破坏课堂纪律，真是放肆。等着我通知你家长吧，越来越不像话了！”女学生在大林妈耳边用极低的录音机录不到的声音说：“女流氓，女骗子，杀人犯。”大林妈只觉得眼前一黑，谁都欺负她，连她的学生都敢站在她头上拉屎了。

大林妈脑子一热，热血上涌，靠着最后一丝理智她才没伸手打她，体罚是不允许的。可是大林妈控制不了她的嘴了，她放声大骂起来：“你他妈的小死东西，你居然……”整整骂了十五分钟，当着全班同学，当着所有惊讶无比的孩子们，可惜她没想到的是，她说的每一个字都被录音机悄悄地录了下来。明明很快就拿到了录音机。

下面的事顺理成章，大林妈辱骂学生触犯了教师法，被校长大公无私地开除了，呵呵，真是大公无私啊。大林妈投诉到仲裁机关，录音证据确凿，没有什么情面可讲。大林妈失去了退休金。那三个保镖也离开她了。大林妈开始整日不说话了，两眼无神地看着墙壁发呆。退休金和医疗保险都没了，她才五十出头，以后的日子怎么办啊？没几天，她的眼窝就深深地陷了下去，人也瘦得没了样子。在朋友的介绍下，她买了一些佛教书籍认真读，开始每天去湛山寺烧香，为儿子和柏柏祈福。她弟弟和弟媳见状，连门都不登了，生怕大林妈跟他们借钱。

倒是柏柏，在网吧赚了钱就拿回来给她，大林妈枯瘦的手接过柏柏的钱，不禁老泪纵横。柏柏父母看见儿子赚钱了，起劲儿地围攻截堵，想要柏柏的钱。柏柏一分钱都没给他们，全部给了大林妈。柏柏父母恼羞成怒，蹿上门来指着大林妈鼻子大骂，大林妈哭得眼睛都模糊了。这段时间，大林妈老了很多，头发全白了，走路也不利索了。倒是一本佛经从不离身。“两败俱伤，两败俱伤”，她经常低声念叨着。

杨战带了不少礼物，按照地址寻到了翡翡家，敲开门，自称是翡翡在公司的客户，听说她病了，来探望她。翡翡爸把他请进了客厅，才发现什么水果都没有，连热水都没有。翡翡妈还没火化，翡翡姥姥非要挑个吉利日子下葬，王馨爸爸在联系买墓地的事。翡翡爸几天没怎么吃东西了，翡翡整天沉睡，偶尔被爸爸强行拉起来，灌点牛奶。全家人都在忙活翡翡妈的丧事，暂时没空管她，大家商量等翡翡妈下葬后，再去北京请专家给她好好看看。

杨战高大健壮的身躯一进来，立即显得客厅逼仄狭小，一片黑暗。杨战没想到翡翡家会那么小那么简陋，杨战不习惯在这么逼仄的空间久待，就提出看看翡翡，有话跟她说。

杨战是那种天生发号施令的领导式人物，有种威严的不容置疑的派头，而翡翡爸一辈子老实巴交，是那种唯唯诺诺一生执行领导命令的人，他虽然觉得杨战去翡翡的卧室看她不太好，可仍然在杨战逼人的气势下乖乖地领杨战去了翡翡的卧室。翡翡仍然在沉睡。杨战叫了她几声，都没反应。杨战干脆把翡翡从被窝拉了出来，幸亏翡翡穿着睡衣。杨战一看见她大吃一惊，万没想到翡翡脸色如此苍白，瘦弱到就剩把骨头了。翡翡被拉起来后，茫然地揉着眼睛，迷瞪地看着杨战，竟然不认识他了。

杨战万没想到翡翡竟然不认识他了，那下一步怎么进行？他把手在翡翡面前直晃，晃了半天，翡翡仍然不认识他，这时他才想起来，举起手在病人面前晃是在电视剧里测试病人是不是眼睛瞎了才用的，而不是测试病人是不是疯了。杨战觉得自己刚才晃了半天的举动真像个白痴，真恨不能扇自己一耳光。翡翡不认识他了，他的机器怎么办？他只有一年的时间！杨战表面仍然温尔文雅，内心却恨不能活活掐死翡翡！翡翡爸去厨房给女儿热牛奶了，顺便给杨战烧点热水泡茶。

杨战见翡翡爸出去了，可逮着机会了，他一把抓住翡翡的后脖颈，急促地问："小结巴，我是杨总。记不记得？"翡翡让他抓得很不舒服，哼哼了几声，缩着脖子，睁大迷茫的眼睛，满屋寻找妈妈，"妈妈！妈妈！"杨战不禁又气又急，说："我可不是你妈！你妈去世了！”翡翡听他说她妈去世了，更加急得从床上爬了下来，到处寻找妈妈的身影，找不到就急得哭。翡翡爸爸急忙从厨房出来，哄着翡翡，给她牛奶，“翡翡乖啊，妈妈去买菜了，一会儿就回家。你喝了奶就去睡觉吧。”

翡翡喝了奶，乖乖地爬上床去睡觉了，翡翡爸帮她盖了条毛巾被，翡翡甜甜地说：“等妈妈回来你叫我。”然后就迷迷糊糊睡着了。杨战是两眼冒金星啊，简直想一头撞死。他沮丧地站着，看着满地狼藉一片——翡翡爸不是个会做家务的人。

翡翡爸告诉杨战，在翡翡的脑海里她妈妈还活着，翡翡爸一直告诉翡翡，妈妈去买菜了，妈妈去小姨家了，妈妈去上班了。然后翡翡就会安心地睡觉，不然翡翡会到处找妈妈，找不到就急得哭。杨战无心再停留片刻，要走。翡翡爸急忙让他把礼物带走，说太贵重了。杨战懒得多说，迅速抽身溜了。回去后，杨战又在研究翡翡带回来的资料，然后在自家豪华的房间里走来走去，最后让朋友介绍了个香港非常著名的精神治疗方面的医生，这医生治愈了很多人，不过收费也是极其昂贵的。杨战和他联系上了，说了下翡翡的病因和现在的症状，医生考虑了一会儿说，让他把翡翡带来看看，治愈的可能性应该很大。杨战有些激动，和医生谈了谈大概的疗程和各种费用。算起来，如果真的治愈了，费用确实不低。不过比起一年省下的几千万和以后每年卖机器的巨额利润，还是非常合算的。

于是杨战和医生约好了把翡翡带去治疗。杨战做事一向是雷厉风行，第二天就去找翡翡爸说了情况，翡翡爸当然千肯万肯，当下，杨战给他们办了证件，很快就去了香港。

大林得知翡翡被一个大老板带去香港治病，心中戚戚。下班后，他不想回到他那个满目疮痍的家，面对唉声叹气的爸爸和满面愁云身后跟着三个“保镖”的妈妈，总是直接来到翡翡家的楼下，安静地站一会儿，累了就在小区的椅子上坐下来。小区里有人认得他，不免对他指指点点，鄙视加鄙夷。每当这时，大林就羞愧地低头看着脚尖，也不去辩解。时间长了，人们也懒得对他指指戳戳了，他就安静地看着地上匆匆忙忙来往的蚂蚁。

和翡翡恋爱的时候，下了班他几乎天天来这里，每天接翡翡，送她回家，拉着她在这条椅子上坐着，哪怕不说话，就是握着她的小手安静地坐着也是幸福的。曾几何时，这幸福却变成了锥骨之痛？大林想不明白这到底是怎么回事，为什么一对恩爱的小夫妻现在弄成这样，谁知道呢？

当幸福在身边的时候不去爱护，等失去了才追悔莫及。

他一直认为翡翡是他老婆，跑不了的，他妈妈也是一个慈爱的妈妈，只要翡翡稍微顺从一下妈妈，满足一下妈妈刚当上婆婆的虚荣心，这个家就会美满幸福！可是，这一切怎么会演变成现在的家破人亡的？一步错，步步错。大林对以后的生活已经完全绝望了。他安静而毫无声息地坐在椅子上，泪水无声无息地奔流而下。

柏柏在网吧干得有声有色，他拿钱帮大林妈重新整理了一下房子，虽然远不比从前，可勉强能住人了。柏柏咽不下这口气，想去找王馨爸爸理论。在王馨家的公司里，王馨爸爸根本不答理他，挥手叫保安把他轰出去。王馨刚回来，她去医院探望住院的姥姥姥爷了。身体一向健康的姥姥姥爷一下子瘦得没了人样，看见她就拉着她的手哭得抽噎不止，害得王馨也哭得眼泪直流。她回来一看见柏柏，登时火不打一处来，指着他，让他滚蛋。

柏柏大怒，和王馨对骂了起来。仇人相见，分外眼红，一语不合，就要动手。王馨毕竟是个女孩，虽然个子高，经验多，打大林那样的没问题，可是柏柏膀大腰圆，王馨肯定打不过。可是王馨红了眼，不管不顾，抄起把椅子就砸过去了。他们是在一楼大厅开打的，一楼招待小姐吓得急忙打内线电话给王馨爸爸汇报情况。

柏柏也不是善茬，一手捞着椅子顺势就把王馨按在了地板上。王馨反应极快，膝盖直顶了上去，被身手灵活的柏柏闪过。王馨双脚一蹬就想站起来，却被柏柏扔了椅子，按住她的肩膀，两个膝盖压着她的腿。王馨挥拳就想打，被柏柏抓住她的双手，死命按住。在柏柏和王馨挣扎的时候，柏柏无意碰到了王馨的胸脯，当柏柏一碰到那高耸软绵的地方，手立即跟被烫了一样缩了回来，脸色马上涨得通红。王馨更是又羞又怒，她和翡翡从小受的教育都是婚前必须保持贞洁，虽然她经常“我日！我日！”地骂人，可她和大少的肉体接触仅限于接吻，大少也不敢逼她。武林里的高手过招，女人的胸部和下部都是忌讳地区。

柏柏利索地爬了起来，羞愧地说：“对不起，我不是有意的。”王馨抓起椅子就砸了过去，柏柏自知理亏，没躲，只是在招架。等王馨爸爸急匆匆地从紧急通道飞奔而下时，第一眼看到的是他的宝贝女儿在蛮不讲理地挥舞着椅子狂砸柏柏。王馨爸爸见宝贝女儿没事，松了口气，站在旁边欣赏了一会儿免费的武打戏，才慢慢踱过去，叫王馨住手。王馨也砸累了，气呼呼地瞪着柏柏。两人眼光一对，立即又都躲开了。

翡翡爸不能请假太久，他在香港待了一个月就回来了，留下迷糊的翡翡一个人面对狼一样的杨战。当然，杨战在翡翡爸面前伪装得好像是个释迦牟尼，慈眉善目，一转头，对着迷迷糊糊的翡翡，他总是在最快的时间内失去耐心，动不动就呵斥她，火大了的时候几次恨不能抓起翡翡从窗户扔下去。翡翡爸走的时候很放心，他觉得杨战是个难得的大好人，如今这世道，杨战这样的大好人可是不多了。

翡翡爸一走，杨战就对翡翡恢复了原本的嘴脸。被那个著名的医生治疗得有了一些起色的翡翡也依稀认出了他是谁，一看见他就立即躲起来。这天翡翡睡懒觉，没主动去治疗，医生打电话来问杨战。本来杨战就嫌翡翡恢复得慢，听到她竟然敢不去治疗，一想到他的机器研发出来不知在猴年马月，就气不打一处来，怒气冲冲地进了给翡翡租的别墅，一口气冲上楼，一脚踹开了卧室的门，掀开翡翡的被子就开始怒骂她。被突然惊醒的翡翡乍然看到怒狮一样的杨战，吓得瑟瑟发抖，急忙把身体躲进被窝里，连头都不敢露出来。杨战不依不饶，抓起她，就想把她从大大的落地窗那儿丢出去。翡翡挣扎着，哭叫妈妈，杨战心软了，把她丢到洗手间，扭开浴盆上的喷头，剥了她的衣服，抓住她，把她像洗一块抹布一样地洗了一遍，帮她套上裙子，然后塞进了他的跑车，去治疗了。

杨战开车疾驰在香港街头，幸亏他租的别墅离医院不远，一会儿就到了。医院坐落在香港的繁华地带，杨战在医院旁边租的别墅自然也价格昂贵。杨战扭头看看坐在他旁边的翡翡，头发湿漉漉的翡翡正怯生生地观望着香港街头的车水马龙，人流如织。有一次翡翡说香港没什么好的，和青岛的沿海一带差不多，而且人太多，满大街都是行人，摩肩接踵，个个都疾步如飞，好像要去抢劫；而青岛的人不太多，走路也不快，马路上很空很舒服。这是翡翡前几天说的，她的病已经好了一些，偶尔会发表一下自己的看法了。翡翡看到杨战冷冷的不耐烦的目光瞟过来，急忙躲开了。杨战严肃而烦躁地问：“你的病什么时候好？有个期限吗？我没空和你耗着！”翡翡小声地问：“我的病和你有什么关系吗？”杨战的叵测居心被戳破，不禁大怒：“闭嘴！再说话我把你扔车外去！”

翡翡小心翼翼地往车门处躲了躲，开始孤独地想念妈妈。医生是个和蔼的五十多岁的绅士，他挺喜欢腼腆又迷茫的翡翡，对她格外温柔。他几次看见杨战吹胡子瞪眼地呵斥翡翡，虽然他不知道杨战和翡翡是什么关系，可是看到翡翡和她父亲的谈吐穿着都很普通，而杨战架势派头一看就是社会顶尖人士，不知杨战为什么要花大价钱给翡翡治病。医生的职业道德不允许他多管闲事。在见识了几次杨战对翡翡发脾气之后，医生实在忍不住告诫杨战，他再这样下去，对翡翡的治疗有害无益。杨战为了他的几千万的机器不得已答应了医生，可过后仍然忍不住他从小就形成的飞扬跋扈的臭脾气，虽然他每次发过脾气都会后悔几分钟。

这时医生看到翡翡浑身湿漉漉的，而且摸摸翡翡的手之后发现她浑身发冷，不禁皱起眉头，问杨战又怎么虐待她了。杨战这才想起来，刚才他给翡翡洗澡竟然打开的是冷水喷头，怪不得翡翡直哼哼，洗完澡他顾不得给她擦干，直接套上件纱裙子，要知道，这时已经是秋天了。杨战面对医生的诘问，脸有点涨红，支吾了几句。医生很严肃地说：“杨先生，再被我发现一次你有虐待病人的情况，我会立即报警！”杨战有点丧气地道歉：“对不起，我以后会尽量注意的。”医生白了他一眼，叫护士给翡翡倒了杯热咖啡，套了件外套，然后开始治疗。

在他的治疗下，又过了一段日子，翡翡好多了，会说话了，会笑了，会在很生气的时候和杨战瞪眼了，也会和杨战顶嘴了。杨战感叹，翡翡还是以前迷迷茫茫的时候可爱些。

一次翡翡气大了还会拿沙发垫子摔杨战，杨战当时由于太过吃惊，没躲开，被砸了个正着，然后他摸摸鼻子，诧异地走开了。医生治疗结束后，等了半天，杨战才姗姗来迟接翡翡回去。临走时，医生嘱咐他说天冷了，该给翡翡加点厚衣服了，人家都穿夹衣了，翡翡还穿着从青岛带来的纱裙子。杨战点点头答应了，这方面他的确疏忽了。他自己在香港倒是买了几件衣服，却完全没想到给翡翡买。

于是，他带着翡翡来到了香港最大的购物天堂。杨战的历任女友几乎都是各国名模，他给她们买衣服自然是极瘦极长的型号，他按照以往的经验，直奔他那些女友热衷的名牌区，看到商场的模特身上有他心仪的衣服，就让人拿最大最瘦的型号给翡翡试穿。可是翡翡身高只有一米六出头，在将近两个月大鱼大肉的伺候下，又变得和以前那样胖乎乎的，甚至都有了点胖乎乎的小肚子，那些衣服叫翡翡如何穿得下？服务小姐看着翡翡和杨战，尴尬地笑。杨战才反应过来，心头一股怒火直蹿上来，他不怪他自己想得不周，反而怪翡翡长得不够高，不够瘦，不够模特身材，给他丢脸了！

杨战忍耐住怒火对小姐说："算了，谢谢你！"拖着翡翡就走了。翡翡不甘心，一直回头望着模特身上的那套美丽衣服看。这套料质极好的套裙是黑色的，袖口是一道半个手掌宽的艳玫瑰红的斜斜的绸缎，腰身右侧也有一朵同样玫瑰红的娇艳小花，沉静中极尽暗隐的娇艳。翡翡从来没见过如此漂亮的衣服，青岛的巴黎春天和阳光百货卖的都是奢侈品，翡翡几乎从来不去看，没钱买，看了也伤心，翡翡的衣服基本都是在家乐福和大富源买的，七八十元的衣服翡翡就觉得不便宜了。

翡翡一眼一眼地回头看那件衣服，也不好意思开口跟杨战要，委屈得小嘴嘟嘟的。杨战看她眼馋的那样，气得说："那衣服模特穿才好看，你看你，又胖又矮，你穿上它能好看我出门就撞死！”翡翡又气又急，顿时结巴起来：“我我……没那么胖，就是稍微……微有点小肚子……”杨战懒得理她，顺手指着面前的一件衣服，叫服务小姐找个合适的尺寸包起来。翡翡不喜欢，说：“这是中年妇女的衣服。”杨战实在忍不住，对她大吼：“爱穿不穿！我还懒得伺候你呢！这件衣服比刚才那件的标价贵二千港元，你还不满意，你找死啊！想死出门撞车去！”服务小姐惊讶地看着他俩，猜测他俩是什么关系，恋人？太不相配了！女佣？翡翡与杨战对峙的目光根本不像是女佣。

翡翡想骂什么，又想不出词来，骂了句：“神经病。”扭头就走。被活活气晕了的杨战好半天才想起来去追她，别让她在大商场被拐了，那他的机器就没了。杨战找了半天，好不容易才在那件黑色套裙面前找到了翡翡，翡翡正对着那衣服不停地流口水。杨战二话没说，拖起她，拉出商场，丢进跑车，回家！一路上，杨战恨恨地想，不等这小结巴治好病研发出机器，他就得活活给气死！不气死也得短寿二十年！怒极的杨战边开车边祈祷：“上帝，你还是让这个小结巴再回到以前的傻乎乎的不会骂人的状态吧，我实在受不了她了！”

青岛，秋风扫落叶。八大关厚厚的金色落叶落满了街道，微风一吹，就沙沙地响，美不胜收。

大少和王馨在散步，大少搂着王馨的腰，柔情似水，把王馨转过来，吻着她的额头说："馨馨，咱俩结婚吧。你都过了二十四岁生日了。"王馨小嘴一扁，"你这是求婚？下跪了吗？玫瑰花呢？钻戒呢？"大少嘿嘿一笑，钻戒他早就买了，是王馨喜欢的式样。他今天是来试探王馨的口气的，以前王馨总是说他"闭上眼睛睡觉去吧"，意思就是你做梦去吧。第一次王馨的口气有些松动了，大少心头大喜，紧紧地把她搂在怀里。

大林妈也从翡翡妈的死和受到的一连串打击中缓过劲儿来了。见过野草吗？马路边上的野草被踩了一脚，当时躺下了，很令人同情，可是很快它就会坚韧无比地站立起来。野草就是大林妈的写照。大林结婚时买的房子已经卖了，换了个小点的房子，把欠的钱都还了还。斗了一场，什么都回到了原点，连工作也没了，唉声叹气了三个月后，她又动起了不轨的念头。柏柏要结婚还没房子。虽然翡翡爸仍然对每天去翡翡家小区报到的大林不答理，可是口气已经好多了。大林想，三个月了，翡翡该回来了，为了怕错过翡翡回家，更是风雨无阻地下班就去翡翡家小区站岗。他是在新婚蜜月回来就被硬生生地与翡翡分开的，三个月过去了，他愈发地思念翡翡了。自从和翡翡恋爱起，他从来没和翡翡分开过这么久。

翡翡爸一开始对他横眉冷对，想要翡翡给他寄个授权书来代表翡翡和大林离婚，可是杨战懒得管他这档事，就拖下来了，翡翡爸就等翡翡治病回来和大林去离婚。反正二十万也砸了，后面被骗的十万也要回来了五万，再没牵扯了。可是大林每天风雨无阻地来等翡翡，翡翡爸心软了，觉得现代社会里这样痴情的男人不多了，可见大林是真心爱翡翡的，加上翡翡爸的一些七大姑八大姨都劝说翡翡爸，翡翡的病不一定治得好，如果治不好病回来谁还要她？就算治好病，翡翡一个离婚妇女上哪儿找大林这么痴情的丈夫？还是原配最好啊！俗话说，前老婆后汉子，牛蹄子二瓣子，再婚的有几个幸福的？翡翡爸考虑了半天，不再执意让翡翡和大林离婚，对大林的态度也好了很多，有时还叫大林回家吃饭。

这大林妈看翡翡爸态度缓和了，又听大林说有人在给翡翡爸介绍对象，翡翡爸都拒绝了，大林妈眼珠一转，有了主意。大林妈有个表叔的女儿，今年四十五岁，从小就漂亮，在学校就是歌舞队的，当年也考上了歌舞团，不过又被某个官员的女儿挤下来了，不得已进了工厂，嫁了一个独生子，丈夫早逝了，也没孩子，想再婚一直没合适的，就一直在婆婆家住着，婆婆也不好撵她。这几年她婆婆半身不遂了，她任劳任怨地伺候着，是个贤惠的女人。大林妈想，如果把她介绍给翡翡爸，结婚后他们俩可以去她婆婆家住，反正一个半身不遂的老太婆也活不了几天了，翡翡家的房子就可以装修一下给柏柏结婚。如果翡翡不乐意，那就让翡翡和大林住，反正翡翡爸一死，还不都是大林的？等翡翡爸一死，连表叔女儿的婆婆家的房子都是大林的了，也就是她的了，她可以拿来给柏柏结婚。只恨翡翡爸身体健康，不知何时死！当下大林妈就顶着秋风，一溜烟跑去找了她表叔的女儿。此人名叫张秀秀，倒是个心地不坏的女人。

大林妈在张秀秀面前夸尽了翡翡爸的好处，例如，长得不错，身材高大，单位很器重，人老实厚道，家里房子不错，就一个女儿嫁给大林了，前妻死了一直缅怀前妻，不想再找啊等。张秀秀听得有些动心了，想见见。大林妈就和大林一起去找翡翡爸说这事，翡翡爸恼了，把大林妈撵出去了。大林妈贼心不死，这天趁着星期天，就拉住精心修饰打扮了一番的张秀秀登门造访了。翡翡爸看到风韵犹存的张秀秀，有些不好意思直接把大林妈撵出去。大林妈就坐在沙发上，口舌如簧说尽了张秀秀的好处，翡翡爸闷声不吭。

张秀秀看到翡翡爸高大、健壮、老实，家里房子也不错，也很动心。快中午了，张秀秀就起身去厨房做饭了，翡翡爸拦着，张秀秀就笑："大哥你坐着，我听大姐说没个女人帮你操持家务，你又上班，回家还得自己做饭，多辛苦啊，我听着都心疼。今天我来了，大哥你就歇着吧，等一会儿你评评我的手艺！"张秀秀本来想说："等一会儿你评评我的手艺和你家大姐的手艺谁的好！"幸亏悬崖勒马，没说下去。她本来就没什么文化，不大会说话，她说话的水平是末流，不过她做饭干家务的水平倒是一流的。

她做饭，翡翡爸不好闲着，就给她打下手，俩人拘谨地聊着天。饭好了，真是色香味俱全，比翡翡妈的手艺好多了。翡翡爸自从翡翡妈逝去后，一直是一个人瞎凑合，这是几个月来他第一次吃到如此美味的饭菜，吃得直打饱嗝。大林妈眉开眼笑，不停地夸赞张秀秀的做饭水平太优秀了，说得张秀秀害羞地直笑。张秀秀笑着说："大哥愿意吃我做的饭就好，以后我每天来给大哥做饭！"翡翡爸想拒绝，又有些不舍得，只好讷讷的。饭后，张秀秀把乱七八糟的家里收拾得利利索索，把翡翡爸攒了很久的衣服都洗了，晒出去了。

翡翡爸坐在沙发上，摸着饱饱的肚皮，看着亮堂干净的家，还有来回忙碌的漂亮女人，不禁偷偷感叹，一个家没个女人就是不行啊！张秀秀于是就每天去翡翡家报到了，做饭，洗衣服，收拾家，还给翡翡爸按摩。翡翡爸渐渐地忘记了惨死的翡翡妈。

张秀秀正在如狼似虎的年纪，和翡翡爸认识三个星期后，张秀秀就借口做饭弄脏了在翡翡家洗澡，洗了一半要求翡翡爸帮她搓背。本来在外面听着哗哗水声的翡翡爸早就心猿意马，这下干柴烈火，一拍即合。翡翡爸是个传统的男人，既然做了就要负责任，于是定了个日子，请了几桌客人，结婚了。

结婚日期在翡翡妈去世的第四个月，根本没通知王馨一家。翡翡爸和翡翡妈当初是经人介绍认识的，结婚前本来没多少感情，互相条件都差不多，都忠厚老实，五官端正，双方家长见了见面，根据打听的消息，彼此家庭都是根红苗正的老实家庭，于是就简单地结婚了。婚后翡翡妈包揽了全部家务，翡翡爸在工作上没了后顾之忧，业绩突飞猛进。而翡翡妈一心扑在家务上，工作上毫无建树。两人过了一辈子，还算和睦，很少吵架，要说感情却只是亲情了。

后来王馨妈妈结婚了，她比姐姐漂亮，千挑万选找了王馨爸爸，就是爱他有能力。可是翡翡爸却对没正式工作的连襟嗤之以鼻，认为他到处贩货，收入不稳定，哪有他在工厂每个月都有工资拿来得稳定？没几年，王馨爸爸开起了公司，开得风生水起，翡翡爸又开始自卑了，一直在翡翡妈的娘家人面前抬不起头来。所以翡翡姥爷立遗嘱说把全部遗产都留给王馨，翡翡爸心里生气，也不好说什么。

翡翡妈一死，翡翡爸在最初的震惊过后又恢复了原来的生活轨迹，翡翡去了香港，王馨家也懒得和他有什么来往，就是经常打电话问一下翡翡的情况。翡翡爸终于远离了让他倍感压力的王馨一家，整日面对着仰视着他的小鸟依人的张秀秀，他感到日子一下子惬意舒适起来。不过翡翡爸倒没请大林妈,请了大林。大林对这事没意见,亲上加亲，多好的事啊！大林妈没被请，气得在家摔盆砸碗，直骂人。

柏柏回来给大林妈送钱，听到她在骂人，赶快走了。柏柏寻思了很久，对大林妈干的这事他觉得很恶心。唉，作为晚辈的他能说什么呢。

王馨家还是从别人嘴里听说了翡翡爸结婚的事。王馨乍一听到消息脸色惨白，一个字都说不出来，她的心一下子冰冷冰冷的，冷得她透不过气来。等她回过神，立即打电话让大少去查。大少查了，回复说是真的，前不久的事。王馨无力地坐下，哭了，为大姨而哭，为翡翡而哭。

王馨回家告诉了父母，王馨妈哇一声就哭了，什么话都说不出来。王馨爸爸脸色铁青，见惯了人情世故，他比一般人都想得更远。他催促说："别哭了，赶快去逼翡翡爸把房子过户给翡翡，可以单写赠与翡翡，大林是没份的，不然翡翡真的连个家都没了。等翡翡回来,在家里是不能住了,爸爸和后妈卿卿我我的,让翡翡如何受得了？大林家不能去，翡翡还能睡马路？过户给翡翡，翡翡住得不好，可以把后妈撵出去，反正房子是翡翡妈的遗产，翡翡有份的。"王馨妈擦了擦眼泪，和丈夫、女儿驱车去了翡翡家。这时，张秀秀正和翡翡爸恩爱地吃晚饭。

香港。

杨战也正在做晚饭，他租的房子每天有钟点工打扫卫生，可是杨战自幼就酷爱烹饪，他一向独居，从来不和那些女友同居，他喜欢拥有自己的空间。杨战请了个香港本土的女护士照顾翡翡，还让他公司的一个人来监管这一切，杨战自己出国谈生意去了。等半个月后，杨战悄无声息地回来，一进门就听见那香港女护士在用粤语和英文夹杂着辱骂翡翡，嗓门大得能掀了屋顶，他公司的那个监管人影都不见。

杨战在楼下听得女护士骂的内容是翡翡是头猪，疯女人，下贱的内陆妹子，连粤语都听不懂，还敢给有钱少爷当二奶，混来了香港，洗澡都不会之类，听到了翡翡的哭泣还有抽打的声音。

杨战飞奔上楼，一眼就看到沐浴间的门大开着，翡翡赤裸着身体蜷缩在浴缸里，浑身冷得发青，双手无助地抹着眼泪，哭得上气不接下气。而女护士在叉腰大骂，用毛巾使劲抽着浴缸的边，有几次毛巾的梢都碰到了翡翡，翡翡被打得直往后躲。杨战当时就觉得眼前升起一团红色的烟雾，如果手边有刀子，他绝对会杀人。翡翡先看到了他，不管怎么样，杨战虽然脾气不好，却是她在香港这陌生地方唯一的依靠。翡翡拿了条浴巾遮着身体就扑到了杨战怀里，抱着他大哭，说：“她欺负我！”

女护工看到了杨战，急忙堆起满面笑容，一边理着头发给杨战抛媚眼，一边向杨战述说翡翡的种种不是，例如翡翡听不懂粤语，跟翡翡说话是鸡同鸭讲，翡翡经常不执行她的命令，翡翡洗澡太慢等。杨战眼睛里怒火万丈，唇边却露出冷酷的笑容，一把拽住女护士的头发把她的脸使劲顶在墙壁上，说："你欺负她是大陆妹是吗？你也想当二奶是吗？你自豪你会说几句粤语是吗？"等女护士把墙上的布画装饰都啃得斑驳不齐了，才放开她。然后他摸摸浴缸的满缸水是冷的，原来女护士嫌翡翡洗澡慢，把翡翡的热水放了，换上冷水，把翡翡按在冷水里，劈头盖脸地骂。

杨战不是香港居民，不愿打人惹事，报了警让警察把女护工带走了，告她虐待病人。那天后，翡翡发烧了好几天，杨战觉得愧疚，衣不解带地照顾她。杨战怪自己用人不当，他公司的那个人来了香港后，拿着公款整天在舞厅里醉生梦死，让他给开除了。从那以后，杨战开始亲自照顾翡翡。翡翡经常动不动就出神，因此洗澡慢，吃饭也慢。杨战是个行动迅捷的人，干脆到了洗澡的时间就剥了她的衣服快洗一通。翡翡总是抗议，但抗议无效。用杨战的话说，"你看你的体形有没有世界名模的好，那些女人除非特别漂亮的我才动心去玩玩，你呢？看看你的小肚皮吧。"翡翡也看过他和那些名模的合影，报纸上经常会报道。翡翡看看自己有点胖乎乎的小肚皮，垂头丧气。

不过杨战不打算给她减肥，他觉得翡翡瘦了回去后对翡翡爸不好交代，于是继续填鸭。杨战几乎每天都会给翡翡爸打电话，报告翡翡的情况，有时候翡翡也和她爸爸说几句。杨战心很细，考虑到翡翡的家境，每天打来电话会是一笔不小的费用，于是杨战每天无论怎么忙，也会记得给翡翡爸打电话，怕翡翡爸担心。这天，杨战又给翡翡爸打电话，是个女人接的，她告诉杨战，翡翡爸在洗澡。

“你是？”杨战疑惑地问。“呵呵，你不知道吧？我最近才和翡翡爸结的婚，好多人不知道的。”张秀秀高兴地笑了起来。杨战无比震惊，客气一句就挂了电话。他在夜色里等着，半个小时后又给翡翡爸打电话。这次翡翡爸承认了，还说怕影响到翡翡的治疗没敢告诉他们。杨战大骂：“你不配当父亲！”挂了。他上楼注视着在睡觉的翡翡，心中百感交集。这次翡翡回青岛后真的是无立足之地了。

杨战二十多岁的时候他的妈妈去世了，杨战也是怕再没他的家，严令父亲在外面玩女人可以，绝对不许娶回来，他父亲从此再未娶。

杨战做了饭，叫醒翡翡下来吃饭，翡翡吃得直打饱嗝，杨战的手艺跟香格里拉酒店的大厨有一拼。以前杨战从来不叫翡翡去洗碗，而这次杨战非叫翡翡去洗碗。杨战考虑到翡翡回去后肯定得寄人篱下了，总不能什么家务活都不会干吧，那样的话没住几天就会叫人家给轰出去。于是翡翡笨手笨脚地去洗碗，她干活慢，杨战还在旁边监工，让她很紧张。不一会儿翡翡就一下子打碎了两个盘子。杨战脾气又上来了，对翡翡态度恶劣起来。翡翡不受他的气，口不择言说：“我又不是天生给你洗碗的！”杨战立即回击：“我更不是天生给你做饭的！有本事你再别吃我的饭！”直心眼的翡翡生气了，真的再不吃他的饭，饿了一天。其实杨战早就后悔了，想请翡翡来吃饭还拉不下面子，只得一个人做了饭一个人孤独地、恶狠狠地吃掉。第二天，翡翡饿得受不了，自己悄无声息地走出了别墅。杨战发现后，

开始疯狂地寻找翡翡。

青岛。翡翡爸和张秀秀正在吃晚饭，翡翡爸自从和她结婚后胖了好几斤，他打算晚饭后和老婆出去散步。门铃响了，王馨一家来了。王馨妈妈进门后，狠狠地瞪着他们俩。翡翡爸有些惴惴不安，他一向对这个小姨子有点畏惧，有点自卑。

王馨妈妈冷笑，“我姐尸骨还未寒呢，这狐狸精哪儿来的？出去！”翡翡爸急忙拦着：“别，这是我刚娶的老伴，张秀秀，你们认识一下！”王馨妈妈二话不说，喝令王馨把她撵出去。王馨推开姨父，开了门，就把张秀秀推了出去。张秀秀急忙跑到邻居家去给大林妈打电话。大林妈自从翡翡妈死后，觉得王馨家管不了他们家的事了，一听电话就跳了起来，再听说就王馨一家三口去了，没有大少和明明，大林妈腰杆立即直了起来，王馨爸爸有心脏病，王馨妈妈是女流，王馨毕竟是个孩子。当下她就带领着大林和柏柏去给张秀秀撑腰去了！临走还带了她家的擀面杖。

翡翡爸看到张秀秀被撵了出去，心疼了，就想去叫她回来，被王馨爸爸一声怒喝阻止了。翡翡爸回头愤怒又有些怯意地望着王馨爸爸，毕竟他这事干得不太地道，他管不住自己的情欲，连他的几个多年的朋友都有些不齿。

他小声说：“你们怎么一来就这么凶啊，我和她都领证了，你们这也太不像话了。”王馨妈妈恨得咬牙，“是太不像话了！我姐没了才几天你就和别人上床了？还领证了，你对得起我姐吗？对得起翡翡吗？你这个人渣！”

翡翡爸被她说得低下了头，不做声。他心里明白，依着翡翡妈的传统思想和对他几十年深厚的感情，如果死的是他，翡翡妈百分之百会为他守寡到死的。想到这点，翡翡爸再次愧疚起来，其实他经常会愧疚，觉得自己没人性，对不起翡翡妈，对不起翡翡。尤其是翡翡还在神志不清的时候再娶，如果翡翡清醒过来知道了妈妈的惨死和他的再娶，弄不好翡翡能再疯一次。

王馨妈妈指着他，哭着说：“你没了女人就活不了了？我姐和你结婚后吃了多少苦？你赚的那几个钱都不够塞牙缝的，我姐每次去买菜都得走几站路，车都舍不得坐，就为了省那几毛钱。如果你像个男人样，像馨馨爸那样撑起一个家来，我姐至于累成那样？你和我姐结婚后，你做过几次饭？拖过几次地？你赚不了几个钱，还有脸在家摆大老爷的谱，让我姐跟伺候什么似的伺候你，你配吗？”王馨妈妈说到极度痛苦处，扑上去就厮打翡翡爸。翡翡爸不敢还手，只能招架，脸上被抓出一道道血印子。王馨爸爸冷冰冰地站在一边看着，不置可否。王馨紧张地站在妈妈身边，准备一旦翡翡爸还手她就要对翡翡爸大打出手。

后来，王馨爸爸拉住老婆，示意翡翡爸坐下来谈。翡翡爸像只斗败的鸭子一样，灰头土脸，狼狈不堪地依着王馨爸爸的话坐了下来。他做事理亏，被打了一顿，更是垂头丧气。王馨爸爸冷静地说：“我们这次来，有两个目的。第一，这房子是你和大姐的共同财产，大姐没了，翡翡有权继承，你马上打电话给杨老板要翡翡的授权书来，明天把这房子赠予给翡翡！法律规定，你只要在公证的时候单独注明赠予翡翡，那孙大林是一点儿也得不到的，这点你放心！我们不能让翡翡连个家都没有，流浪街头！”翡翡爸一声不出。

王馨爸爸继续说：“当初大林他妈赔偿的钱，你得完全留给翡翡，那借款，也得完全留给翡翡。”顿了顿，他的口气陡然凌厉起来：“如果你不答应，看在翡翡面上，我不动你，可是你那新女人的胳膊腿我就不能替你保证了！”翡翡爸急忙说：“这钱我一直没动，真的。我一直留着给翡翡治病呢。”这话是真的，大林妈倒是告诉了张秀秀这钱，意思是让她弄回来，两人平分，张秀秀也想要过来，可是她一分也不想分给大林妈。翡翡爸却想着，如果杨战那里治不好翡翡的病，这钱他就留着带翡翡去北京、上海治病，毕竟翡翡是他唯一的女儿。

他和张秀秀再婚，他自然得藏着自己的心眼儿，他什么事都得帮翡翡留个后路。所以无论张秀秀出尽什么花招，哭，闹，美人计都不奏效，翡翡爸把存折锁在单位的抽屉里，死都不拿出来。

当下翡翡爸就答应，等翡翡一回来，这钱他就给翡翡。王馨爸爸淡然说：“那就好，你还算有点良心。你现在就给杨老板打电话。”翡翡爸一梗头，竟然死活不答应。这房子他有自己的考虑，张秀秀也一直说让他去把房子改成他和自己共有的，翡翡爸一直没答应。第一，再婚的离婚率高得离谱，万一没多久，他和张秀秀过不下去了，这房子不得分她一半？那他和翡翡怎么办？他可不想老来流落街头，栖身在下水道里。第二，如果写他和翡翡共有的，那就是翡翡继承了妈妈的遗产，就不能是赠予了，也不能去公证单独赠予翡翡了，大林就有权利分得这房子，虽然他不赞同翡翡和大林离婚，可是他现在已经是惊弓之鸟了，对大林提防得很厉害。

张秀秀虽然是大林妈的亲戚，可是她是大林妈爷爷的表兄弟分支家的人，和大林妈的关系可以说是八杆子打不着。她和大林妈根本不熟悉，这辈子见面的次数在大林妈那天跑她家去做媒之前一直是屈指可数的。如果按照王馨爸爸的话完全过户给翡翡，他又不乐意，他不想自己没房子，虽然是给他的亲生血脉，他仍然是很不高兴的，他不想自己没保障，而且自己再娶，还不知道翡翡什么想法呢，万一翡翡大怒之下和他老死不来往，投靠了王馨一家，他岂不是鸡飞蛋打一场空？

在王馨爸爸的逼催下，翡翡爸心一横，就把上面的想法全部说了出来，也不管王馨家怎么着了。他心里有底，多少年的亲戚了，虽然小姨子打他几下，可是他们绝对不可能对他动真格的，毕竟他是翡翡的亲爸。如果王馨爸爸想动张秀秀，他也无可奈何，虽然他舍不得，可是两害权衡取其轻，在张秀秀和房子之间，他毅然决然地选择房子！王馨妈妈勃然大怒，一拍桌子，大骂：“你居然连亲闺女都提防，还是不是个人！”

任王馨妈妈怎么骂，翡翡爸就是坚定信念，死不屈服。这时大林妈带着她的擀面杖和她的儿子、侄子在外面砸门了。大林妈喊着：“哪个不要脸的把人家女主人撵出来了？当她娘家没人了是不是！”仇人相见，分外眼红！王馨妈妈咬得牙都碎了，扑过去就开门！

香港。

杨战找了翡翡两天了，一点音信没有，他早就报警了，然后就一直没吃没喝地开车在香港街头巡逻。医生也急了，帮他一起找。医生对和他女儿差不多大的温顺的翡翡很有好感，看着杨战欺负她，他总是保护她。他听了杨战述说翡翡家的情况和翡翡的赌气，不由得说了杨战几句：“一个没了妈的女孩子你也欺负她？”杨战身心疲惫，心中愧疚，只是任凭医生指责而低头不语。

杨战经历很多，跑遍全球，在这几天里那些被拐卖的女人的悲惨景像不停地出现在他的脑海里。这时，他的机器对他一点儿也不重要了，轻如鸿毛了。他赚的钱很多，他都懒得计算他有多少钱，只知道他这辈子是挥霍不完的。现在的他，只想找到翡翡，只要她平安无事，他真的一点也不在乎什么机器，他想要那个机器不过是做人太争强好胜而已。

在几乎半年的相处中，翡翡一直迷迷糊糊，清醒的时候就惹他生气，可这都是杨战的第一次，他有生以来第一次除了父母而和一个活物那么久地生活在一个屋檐下。以前他连条金鱼也没养过，他认为养宠物是女人气的行为，再说他忙得要死，也没时间去照顾。

他曾经养过一盆仙人掌，那是他觉得它不需要照顾。在杨战全世界奔波的日子里，那盆倒霉的仙人掌异常孤独地渴死在杨战那几百万的豪华别墅里。杨战在它变成干尸的时候才想起来去浇水，却再也无法让它起死回生，这让杨战难过了很久。

他这是在不得已的情况下，才不情愿地与迷迷糊糊的翡翡相处的。半年了，每天早上拉她起床，给她做饭，伺候着她吃完，她吃得慢，他还得连骂带吓唬地催她快吃；每天送她治疗，接她回家，晚上再把她喂得饱饱的，然后调好水温，帮她洗头洗澡，帮她擦干，穿好睡衣，塞进被窝，然后他在她旁边的卧室工作，还得随时侧着耳朵听着她的动静，一听到她哭就得马上跑过去把她弄醒。她几乎每天晚上都做噩梦，梦见婆婆和孙大林打她。她醒来后就抱着枕头直哭，然后到处找妈妈。

翡翡一脸的泪，一身的冷汗，杨战不得不忍着身心的疲惫再去调水温，再去给她洗澡，还得安慰她，骗她说妈妈在青岛，很快就来看她。等把翡翡再次哄睡，不等杨战眯一会儿，天就亮了。杨战只得强睁着直打架的眼皮，去给翡翡做早饭。这样的疲倦中，杨战当然脾气不好，动不动就朝她发脾气。翡翡在迷糊状态，怎么可能明白他的疲惫，一看见他脾气不好，就和他瞪眼睛，把他气得半死。杨战的豪门家族好几代了，根大叶茂，他自己从小是在佣人的照顾下长大的，他何时这么伺候过别人？除了他父母，谁又敢像翡翡那样对他吹胡子瞪眼的？一切都是杨战的第一次，翡翡算是他养的女儿、宠物、植物或者什么，他自己也说不清。照顾久了，成了习惯。一旦照顾的对象突然失踪了，杨战被“闪”得厉害，一时完全不知道该做什么了。

他知道自己拼命也要把翡翡找回来，否则他一世都无法入眠，他无法面对他把翡翡弄丢了的罪孽，一想到他每天精心照顾的翡翡可能在被别人当狗一样的蹂躏，他就想杀人。翡翡是他照顾的，只有他可以对她发脾气，除了他，谁都不行。那天看见女护工虐待翡翡，杨战好像一只被烧了尾巴的猫一样地跳了起来，好像被虐待的是他自己。人都是感情动物，杨战也不例外，只是他以前没给过任何人机会走入他的世界而已。

青岛。

王馨妈妈开了门，大林妈举着擀面杖就冲了进来。可是一看到满面杀气的王馨妈妈和王馨，大林妈立即胆怯了，不由得退了几步。张秀秀也跟了进来，拉着翡翡爸的胳膊就哭，叫翡翡爸帮她出气。

王馨妈妈一看到大林妈，眼前立即浮现出姐姐那死不瞑目的眼神。姐姐死了，这大林妈却还在活蹦乱跳地到处招摇撞骗，叫王馨妈妈如何不呕血？王馨妈妈二话不说，上去就厮打大林妈。大林妈往卧室的方向直退，大林想去帮妈妈，被王馨拽住了又踢又打，大林连反抗的能力都没有。柏柏不知所措，他可没想到这地方根本不听讲道理，上来就武斗。不过，眼看大林妈处于下风，他就要过去帮大林妈一把了。

这时，大林妈被打得窝气，拿出那根粗大的擀面杖就打在了王馨妈妈头上。王馨妈妈叫了一声，额头上立即见血。王馨和爸爸立即猎豹一样地扑过去。王馨爸爸去查看妻子的伤势，王馨眼珠都红了，这大林妈骂死她大姨，还想打死她妈妈不成？王馨夺过擀面杖，用尽吃奶的劲就往大林妈头上抽去。这时柏柏见势不好，急忙抢上来推开大林妈，王馨的擀面杖重重地砸在了他的后脑勺上。柏柏连哼都没哼一声，就倒了下去。柏柏在医院说的最后一句话就是："你们谁也别追究她的责任，她不是有意的。"随后，他就陷入了昏迷状态，颅脑出血，需要动手术开颅，可是大林妈没有钱啊。

王馨锒铛入狱，是张哥亲自给王馨戴的铐子。张哥低头，无言地铐起了王馨，心头却想起了不久前他吓唬王馨给她戴铐子那事，万没想到在不久的今天，是他亲手将冰冷的手铐戴在了王馨的手腕上。王馨脸色惨白，一双大大的眼睛茫然地看着张哥，一切发生得太快，她根本不清楚怎么会这样。

她一擀面杖抡下去，柏柏就倒了下去，等她发现事情不妙去扶柏柏的时候，摸到柏柏后脑勺的鲜血，那血至今还沾在她手上，没机会洗掉。

她一直守在医院，妈妈包扎好了，只是头皮裂伤，同时也得知了柏柏需要动手术开颅的消息。王馨在爸爸的眼神里第一次看到了如此的恐惧。爸爸是个极其刚硬的汉子，聪慧精明，从来没有他摆不平的事，但此刻他眼睛里流露出来的恐惧却如深渊一样的深不见底。王馨爸爸拉着王馨就跑，边跑边急忙把身上全部的钱和卡掏给她，叫她快跑，先跑出青岛再说。王馨吓得没了主意，大少还在路上往这里赶，张秀秀和翡翡爸却拉着他们，叫王馨去自首。翡翡爸说："不能和政府作对啊，王馨能逃一辈子吗？先自首，然后争取从轻处理。"

王馨爸爸厉声呵斥翡翡爸："你给我闭嘴！如果不是你再婚，馨馨能出这事？给我滚一边去！"

王馨爸爸拉着王馨就往外跑，在停车场上车的时候，被闻讯赶来的张哥逮了个正着。张哥看了看好像受惊小鹿一样的王馨，想骂她一顿，又不忍心，这孩子都吓得够戗了，就说："先关押吧，看法院的判决了。凶多吉少，你们赶快去请律师吧，弄大了就是十年八年的。孩子还小呢。"说着就带着王馨上了警车。随后赶来的王馨妈妈哭着不让警车带走王馨，被丈夫紧紧地拉着手臂，摇头示意她安静，听候警察处理。警车呼啸着开走了，王馨妈妈哭倒在丈夫的怀抱里。

跟着赶来的翡翡爸两口子站在后面。翡翡爸眼睛潮潮的，王馨可是他从小看着长大的，出了这事，叫他如何不心痛？张秀秀低声嘟囔："这么小就这么泼辣，判她五十年，看她还敢嚣张！"她还念念不忘王馨把她撵出了家门。翡翡爸突然爆发了，对她怒喝："你说什么屁话！我们家的事我们自己解决，你把大林那个死妈叫来干什么？你嫌脸丢得不够大是不是？"张秀秀第一次看见翡翡爸发火，不禁有些胆怯，嘟囔说："她……我……"

翡翡爸喝道："我警告你！你再敢和那老不死的来往，再把她招咱家来，我就和你离婚！我说话算话！"张秀秀立即哑巴了，翡翡爸是男人，再离婚也无所谓；可是她是女人，被撵出来了多丢脸，而且她走的时候对婆婆说她是再也不回去伺候她了，这下怎么还有脸再跑回去？她丧着脸，再也不说话了，只是幸灾乐祸地看着遭受重创悲痛万分的王馨父母。对于柏柏，她几乎不认识，也谈不上什么伤心。

柏柏昏迷不醒，全身插满了管子，医生说要尽快动手术，否则柏柏就没命了，就是动了手术，柏柏活下来的可能性也不大。可大林妈一点钱也没有了，她和大林爸商量把现在的小房子卖了，给柏柏做手术，大林爸却破口大骂，几乎要打大林妈，骂她是败家女人，是孙家的祸根。大林爸瞪着眼睛,信誓旦旦地说如果大林妈敢卖房子，他就和大林妈同归于尽，把大林妈吓唬得不敢说话以后，大林爸迅速跑回家把房产证藏了起来，等大林妈偷偷摸摸回去找房产证的时候，却怎么也找不到了。

大林妈哭尽了每一滴眼泪，这时她呆呆地坐在医院外面的台阶上，任秋风肆虐着她的乱发。几个小时过去了，大林妈仿佛老了十岁，躯干也缩小了很多。她任凭着柏柏的父母骂她，只是一言不发，好像整个人都游离了地球，几乎用肉眼都能看见她在一点点地苍老。现在的她，看起来一点儿也不像原来的那个生龙活虎的大林妈了，倒好像是从那个百岁老人堂出来的耄耋老人。

柏柏父母哭天抢地，埋怨大林妈吃饱了撑的去管别人家的闲事，害惨了柏柏，让大林妈偿命来！哭到最后又吆喝着要告死王馨，让王馨偿命，赔偿他家五百万，这钱一分钱都不会给大林妈。

大林妈好像什么也没听到，仍然在以惊人的速度衰老下去。冷冽的秋风无情地厮咬着她已经好像一片薄薄的纸一样的身躯。

柏柏父母骂够了，已经大半夜了，他们才回去。大林妈仍然一动不动地坐在医院的外面。医院的护工屡次劝大林妈去休息，外面风大，大林妈置若罔闻。

大林也回家了，任由他母亲孤独地坐在外面。大林和柏柏感情深厚，柏柏的重伤对他打击很大，他恨王馨下手太狠，他恨张秀秀吃饱了撑的把他们三个人叫了去，以致柏柏如今的凄惨，他不愿意承认，他最恨的其实是他母亲。

他从小爱戴的母亲在他心里的形象早已模糊得令人憎恶了，自从翡翡妈死后，他宁可在翡翡家的小区待到半夜也不想回家，他不想看到母亲那张刻薄的算计的脸，更不想听到她薄薄的嘴唇一天到晚地喋喋不休，内容不外乎是千篇一律谁家的老头赚多少钱，谁家的孩子赚钱多，工作好，给父母买了多少好东西，哪个没本事的就会讨好领导的女人又在单位捞到了什么好处，哪个不如她的女人在单位分了很多福利……

一次，大林忍无可忍，冲她大吼："行了，我工资卡在你手里，你想买什么就去买，瞎叨叨什么？儿媳妇叫你打跑了，我才新婚几天，你打了她两次，还骂死了她妈，如果翡翡回来能再答理你我倒着走！"大林妈开始掉眼泪，骂他不孝顺，大林摔门而出，懒得理她。大林妈害死了翡翡妈，又急着给翡翡爸续弦，现在好了，间接害惨了柏柏。

大林不再觉得他妈是多么伟大的女人了，其实看清楚了就是一个市侩的穷于算计的老婆子。任何儿子都不愿承认他最尊敬的母亲就是这号人，可事实摆在眼前，无可辩驳。大林今天看到舅舅骂他母亲，连想拦着的念头都没有，就一个词："活该！"

事情发展到这里，是何等的悲惨！起因就是他妈的无耻和贪婪！大林恨极了他的母亲，只是他不愿意承认而已，承认了就代表他不孝！

夜深人静，大林妈仍然一个人守护在柏柏身边，哭得没了眼泪，只有控制不住的抽噎。从小到大，柏柏有如她的亲生儿子，已经和她密不可分，如今柏柏成这样了，大林妈也仿佛死了一样，整个世界都在离她远去，丈夫对她和柏柏的绝情无义，儿子眼中的憎恨，这世界上只有柏柏还是爱她的，关心她的，可如今，柏柏替她挨了一棍子，造成了这样的后果。柏柏是替她遭罪的。大林妈恨不能躺在病床上的是她自己。她哭都哭不出来,用手使劲捶打着自己的胸口，真恨不得把心掏出来。

香港。

几天不眠不休的杨战还在寻找翡翡，他很累，不是他不想睡，而是他睡不着。他养得好好的宠物突然就没了，这让他愤怒又无奈，更多的是不甘心。这天，特区警察联系了他，说翡翡找到了，在一个教堂里。杨战道谢完，挂了电话，驱车前往警局。在路上，杨战大笑了起来，等他发现自己在大笑的时候，急忙收敛住了。

他本来就是不爱笑的人，从小受的贵族绅士教育只是礼貌、温和而客气的微笑，绝对不是放纵自己的那种大笑。他内敛，掩饰得很隐秘，不让任何人窥探到他的内心世界。今天这样的大笑是好久没有的了，杨战边开车边纳闷，小结巴找到了有什么值得他大笑的，无聊！

特区警察引领他在教堂里见到了翡翡。翡翡乖乖地坐在牧师的房间里，正在用蜡笔画画，那张嫩嫩的娃娃脸一派认真单纯，一看就憨憨的。翡翡抬头看到了杨战，有些怯意，讷讷地说不出话来。

杨战走过去，看着她的画，本来油画很有造诣的杨战一看到她画的东西，不由得怒火腾腾。画功是极其粗劣的，和幼儿园孩子的画有一拼，这些还不算什么，它的内容竟然是一条河，一辆跑车掉进了河里一半，那车的颜色和款式不是他的奔驰跑车是什么？更可气的是杨战本人也掉到了河里，在大叫“救命”！那人穿着杨战经常穿的灰蓝色，黑剑眉，虎睁眼，不是杨战是谁？

杨战当下就想撕了她的画，考虑到特区警察就在旁边，他不得已换上了一副人畜无害的嘴脸，微笑着继续翻看翡翡画的画。剩下的画都是翡翡看好的那件黑色套装，翡翡画得很细致，看来是花了心思的。杨战心中一酸，扫了一眼翡翡，翡翡正不安地打量着他。杨战收起画，装了起来。

原来这个教堂很小，除了礼拜，平时没什么人。翡翡在外面游荡了半天，想回去，却发现迷路了，只好乱找，那天正好是礼拜，她就进来暖和一会儿，然后饿了，她就偷偷在楼上的一个房间找到了半盒饼干，吃了点，就在沙发上睡着了。礼拜完了，牧师锁上教堂大门也没上楼就回家了，醒来的翡翡傻眼了。

房间里有一部电话，可是翡翡不知道杨战的电话号码，也不知道香港的报警电话，只好把饼干节约着吃，幸亏还有水。闲着没事，翡翡就拿着桌子上的蜡笔画画。牧师每隔两天都会回来一下，办理事务，发现了饿得七荤八素的翡翡，急忙喂了点面包和牛奶，就报警了。整个过程就是这样。

杨战看着失而复得的宠物，心中欢喜，微笑礼貌地道谢。带着翡翡回家的路上，他再也忍不住，在暖暖的阳光下，痛快地笑了起来，发自内心的笑，真好！回家后，他给翡翡洗了个澡。洗完后，用浴巾包裹着她，搂在了怀里，心满意足。然后他带翡翡去外面吃了顿大龙虾，翡翡不太喜欢吃，他又给翡翡换法国蜗牛，翡翡死活不吃，他耐住性子问翡翡想吃什么，翡翡说想吃他做的鱼香肉丝。杨战笑了，结了账，买了材料，回家忙活开了，做好了，看着狼吞虎咽的翡翡，杨战内心深处觉得异常满足。

他一贯是一个人做饭一个人吃，习惯了孤独，以前和翡翡吃饭，总是吃得双方都不愉快，翡翡吃饭慢，杨战赶时间，不停催她，最后恨不能端着盘子往她嗓子里硬灌。这次，杨战不再赶时间，时间是拿来干什么的？时间是拿来享受人生的。杨战懒洋洋地欣赏着从狼吞虎咽到慢慢品尝的翡翡，一种从未有的幸福感涌上心头。做饭给一个人，看着她满足地吃，这种感觉真好！

第一次，杨战想结婚了，可是他必须和他的未婚妻结婚，他们是世交，父母订下的，彼此家族的生意来往密切，他们联姻就保证了肥水不流外人田。

那女孩子今年二十八岁，很高、很瘦、很漂亮，傲慢之极，名门名媛，会说六门外语，风流成性，牛津出身，极其能干，比杨战还有本事，她看不上杨战，她嫌弃杨战不够高，会说的外语没她多。她身高一米八六，杨战才一米八九，她穿上高跟鞋比杨战都高，她的床上用品都是身高差不多两米的男模特和运动员。杨战对她也没感觉。两人一共见面不超过十次，每次都彼此客气地寒暄两句，然后说你越来越美丽了，你越来越英俊了，今天天气不错，昨天下了点小雨之类的废话，然后就懒得东拉西扯了，各自玩着指甲和配件，等各自的父母告辞就赶快堆上虚假的笑容说："今天和你交谈得非常愉快，很期待下次再会！"然后彼此溜之大吉，呼吁："下辈子再见吧！"

现在杨战看着埋头苦吃的翡翡，苦笑了一下，想："那个美女会吃我做的饭吗？她能把盘子扔我脸上！"双方父母也都知道对方孩子的风流德行，可还是心照不宣地缔结了这个婚姻。家族的生意高于一切！以后生后代可以用科学的方法，那个美女是绝对不会牺牲身材来生孩子的。至于夫妻生活，可以肯定的是，那个美女很不情愿杨战碰她一下的。婚期暂时定在后年元月。也就是说，他还剩下一年的单身时间。

第二天，杨战带着翡翡来到了那家购物天堂，按照翡翡的尺寸买了那套衣服。翡翡穿上虽然没有模特那么漂亮，可是也很可爱。

他们在商场逛着，翡翡喜欢哪件衣服，杨战看都不看价钱就买下来，半天时间，就买了一堆名牌衣服，然后给翡翡买了内衣、袜子、鞋子、手表、太阳镜等。翡翡一直是欢天喜地，杨战则微笑着看着翡翡，感受着她的开心。花钱不多就能让宠物高兴成这样，值！

几天后，医生给翡翡进行了催眠治疗，翡翡彻底醒了过来。看着翡翡由于想起来妈妈的惨死而痛苦得不能自拔，杨战含泪搂着她，安慰她说："哪怕世界都抛弃了你，你还有我。"

青岛。

王馨爸爸非常积极地垫付柏柏做开颅手术的全部费用。柏柏做了开颅手术几天后，终于慢慢睁开了眼睛，会说话了，大部分时间却仍然昏睡不醒。

王馨爸爸找了最好的律师，和一切为王馨开脱的证据，大少、明明和一些朋友不遗余力地通过各种人脉去托关系，结果，王馨因为过失伤害罪，主动自首，积极赔偿，认罪态度良好被判一年。判决那天，王馨号啕大哭。在看守所，在张哥的极力关照下，倒没人为难她，可是镣铐加身，粗劣的饭菜，失去自由又岂是这个养尊处优的大小姐所能受得了的？

王馨很快就要被转入济南监狱，在大山看守所待不了几天了。王馨脚上沉重的铁镣摩擦着她幼嫩的肌肤，让她的每一步都是锥心的痛，她走得艰难，走得凄惨，走得绝望。王馨父母看着戴着镣铐，脸色苍白的宝贝女儿一步步艰难地走了过来，不禁心痛如绞，泪如雨下。大少和明明也都忍不住纷纷落泪。

王馨爸爸含泪看着眼前如夜一样憔损苍冷的女儿，千言万语却无语哽咽，半天才痛心疾首地啜泣说：“孩子，但凡你以前听我一句，何至于落得如此地步啊！”王馨眼眶红红的，瘦削很多了的脸庞神色凄楚，满面绝望。一闭上眼睛，她眼前就是柏柏那纯真清澈的样子，那么害羞那么腼腆地看着她，就如他们俩无意碰撞那天的眼神。据父母说，柏柏也许不能恢复了，一辈子就躺在病床上了，后脑被伤得太重了。听到别人复述的柏柏昏迷前的那句话，王馨泣不成声。她想赎罪，却赎罪无门。

哀莫过于心死，落泪在风中……

要关一年——王馨绝望了，主动提出和大少分手。她现在是一个罪犯了，如何能牵连大少，让大少等她？

大少却在半山兰亭买了套两百多平米的房子，写了他和王馨的名字。王馨不同意，他硬逼着王馨写了授权书。王馨入狱半个月后的一次探监，大少带着钻戒、玫瑰花，在王馨父母和明明的见证下，含泪下跪向王馨求婚。王馨泣不成声，拒绝了。大少这场求婚是筹划已久的，王馨没判决下来的时候，他就决定求婚，想给王馨吃个定心丸，让王馨明白无论她被判多少年，他都会一如既往地等她，爱她。

可是王馨爸爸不同意，他一定要让大少等法院的判决下来，如果会判很多年，他绝对不能让王馨耽误了大少的一生，大少才二十六岁，风华正茂，青春勃发，让他戴上这个多年的镣铐是很残忍的事情，也是极不人道的。大少执意想求婚，王馨爸爸终于大发雷霆了，眼中却泪花闪烁。

大少哭了，哭得很伤心，这个外表和内心都是极其刚硬的男人第一次控制不住地泪落如雨，哽咽不已。好不容易判决下来了，一年。刚听到一年的时候大家都松了口气，律师说这已经是最轻的了，有一些这样的情况都判的是十年八年。一年，三百六十五个日日夜夜，在那个暗无天日的监狱，真是度日如年啊。大少的心都抽紧了，任性娇惯的王馨在那种地方将遭受什么样的折磨啊，她能熬过这一年吗？法院判决赔了柏柏父母十八万元。

很久不见大林妈了，柏柏的病，大林的憎恨，大林爸与她频频地为了钱、为了捉襟见肘的家用、为了柏柏治病吃饭的各种费用而大吵特吵。在多重巨大压力下，大林妈已是满头白发，身子佝偻，神色涣散，令人不忍对视。

大少和王馨爸爸也不忍再整她了，她已经完全垮了，好像风中摇晃的油灯，油尽，灯灭，只是快与慢的问题。

当大少含泪捧着玫瑰，拿着钻戒向王馨正式求婚的时候，生平不惧任何血战、任何强敌的王馨在这一刻，却忽然有一种想要转头，不与大少对视的感觉。

她的双手沾满血腥，她不配再有幸福，她不能在柏柏昏迷不醒的状态下再与大少过着携子之手、与子偕老的美满人生。王馨的眼泪扑簌而下，苍白的嘴唇颤抖了半天，才说出话来："我们分手吧。如果有来生，希望不再遇到你。"说完就转身踉踉跄跄拖着沉重的脚镣离去，转身的一刹那，泪落如雨。大少在她身后，哽咽地哭，却坚定地说："如果有来生，我还想再遇到你。"王馨顿了顿，却没回头，任由眼泪簌簌而下，挣扎着离开了探监室。

在她的身后，她的父母和明明早已泣不成声。大少任由他的热泪一滴滴地滴在那颗晶莹的钻戒上。

香港。沉沉夜幕。

杨战坐在沙发上，没开灯，音响里缓慢放着罗文的《桃花开》。翡翡听着歌，慢慢睡着了，她的脚搭在沙发扶手上，头靠在杨战的大腿上。杨战轻轻握着她的手。

听着舒缓轻灵的音乐，杨战沉醉在这种难得的安宁里。这些年，他一直在不停地征战搏杀，难得空闲，就连泡妞都是匆匆忙忙从一个名模的床上爬下来，立即转移战场到另一个名模的床上，匆忙得来不及交谈，匆忙得甚至记不住她们的名字。

一次闹了个笑话，杨战在宴会上遇到一个有些眼熟的美艳名模，以为她整天在杂志、报纸、电视上露面，眼熟是正常的，也没在意，宴会完他就直接把她搬上了床。那个名模却在亲热完了深情地对他说："杨，你还是那么棒！""呃？你说什么？我们以前？"杨战有点诧异地挑起了眉毛，审视着身下的女人。那名模伤感地笑笑，回忆说哪年哪月他们曾经怎样地疯狂过一场，然后就是杳无音信，没想到再见时他早已完全不记得她了。多么荒唐的往事啊。

在这个夜晚，杨战回忆起那些不值得留下任何念想的前尘往事，只觉得很疲倦，虽然才三十一岁，可是他已经搏杀得很累了，他突然很想很想结婚，生几个孩子，过正常人的生活。

结婚……他又想起与之有婚约的那个美女，不禁苦笑一下。再看看酣睡的翡翡，他明白，翡翡只是他生命里的一个过客，也许很久以后，他会怀念他和翡翡这半年的温馨相处，可是他要结婚则必须和那个名门女孩结婚。没人强迫他，是他自己一定要这么做。他是个事业心很强的人，结婚后，与对方家族强强联手，然后双方紧密合作，就在商业圈内形成了一个坚不可摧的同盟军，从此所向披靡。翡翡——等翡翡病好后，还能留在他身边吗？她是有丈夫的。尽管她给他带来了一种模拟的幸福生活，等回到了青岛后，仍然免不了分道扬镳，大路朝天，各走一边。

从此擦肩而过，再是陌路。

杨战心头一阵伤感。如果翡翡的病永远不好，永远迷迷糊糊地跟在他身边，当他的宠物，该多好啊！那个联姻的女孩应该不会在意的，他的婚姻注定是场悲剧。

杨战曾经和医生反复讨论过这个问题，就是让翡翡保持原状，不再治疗。医生鄙夷地看着他，说："我一生阅人无数，像杨先生这样自私的人实在罕见，为了一己私欲，就狠心毁了那么年轻的一个女人的一生！"杨战恼了，愤然道："请你注意用词！你不认为她现在很幸福吗？每天都很开心，吃得白白胖胖，无忧无虑。让她醒来得知了母亲去世还有父亲再娶的消息，就算你把她治好了，她也得再疯！"

医生起身，凛然道："无论她得知了噩耗会怎么样，都会好过现在迷糊的状态。她是坚强的孩子，相信我，她会挺过去的，人生该走的路一定要去走，该承受的一定要去承受，逃避是懦夫的行为！我想你也不希望她是个懦夫吧？"杨战不语。医生笑了一下，说："吃得白白胖胖，无忧无虑的，就一定是最好的人生吗？你养猪啊？呵呵。”杨战淡淡一笑，想起来翡翡的样子还真像一只小猪。

经过几天痛苦的反复权衡，杨战决定让翡翡继续治疗。

如今，翡翡终于好了，她的痛苦也来了，那些不堪的回忆又开始折磨她了。他想起第一次见到翡翡时，翡翡脸上那高肿的青紫斑斓的五指山，当时他被戳穿了设的局后是多么残忍地讥笑她啊，他至今还清楚地记得翡翡脸上那屈辱的神情。他刻意地恶意贬损，深深地伤害了当时正在被痛苦的婚姻残酷折磨的翡翡。也许他的恶意嘲讽正是压倒翡翡精神上的最后一根稻草，谁知道呢？

杨战开始憎恶自己，翡翡确实是一只对人畜无害的绵羊，却被这个冷酷的世界咬得遍体鳞伤。而他自己也毫不留情地上去狠狠咬了一口，他得到了快感，留给她的却是无法愈合的血淋淋的伤口。

泪珠，冰冷，终于挣脱了杨战的眼眶，簌簌而下。

康复后的翡翡脸色苍白，神情悲伤而淡漠，经常很久不说一句话。她拒绝杨战再给她洗澡，拒绝杨战为她做一切私人事情。杨战仍然每天给她做饭，开车带她去兜风，看遍香港的美景。翡翡看着一切美景，眼神里尽是无穷的悲哀，一语不发，心冷如死。得知了父亲再娶后，翡翡把自己关在房间里，一个星期都没说话。人在极度悲伤的时候，竟然没有了眼泪，能滴下的就是心里的血。杨战很痛心，也很后悔，暗暗痛骂医生非让翡翡治疗，以致现在翡翡近在眼前，却仿佛远在天边。他触摸不到她的心，因为他明白了，她已经没了心，哀莫大于心死。可是杨战也很清楚，医生做得对，翡翡的人生只有她一个人才能走下去。

一个星期后，苍白得好像纸人一样的翡翡提出回青岛。

青岛机场。

下了飞机的翡翡和杨战迎面遇到了来接机的翡翡爸、张秀秀、王馨父母，还有死皮赖脸非要跟来的大林。

翡翡一步步地走来，杨战提着一个不大的旅行箱，行李都托运了。他们惊愕地看到翡翡好像换了一个人，一身极有品位的名牌衣服。这些衣服只有在欧美模特身上才见过，人是衣服马是鞍，立即就让翡翡出众了起来。

翡翡穿着精致的高跟鞋，换了一个蓬松微卷而闪亮的发型，这是翡翡病好之前杨战请高级发型师给她设计的。翡翡变化最大的是神情，与以前的羞涩腼腆不同，尽是冷漠悲伤。大林看着面前的翡翡，有些自惭形秽，愕然了，一时不敢上去打招呼。

王馨父母含泪上来拥抱翡翡，翡翡还不知道王馨出事了，只当他们是哀痛妈妈的去世，也不禁含泪。

翡翡爸本来是不想张秀秀跟来的，他想给翡翡点时间接受继母，以后一家人都熟悉了就能在一起美满地生活了。可是张秀秀这辈子还没见过机场，死活非要跟来，还让翡翡爸在机场隆重、正式地把她介绍给翡翡，怎么说她也是翡翡爸明媒正娶回来的，绝对不能和贾链偷娶了尤二姐一样地藏着掖着见不得人。

当然，一路上，她受尽了王馨父母的白眼。

大林呢，谁也不答理他，他也不主动去找没趣。

当下张秀秀故作亲热地挽着翡翡爸的手臂，贴在他身上，意思是想给翡翡一个下马威，我可是你爸登堂入室的老婆，在这个家的地位绝对不可撼动，你可不要小瞧了我！翡翡爸觉得这样不合适，几次甩她的胳膊都没甩下来，只好一脸尴尬地任她挽着。翡翡和王馨父母问候完了，走到大林面前，平静地说："孙大林，你明天上午有时间吗？"大林被一声"孙大林"弄晕了，忙点头不迭，"有有有，翡翡，咱家搬家了，我领你去看看，你什么时候回家啊？"翡翡厌恶地看着他，说："明天上午九点，我们去民政局离婚。"大林立即说："不行！我不离婚！翡翡，咱俩还是有感情的，我绝对不同意离婚。"

翡翡爸想说什么，又不敢说，因为他看到翡翡对大林的一脸厌恶，还有杨战桀骜的眼神。杨战看翡翡生气不说话了，知道她一生气必然结结巴巴，于是微笑着上前搂住了翡翡的肩膀，对大林说："你不同意也没关系，明天我的律师就代翡翡去法院起诉离婚。祝你好运！"他虽然仍旧维持着礼貌的绅士微笑，心中却盘算着怎么样把孙大林弄得从地球上失踪了才好。大林一看他搂住翡翡，登时醋意大发，翡翡可是我孙大林的老婆！大林上去就推杨战的手臂，想让他离翡翡远点。

健美雄壮的杨战和身材孱弱的大林，根本就不是一个级别的对手，杨战含笑看着大林仿佛螳臂挡车一样地妄图推开他，只不过忙活了半天也是白费力。杨战毫不费力地用两根指头挪开他的手，轻描淡写地说："滚开！别弄脏了我面前的空气。想打架，你还不配，换言之，你根本没有使我拔刀的资格。翡翡今后就跟着我了，我再看见你靠近她，就叫你死无葬身之地。再见！”

杨战不再理他。大林望着他仰头才能与之对视的一身豪门富贵气的杨战，很明白自己根本不是人家对手，可是让他就此放弃翡翡，无论如何也不甘心！他脸孔扭曲地瞪着杨战，满面刻骨的仇恨。翡翡爸也觉得不大好，可是他讷讷了半天也不知道该说什么。

倒是张秀秀兴奋得不能自制，低声对翡翡爸说：“天啊，你闺女傍上大款了，真有本事啊，咱俩以后就跟着她发财沾光了！这么好的事，你以前怎么没告诉我啊？”前面说了，这张秀秀的说话水平是末流。翡翡爸听她说得恶心，一下子把胳膊挣脱出来，不再答理她。

翡翡慢慢地走到了爸爸面前，看着突然陌生了很多的爸爸，眼眸冷肃如霜雪，问：“她是谁？”

周围顿时安静得令人窒息。

山雨欲来风满楼。

漆黑的夜，冷冷的风。

翡翡爸爸望着从未见过的女儿的凌厉神情，突然紧张起来。他再婚这事虽然不犯法，可是违反了道义，显得不近人情。他原本想翡翡疯了，不一定治得好，那么他再婚这事自然不用征得她的同意，而且张秀秀也能帮他照顾翡翡，省了他很多的心力。即使翡翡的病好了，依照翡翡懦弱的性格，也必然做不出什么大的举动来，最多哭一场就完了。人都是欺软怕硬的，即使父母也不例外，能闹的孩子必然引起父母更多的关注，父母无论什么事也都会想想他的意见，生怕把他惹恼了大发雷霆，弄得家无宁日；可是胆怯懦弱的孩子在很多事上都会被父母有意无意地忽略掉他的看法。

大林妈早把翡翡懦弱的性格给张秀秀描画得入木三分了，这也是张秀秀想嫁给翡翡爸的原因之一，有个懦弱的敌人要远远强过有个彪悍的敌人。兵法说，不战而屈人之兵，就是指翡翡这样的兵。不用真打起来，大嗓门吆喝几声，翡翡就自动缴械投降了，这是何等的美事啊！遇到王馨那样的，还不等你大嗓门吆喝，王馨早把你打翻在地，你就趴在地上哭号吧。

所以张秀秀根本就没把翡翡放在心上，只要她把翡翡爸控制住了，翡翡算个毬？和她根本就不是一个级别的对手。

当张秀秀看到翡翡问她是谁，翡翡爸有些尴尬时，她立即满脸堆笑说："这是翡翡啊，欢迎你回家！我都在家准备好饭菜给你接风了，你喜欢吃的东西我都给你预备了，你回家看看吧，家里大变样了，我和你爸爸把家里收拾得漂亮多了。"听听！好像那是她家，翡翡回家是回到了她家！

王馨父母的脸色瞬间阴沉了下来，杨战冷冽得一言不发。翡翡爸也赶忙说："是啊是啊，翡翡，咱快回家吃饭吧，秀秀阿姨忙活了半天呢，你得好好谢谢她啊。"翡翡完全当张秀秀不存在，第二次对爸爸说："她是谁？"

翡翡爸有些恼火了，心想：你这孩子不是明知故问吗？你早就知道我再婚了还问这些干什么？你叫我怎么说？说我给你娶的后妈，还是说我再婚的老婆？你这孩子就不能当着这么多人给你老爸留点面子？翡翡爸的脸色有些不好看了。

翡翡等了他几分钟，看他一脸不爽，平静地说："我不管她是谁，我家不能有外人。等我一会儿回去后，你必须让她永远消失，我回去如果再看见她或者她的任何东西，立马扔出去！我说话算话！”

翡翡爸立即大怒，说：“你这是什么话！我怎么说也是和她正式登记的，你把她轰出去，你让我把脸往哪儿放！”张秀秀可怜兮兮地抓住翡翡爸的胳膊，做出一副害怕的样子。翡翡爸拍了拍她的手，安慰说：“没事，别害怕。这个家还是我说了算！”

王馨妈妈冷笑说：“有了后妈就有后爹，这真是颠扑不破的真理啊！”翡翡的身子轻微发抖，手脚冰冷。杨战从后面抱住了她，用极低的声音说：“宝贝，有我。”大林立即两眼喷火。

翡翡爸注意到了女婿的眼光，又说：“既然你还是我闺女，就得听我的，我死也不同意你和大林离婚。你想离婚，可以，除非我死了！”

一阵死寂，空气骤然带上了窒息的味道。

时间如皿，人生如砂，即使拥有冰冷生硬的质地，但它们从“未知”的这一头跌落向属于“回忆”的那一头，却都带着寒冷的让翡翡颤抖的声音。翡翡觉得心里空洞洞的发寒。她脸色煞白，没一点儿血色，手冰冷之极，任杨战握着。许久，翡翡才寒寒地微笑起来，对爸爸说：“为什么死的不是你呢？老天真没眼。”众人愣住，没想到一向老实懦弱的翡翡会说出这种话来。

翡翡不再理他们，对着王馨父母，忍着眼泪说：“小姨，姨父，杨战在香格里拉大酒店订好了包间，我们现在就去吧。”

王馨爸爸拍了拍翡翡的肩膀说：“杨老板给你治病花了很多钱了，不能让他再破费了，姨父来机场之前就在勇丽酒店预订好酒席了，咱这就去吧，吃完饭后，你跟姨父回家。你爸爸不要你了，姨父要你。姨父的家永远是你的家。现在馨馨……”王馨爸爸眼圈一红，随即控制住感情，继续说：“现在馨馨不住了，如果你不愿意和我们住，想自己冷静冷静，过一阵你就去住馨馨在澳门路新买的房子吧。等你离婚了，馨馨就把这套房子过户给你。”

翡翡的泪水忍不住滴落，摇头说不用了。翡翡爸还没从翡翡的那句狠话里反应过来，张秀秀先听见了王馨的房子，盘算开了，那澳门路可是在海边啊，简直是钻石地带，等翡翡去住，她可得唆使翡翡爸一块儿搬过去。她这辈子还没住过海边的房子呢！那清新的空气，美轮美奂的海景……张秀秀有些陶醉了。

杨战笑道：“王先生，谢谢你的好意，真的不用了。翡翡住我那儿，我的别墅在雕塑园对面，我早联系了保姆，如果翡翡想去贵府叙旧，我随时派车送她过去。今天的接风我安排好了，咱马上就过去，我点的都是翡翡喜欢吃的。饭后，翡翡直接跟我回家。王先生，你预订的酒席退了吧，麻烦了！”杨战的口气虽然客气，可是钢铁一样的不容置疑，容不得王馨爸爸反驳。

大林一听翡翡要住杨战家，当即眼珠子都红了，大声说：“翡翡，你敢！我们还没离婚，你敢勾搭男人我打不死你！跟我回家！”说着就来拉翡翡。

杨战微笑说：“我本不想动手，你为何一次次逼我？”

没等大家看清，杨战的手用极快的速度一抬，“砰”的一声，大林就一声没吭，软绵绵地倒了下去。他捂着鼻子，满脸是血，几乎陷入昏迷。杨战立即带着翡翡快步出了机场，身后众人跟着。翡翡爸看大林晕了过去，想救治他，可是张秀秀挂念着香格里拉大酒店的盛宴，死命拉着翡翡爸的胳膊把他拉了出去。她这辈子还没进过香格里拉大酒店的大门呢。

在上杨战公司派来的车时，翡翡突然问：“杨战，你预订的是几个人的酒席？”杨战心思转动极快，当下知晓翡翡的心意，说：“你希望是几个人？”翡翡淡然说：“四个。”翡翡爸勃然变色。张秀秀还没反应过来，抢着说：“翡翡你数错了，我们是六个人啊！”杨战飒然一笑：“那就四个人。王先生，你和尊夫人是坐我的车还是开你们的车？”

王馨爸爸说：“我们开自己的车，在后面跟着你们就行了。放在机场，还得再回来一趟开回去。”杨战一笑，点头：“那好，一会儿见！”把翡翡拉进车里，帮她系好安全带，疾驰而去。王馨父母再没看翡翡爸夫妻一眼，双双上了车，跟着杨战的车徐徐驶去。留在原地的翡翡爸气得脸色铁青，胸口发闷，大骂翡翡是个不孝顺的东西！

张秀秀没捞到吃香格里拉大酒店的盛宴，心中不忿，暗骂翡翡爸没本事，连女儿和连襟都不拿他当个人。

在香格里拉大酒店，杯筹交错，槟香酒影。

王馨父母讲述了王馨的事，翡翡急得直哭，不知怎么样才能把王馨救出来。

王馨爸爸说想让王馨和大少赶快结婚，尽早让王馨怀孕，可以假释或者监外执行。民政部新出台的《关于贯彻执行〈婚姻登记条例〉若干问题的意见》也规定，服刑人员申请办理婚姻登记，应当亲自到婚姻登记机关提出申请并出具有效的身份证件；服刑人员无法出具身份证件的，可由监狱管理部门出具有关证明材料。

这个就有很大的障碍，王馨出不来，而且王馨在监狱里开始自暴自弃，不服管束，闹得很厉害，她根本不同意结婚，甚至见都不见大少。王馨父母泪盈于眶，说不下去了。翡翡急得直看杨战，她想杨战手眼通天，一定有办法的。杨战淡然地浅啜着法国波尔多葡萄酒，不置可否。

在这电石光转之间，杨战的脑海中已经有了主意，不过他做事一向稳扎稳打，从来不莽撞，从来不轻易许诺，他一定要等策划好了才会给翡翡一个答复。因此他对翡翡急切的眼光只当不见。

大林被机场工作人员救了起来，他在医院醒来后，鼻子剧疼。医生告诉他，他的鼻梁骨折，牙齿缺了大半，好在脑袋没受严重的伤害。大林妈和大林爸气得大哭：“没天理了，光天化日之下把我儿子打成这样！要告死他！”

大林妈一下子卧床不起了，头发全白了。她生气啊，媳妇不守妇道，红杏出墙，勾搭的情夫不但不是过街老鼠，处处怕别人发现，竟然还胆大包天把她儿子打成这样，天理何在！天理何在啊！大林妈可咽不下这口气，结果，杨战还是赔偿了两万元了事。这件事之后，大林对翡翡仇恨到了极点，死活不离婚，发誓要拖死翡翡。翡翡于是向法院递交了离婚诉状。

翡翡辞职了，杨战不想她再做业务，一个女人做业务要做出很多身不由己的牺牲，再说翡翡的性格也不适合做业务。

吴总很惋惜，不过当得知她现在的情况后，心念一动，让翡翡和他订了个正式的契约，永久保密她得知的商业机密。翡翡也没多想，就痛快地签字了。回去她也没和杨战说这事，因为她就没当回事。离开公司的时候，她看到了韩副经理嫉妒的眼神，不明所以，也没多想。

杨战也和她签了个正式合同，只不过是终身合同，做杨战的贴身秘书，月薪五千，以后每年加薪。杨战把一切都谋划好了后，晚饭时在饭桌上和翡翡谈了这事，他有百分之百的把握尽快让王馨怀孕出狱，代价是翡翡告诉他机器的核心构造。

当时翡翡正在吃杨战做的油焖大虾，被杨战一吓，呛了起来。杨战走过去帮她拍背，等她不咳嗽了，才威严地望着她，等待她的答复。翡翡说她和吴总签了保守商业机密的合同了。杨战意外地挑了挑眉毛，想了一会儿，心中有了计策，说："没关系，我能摆平。你不用操心。"

可是翡翡放下筷子，严肃地说："既然你有办法，就应该帮王馨。公司的机密，我不能告诉你，那是公司很重要的项目，吴总对我也很好，我不能出卖他。"

杨战淡然微笑着，继续帮翡翡剥着大虾皮，往她嘴里塞，问："你这就没道理了，我为什么就该天经地义地帮王馨？我又不认识她。”

翡翡也说不清楚道理，反正她觉得杨战应该帮王馨，谁让他有办法呢。她说了半天也没说清楚，她不是个头脑复杂的女人，想不出来自然也说不出来，最后急得开始结结巴巴，脸色涨得通红，干脆一摔筷子，不吃了，也不说了，赌气去了。杨战一看她急得结结巴巴、脸色通红的傻样就想笑。

他收拾了碗筷后，放水给翡翡洗澡。翡翡洗完澡，他又提了这事，他的意思是他一定会救王馨的，可是机器的秘密他也是志在必得，而且保证不会连累到翡翡。翡翡更加坚定地让他快去救王馨，机器的秘密她打死也不会告诉他的。两人争执了半天，历来脾气不好的杨战终于失去了耐心，和翡翡大吵了起来。翡翡气得摔沙发垫子，杨战不甘示弱地摔遥控器；翡翡再摔装饰小篮子，杨战就变本加厉地摔油画。

针尖对麦芒，谁也不肯低头，最后气晕了头的翡翡哭了，收拾了几件衣服就回了爸爸家。杨战气得把花瓶什么的都砸了。翡翡回家后，翡翡爸倒是很意外也很惊喜，自从机场那天后，他几次想找翡翡联络感情，翡翡都不答理他。

翡翡回家后，懒得看一眼张秀秀，却惊愕地发现家里全变了，使用了几十年的家具全没了，换了全新的家具，摆放的格局也全变了，翡翡一愣一愣的，不敢相信这就是自己的家。

墙上本来挂了一些父母的照片，全没了，取而代之的是爸爸和张秀秀的结婚照。看着陌生的家，翡翡凝泪无语，她含泪问爸爸：“我妈的照片呢？”翡翡爸立即不悦了，想：你这孩子真不懂事，我都再婚了，还能把你妈的照片挂墙上吗？叫秀秀看见了怎么想？翡翡看爸爸不说话了，又追问："我妈的照片呢？"翡翡爸大怒，说："你找事是不是？你妈的照片我都扔了，现在秀秀才是你妈！"翡翡心中被狠狠戳了一刀，顿时怒极，失去了理智，疯狂地大骂："你怎么不去死！"翡翡爸上去给了翡翡一耳光！

翡翡的头被打得偏了一下，脸上顿时凸起一个红色的大手印来。翡翡只觉得脸上火辣辣地疼，心却沉入了深渊，在深渊里飘荡着，见不着底，就那么一直一直地向下落着。翡翡就那么直愣愣地望着爸爸，眼神充满了绝望和仇恨。翡翡爸也愣了愣，他从来没打过翡翡一下，今天这是怎么了？

其实他的气憋在心里很久了，他高高兴兴地去机场接翡翡，翡翡却冷着脸一直不答理他，先去和王馨父母打招呼，根本没把他这个爸爸放在眼里，半天了，才仰着头冷冰冰地问他张秀秀是谁，然后就说要把张秀秀轰出去，最可气的是，翡翡竟然当面对他说"怎么死的不是你"。再然后，他们去了香格里拉大酒店，把他和张秀秀当成抹布一样扔在路旁。

翡翡爸什么时候想起这事来就气得手脚冰冷，心脏发颤。太放肆了！她太不把他这个爸爸放在眼里了。我就是再婚怎么了？没犯法吧，我一个五十出头的大男人，不会做饭不会做家务，你又嫁人了，谁来伺候我？我再婚是天经地义，说到天边去我也有理。爸爸再婚，你一个女儿有什么资格说三道四，指手画脚？再怎么说也是我将你抚育大的，你长大了，翅膀硬了，就敢当面骂老子？别和我说你妈妈没了，难道你妈妈没了，让我做一辈子鳏夫？如果你是个孝顺的女儿，你妈妈没了，你就该体谅你爸爸身边没个女人照顾，晚年会凄凉，你就该主动给爸爸找个老伴。报纸上不是有很多老婆死了，儿女主动给爸爸续弦的报道吗？怎么到我这里你就脸不是脸鼻子不是鼻子的！太不孝顺了！

翡翡爸本来就气得半死，又被张秀秀唠叨得愈发生气，那股火气在心中憋闷已久了，就是没地方撒。当下翡翡这一句话正好点着了火药桶，他不假思索，一巴掌就挥了过去，然后他就愣住了。

张秀秀愣了愣，急忙来拉翡翡爸，说："孩子不懂事，你慢慢说，别动手就打人。"

她其实不是个坏女人，只是太庸俗，嘴太琐碎了。她也不想翡翡爸和翡翡闹得无法收拾，真传出去，邻居们会说是她这个后妈挑唆丈夫打孩子的，名声不好听。

翡翡仍然一句话不说，就那么仇恨地死死地看着爸爸。翡翡虽然懦弱，可她性格里有异常决绝的一面，极其刚硬。翡翡在机场就对父亲几乎完全绝望了，只是最后那一点父女亲情促使她离开杨战后，回到家来。小姨虽然好，可是去姨家毕竟不是自己家，怎么说也是寄人篱下，心理上不自在，而这里怎么说也是自己从小长大的家啊！而且妈妈的记忆还在这里，在翡翡心里，这里仍然是她的家。可是爸爸的一个耳光打碎了她全部的梦想和希冀，也打没了最后一点父女亲情。翡翡从心底和父亲真正地决裂了。

翡翡爸呼哧呼哧地喘气，翡翡悲凉仇恨的目光让他很不自在。他站了起来，从翡翡的床底拖出了几个大镜框，扔在翡翡面前，大声怒道："你不是要你妈的照片吗？我都收起来了，你愿看就看！"

翡翡妈的几个镜框在被翡翡爸使劲扔在地上的时候，上面的玻璃哗啦碎了，翡翡爸有些意外，他没想摔碎镜框，这下又说不清楚了。翡翡慢慢地蹲了下去，看着微笑着的妈妈的照片，泪水决眶而出，却没发出一点儿声音，无声的哽咽才最让人心碎。翡翡轻轻擦去镜框上面的灰尘和蜘蛛网，泪水无声地滴在妈妈的照片上。

翡翡爸还在喋喋不休："你说谁家有你这么不孝顺的女儿！当初不让你嫁给大林，你不听，先是让他家骗去了二十万不说，又让他那个死妈把你妈活活骂死了。我告诉你这个不孝的东西，你妈就是死在你手里的！是你把你妈害死的！如果你不嫁给孙大林，你妈会死吗？不孝的东西！"翡翡爸激动之下说得唾沫横飞，张秀秀看到翡翡早已面无人色，摇摇欲坠，连嘴唇都是青白色的，她怕出事，急忙捅捅翡翡爸，不让他再说下去。

翡翡爸不管不顾，继续说："我再婚怎么了？你管得着吗？我从小教你孝道，你学了多少？你真孝顺我，就该顺从爸爸，让爸爸怎么高兴怎么来！你倒好，看着你爸爸再婚了日子幸福你嫉妒是不是？你婚姻不幸福也不希望你爸爸婚姻幸福吗？"翡翡爸气得呼哧呼哧喘气，说不下去了。

张秀秀尴尬地站着，暗骂翡翡爸：你说你这老头子气急了就胡说八道，过后又后悔，你说这话不是往你闺女心上撒盐吗？谁能受得了啊！脸色如死人一样的翡翡慢慢地从地上站了起来，紧紧抱着妈妈的照片。她眼里满是凄婉哀绝，只是没了泪水，嘴唇轻微地颤抖，却仍然努力绽放出一个微笑来，斩钉截铁地说："是，我不孝，是我害死了妈妈。那我从今天起做个孝顺女儿，我再也不会妨碍你追求幸福了。我走了，这个家已经不是我的家了。我也没你这个爸爸了，你也当我死了，我们恩断义绝！”翡翡说着就仿佛一个惨白的纸人一样往门口走去。

她摇摇晃晃地下了楼，浑身抖得厉害，脸上却强挂着一丝凄凉至极的微笑，就那么在冬夜凛冽的寒风里迎风走着。

屋里翡翡爸呆呆坐着，心里后悔不迭，他为最后那句话后悔了，只是他拉不下面子来道歉，天下无不是的父母，天大地大父母最大，从来只有儿女给父母下跪磕头的，哪有父母拉下脸来给儿女道歉的？那像什么话，简直颠倒乾坤了！所以翡翡爸眼睁睁地看着女儿伤悲凄绝地像一具尸体似的站了起来，说了那些话，然后走了出去。他的传统观念就是不能让他去放低姿态，站在一个和孩子平等的地位上去道歉，去拦阻她。

今晚注定是个不眠之夜。

杨战在家里砸完了东西，气消了大半，随手拉开了窗帘，惊异地看到外面下雪了。青岛的冬天极少下雪。杨战叹口气，换了衣服，拿了手机，开车出去了。

翡翡刚才洗澡后，头发还没干，就气呼呼地跑出去了，她真没地方可去。她回来后，虽然去了王馨父母家几次，可是她对杨战说了好几次了，小姨家不能经常去，馨馨还在狱里，姨妈和姨父肯定很难过，她去了他们还得强颜欢笑安慰着失去了妈妈的自己，而且这事的起因是她当初的一意孤行，如果不是她嫁给大林，就不会发生这一切……现在，馨馨在狱里受苦，翡翡实在觉得自己没脸去见姨妈和姨父，一切都是自己闯的祸。

如今物是人非，家破人亡……

杨战想翡翡应该不会在这个时候去小姨家，那就只能是回了自己家。杨战把车停在翡翡家小区外面，就在外面等着，他也不知道自己在等什么。好一会儿没见翡翡出来，心想：她大概住下了，明天再来拖她回去。我机器不要了，帮你把你表妹弄出来还不行吗？多大点事，就离家出走，惯的毛病！

杨战愤愤地想：这小结巴一点儿也不听话。她还不跟杨战要一分钱，想买个什么东西，就眼巴巴地数着手指头等着发薪水再去买。杨战干脆直接给她买回来，还留着发票，如果她不满意可以去退货，翡翡竟然拿着发票去把东西退了，等发了薪水巴巴地再去买回来。简直把杨战活活气死，偶尔跟朋友抱怨，朋友都笑得眼泪直喷，说不相信这世上还有这么不开窍的女人，简直是史前穿越来的。

以后杨战再给翡翡买东西，就一把撕了发票。翡翡没地方退货了，也就再不告诉他她想买什么了。

一次在商场翡翡又对着一个新奇的玩意儿流口水，杨战二话不说就去交钱。翡翡拉住他就走，嘴里直说："我不喜欢，我不喜欢，我就是看看，就是看看。"杨战甩开她，去交了钱，回来恶狠狠地瞪了她一眼说："他妈的，我又不是没钱。你想买什么就直说，省下钱留着买墓地啊？！"

翡翡抓抓头发，无奈而结巴地说："你的钱是是是你的钱，又不不不是我的钱！"

"闭嘴！"杨战呵斥道。他最烦翡翡把自己和他分得那么清楚。

倒是杨战的爸爸听杨战的那些朋友当成笑话转述翡翡的事，打了几次电话来告诉儿子，说："人家女孩直心眼，你别欺负人家，就你那始乱终弃的死德行，别哪天把人家甩了，人家多可怜。"杨战气得头疼，没好气地说："爸，你不会说话就保持安静。什么叫始乱终弃？我根本没上过她！"杨战爸爸当即被呛着了，半天才说："你们都一年了还没……那个？儿子，你是不是那个方面出问题了？咱们要是有什么问题，及时找医生，知道不？"杨战差一点被他爹活活气死，马上摔了电话。

杨战爸爸一直在国外生活，接受的是国外的教育模式，他和儿子仿佛是好朋友，互相没什么忌讳，任何话都可以说的。性方面，他没什么忌讳。

杨战看看表，准备回家，调转车头，正准备启动，不经意一回头，却发现一个小小的身影摇摇晃晃地从小区走了出来。路灯昏暗，杨战不能确定那是不是翡翡。再追了几步，杨战惊骇地发现那真的是翡翡，他目瞪口呆地看着翡翡魂不守舍地在他的车不远处，目光没有焦点，好像什么都没看见一样摇摇晃晃地走了过去，神情绝望，脸上是鼓起的五指山。

他妈的，又是谁打的？杨战的心头怒火万丈，顿时就想去把翡翡爸和张秀秀碎尸万段。他刚想推开车门去找翡翡爸算账，又怕翡翡一个人在街上出事。翡翡那神情挺吓人的，杨战一时不敢上前去，想等她冷静冷静再说，以杨战的精明，把此次翡翡回家的过程也猜了个八九不离十。

杨战开车缓慢地跟在翡翡后面，心里却很不是滋味，这个又傻又结巴又没本事的小东西，在这世界上真的是没一个亲人了，丈夫打她，妈妈被气死，爸爸同室操戈，背信弃义，有家不能回，她真是到了走投无路的地步。杨战自问：能照顾她一辈子吗？前途难测啊，杨战可不能保证。杨战都不能保证他自己会活多久。

翡翡抱着妈妈的照片，在深夜的寒风里慢慢走着，不知不觉走到了广西路，泪水早已流得殆尽。她没了家，她不知该去哪里？

姥爷家不能去，他们至今不知道翡翡爸再婚的事。自从翡翡妈溘然离世，老两口一下子失去了精神支柱，委顿了下去，眼看就活不了几天了，此时魂不守舍的翡翡又怎么敢让他们看到自己的惨样？小姨家也不能去，她不能再去给姨妈和姨父精神上雪上加霜。世界虽大，却无她的立足之地。

翡翡走得很累了，却不能停下脚步，走了几个小时了，她都一瘸一拐的了，却不能停，只要一停，她必然崩溃。她一直借着劳累，强迫自己不去想，爸爸的那些话一路上炸雷一样地在她耳边响着。

是啊，他说得对，是她害死了妈妈，真正的罪魁祸首是她——翡翡。

翡翡眼前浮现着妈妈慈爱的音容笑貌，妈妈从来都是从自己嘴里省下好东西给她吃，她都这么大了，妈妈还在过马路的时候牵着她的手，她病了后，妈妈一夜白了头。事到如今，妈妈却生生地死在了她这个亲生女儿的手里。翡翡心中痛如刀割。身后不远处，杨战眼睁睁地看着她一瘸一拐地走着。杨战眼眶潮了，他爱她的这份决绝和坚强。

翡翡真正伤心了或者生气了，不是哭哭闹闹，而是挺直了脊背咬牙一个人忍着，忍不下去也得强迫自己忍下去。杨战最欣赏她这一点。她这点和杨战的个性如出一辙，真正的痛苦绝对不示人，自己咬牙死扛着。

杨战不想现在去安慰翡翡，她的伤口必须她自己舔，这样她才能真正成熟起来。翡翡摇摇晃晃地上了栈桥，来到了回澜阁，抱着妈妈的照片爬上了围海的一圈高台。杨战步行在后面跟着她，她却毫无知觉。翡翡爬了上去就很安静地在上面坐着，腿垂在了海面上。这实在不是个自杀的准备动作，所以杨战也没紧张，可他眼都不眨一下地注视着她的每个动作，一旦她支撑不住想跳海，他会第一时间冲过去救她的。已经是深夜两点多了。寒风肆虐，身体强健的杨战身上都有了些寒意，何况穿着单薄的翡翡。翡翡虽然被冻得几乎麻木了，思路却慢慢地清晰了起来。她刚才一路走到回澜阁，确实是想跳海死去的。

人生，已无可恋了。

看着波光粼粼的海面，翡翡真想跳下去，就此一了百了。可是她不能死，馨馨还没救出来，自己是这事的罪魁祸首，她现在没资格去死。她必须给杨战机器的机密，让他救出馨馨，然后她就再无牵挂了。

望着海面，望了很久，翡翡拿出手机给杨战发了个短信："我想听实话，你费这么大心思帮我治病是为什么？就是为了机器的核心构造吗？”后面的杨战没想到她会发来短信，拿出振动的手机，看了上面的话,他的脸色一下子变得苍白了。他从小受到的是诚实的教育，虽然有时候会蒙人，可是他在大事上从来不说谎，他鄙视说谎的人，这关乎做人的原则。

杨战在这一瞬间动摇了，想说一次谎，可是三十一年做人的原则还是迫使他回复了两个字：“是的。”

翡翡收到短信，忽然肩膀剧烈抽动起来，哭得难以自抑。

原来杨战对她的好，一切一切都是为了机器，翡翡心中仅剩的那点温暖轰然倒塌，烟尘散尽后，剩下的只有一片废墟残壁，一片虚无。

杨战眼睁睁地看着她伤心欲绝。

杨战心已碎，了无痕。

夜深人静，四下寂静无声，唯有海涛无休止地拍打石头堤岸的低沉的声音。海涛声夹杂着翡翡几乎低得听不到的呜咽，天下太大，可此刻能容她的只有这一点石墙。

夜深了，凛冽的寒风夹杂着雪花肆虐在青岛的每个角落，飘零到了海面的雪花悄无声息地融入海里，一点痕迹也没留下。有的雪花落到了地面，安静地躺着，幸福地得以保全生命和身躯——如果雪花有生命的话。

翡翡早已冻僵，她伸手接住漫天飞舞的雪花，雪花竟然在她的手心里长久不化。

翡翡想，人活一世，有人就像这落在地面的雪花，幸福而长久；有人就像这落在海面的雪花，转瞬被海水吞没，骨肉消融。

雪花，都是一样的雪花，飘落在何处就成为了一世的命运，没有来生再次选择的机会，这是某年某月某日某时某分某秒的雪花，这就是它的一世，湮灭了就永远消逝了，此后天上落下的任一雪花都不再是它。人亦是如此，翡翡想，自己何尝不是如此？

因为她的愚蠢，一路走来，家破人亡，而她也走到了绝境，再无转圜的余地。

翡翡感到风更大了，就把一直紧紧抱在怀里的妈妈的照片更紧地抱着。她本来怕雪花和寒风会伤害到妈妈的照片，一直紧紧地搂在怀里，此时从身到心都冷到了极点的她更紧地抱着它，就好像偎依在妈妈怀里，她想从妈妈的照片里汲取一点温暖，哪怕微不足道的一点点。

她身后不远处，杨战任由寒风抽动着他高大的身躯，一动不动。雪花落在他的眉毛、睫毛和头发上，他整个人已经白茫茫一片，和翡翡毫无二致。他内心有个念头却越来越明晰，为了她的幸福，他会不惜倾了国，倾了城，倾了这人间的一切。

如此大雪，如此潮汐，如此栈桥，如此寒风，如此翡翡，如此杨战。

天蒙蒙亮了，泪尽心死的翡翡挣扎着从栈桥的石墙上爬了下来，腿脚冻得发硬，几乎跌倒。她必须去找杨战，救出馨馨，然后她自己在这世间走的这一遭就该到终点了。

慢慢地，她抬头，却浑身陡然一震。

不远处，一个年轻高大的男人伫立着，虽然浑身雪花，冷得有些瑟缩，却俊朗无比，正是杨战。

翡翡轻微地发抖，心中突然万种思绪袭来。看样子杨战已经站了很久了，翡翡咬住嘴唇，垂下眼睛，悲哀地想："别傻了，他怎么会是为了你？他是为了他的机器。你只不过是他可以得到机器秘密的一个棋子而已。"翡翡一步步艰难地向杨战走了过去，她小小的身子一路被包裹在漫天肆虐的雪花中。杨战默默地注视着她一步步困难地走来，有生以来第一次心中痛楚不已。

就在杨战的目光和翡翡目光相逢的刹那，泪水，顷刻间充满了他的眼眶，这种倾国倾城的相逢，倾此一生，能有几次？

翡翡终于走到了杨战的身边，不长的距离，却有如走了几个世纪。

杨战仍然一动不动，翡翡停下，发青的嘴唇微微裂开，微笑一下，轻声叫："杨总。"

杨战难以察觉地震了一下，脸上却神色自若。翡翡自从病了到现在，一年的时间一直叫他"杨战"，何时这样客气疏远起来了？

杨战的眼神终于有了复杂的变化，他忍着心中的不快，装着不在意地审视着翡翡的眼睛。翡翡不习惯和别人对视，避开了，眼神却掩饰不了它的冷漠疏远。

杨战心酸地发现他和翡翡之间的鸿沟已如海深如山高，无法弥补了。

其实他真的很想伸开双臂，把孤零清冷的翡翡紧紧抱在怀里，可是他是个感情素来不外露的人，从小的教育也不允许他展露自己真切的情感，再说他向来是美女追逐的对象，他早已习惯了美女大献殷勤而他被动接受，他此生从来没在女人和别人面前流露自己哪怕一点的情感。

在彼此沉默了几分钟后，杨战冷然道："上车！"他回身，大步在前面走着，心中满不是滋味。翡翡在后面疲倦地跟着，却没觉察到杨战一片低低的叹息和意味深长的眼神。到了马路上，上了车，杨战立即开了空调。暖意袭来，杨战打开音乐，是费玉清的《有情总被无情伤》，很优美的一首歌。在动人的旋律里，杨战打开前面的隔板，拿出一瓶白兰地，再一摸，就一个杯子。

杨战想不起来另一只杯子哪里去了，也许被哪个名模喝醉给扔了。杨战毫不犹豫地满满倒了一杯，不由分说，递给翡翡："白兰地去寒，马上喝了。"翡翡摇摇头，她不喝酒。杨战看到她的脸都冻得发青，不再等她主动喝，一把按住了她的头就强行灌了下去。翡翡被灌得咳嗽了几声，却一言不发。

杨战也给自己满满倒了一杯，喝了，顿时浑身发暖，五脏六腑说不出的温暖舒服，转头看了看翡翡，她的脸色也稍微好了点。

在回家的路上，翡翡轻声说："杨总……""嗯？"杨战示意她说下去。翡翡看着车外，轻声说："杨总，我想好了，我给你机器的核心秘密，你帮我把馨馨救出来。""还有附加条件吗？"杨战冷冷地问，忽然心中有了怨气。"没了。只求你尽快把馨馨救出来。"翡翡低声说。杨战冷笑着说："我答应你。"顿了顿，继续说，"还有，我和你之间还用不到这个'求'字！""是。"翡翡疲倦地说。

一路再无话。

回家后，杨战先下车，也不管翡翡，以前他都是很绅士地先下车，再把翡翡抓出来，然后再关门。

这次他下车后，把驾驶室的门一摔，径自回家了。翡翡慢慢地爬下车，跟了回去。杨战回家后，换了衣服，在浴缸里放满了热水，热气蒸腾中，他打开喷头，猛烈地冲击着自己的脸。他一腔怒气，又不知该向谁去发泄。他昨晚本来已经决定放弃那个该死的机器了，他有的是钱,他根本不在乎每年那几千万的利润,可是翡翡的一句“杨总”和随后与他之间那赤裸裸的利益交换彻底粉碎了他原本的让步和愧疚。

你要交换，我就交换！你别后悔就行！杨战恶狠狠地想。

泡好了澡，彻底暖和过来后，他来到了楼下的客厅，却发现翡翡根本没去泡澡。她安静地坐在沙发上，呆呆地望着壁炉，仍然紧紧抱着妈妈的照片，身边放了一个小箱子。杨战看到了她脚下的小箱子，心中一紧。

他却不说话，点起了壁炉，虽然家里是统一供暖，杨战却很喜欢听木柴噼啪噼啪燃烧的声音。然后他点燃了一支雪茄，坐在了翡翡的对面，用冷冰冰的目光逼她开口。翡翡在他咄咄逼人的目光下，低垂了眼睛，小声说：“杨总，我打扰了你很多日子了，既然我答应给你机器的核心构造，我会做到的。我今天就搬出去住。”“搬去哪儿？”杨战眼中的怒火几乎燃烧到了眼睫毛外面。翡翡不理他的怒意，平静地说：“租个房子，我还有些钱。”

“你决定了？”杨战问。

翡翡点头，起身拿起小箱子，就要走。“等等！”杨战飞身上楼，不知找什么去了。不一会儿，他下来了，手里拿着一个很大的信封，打开来，是一沓沓的纸张。

“这是你在香港的全部病历和账单，这张是总额。你看看。等你哪天给我付清了这全部的账单，你愿意搬到哪里随你。在付清之前，

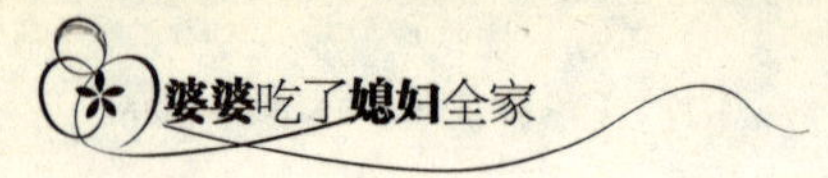

你不许离开！听清楚了吗？”杨战眼光流动，睫毛忽闪，口气却是斩钉截铁，不容置疑，如冰之寒。

翡翡接过账单看着，一期一期的费用清算都不菲，总额更是个天文数字，令人咋舌。翡翡苦笑了一下，想：我死之前是付不清了。翡翡无力地放下箱子，心中一片茫然，半天，她说：“我会尽量还你钱的，不用非住在这里。”杨战冷笑一声，“你跑了，我去哪儿找你？”“我不不不会的。”翡翡一着急，又开始结巴。

“我除了自己谁也不相信！”杨战居高临下，抱臂于胸，冷冰冰地说。翡翡最后无奈地点了点头。杨战终于用这种卑鄙的手段强行留下了她，却丝毫没得意之情，更多的是愤怒和沮丧。

杨战回到了楼上书房，打电话动用了他家族那铺天盖地无孔不入的关系网，救王馨。人际关系就像一张无处不在的大网，遍及生活的每一个角落。尤其是杨战家族这种，根深叶茂的门第，更是把关系网渗入到社会的每个枝节。

杨战布置的每个线都放在了该放的位置，当听到王馨竟然拒不合作时，杨战皱起了眉头。他还是每天做翡翡爱吃的饭，可是两个人吃饭的时候再没了往日的笑语和打闹，餐桌上只剩下了沉默。

翡翡每天吃完饭就起身上楼，除了必需的工作上的几句交谈，翡翡很久没和他聊过天了。

杨战很无奈，他明白翡翡的心情，他很想告诉她，他对她好不是为了机器，机器不重要，机器微不足道，机器轻如鸿毛，可是每次看到翡翡那冷漠而倔犟的眼神，自尊和面子又让他不得不沉默，继续保持冷冰冰的姿态。

这天晚饭桌上，杨战又做了油焖大虾，他仍然是习惯性地帮翡翡剥了虾皮，放在她的小盘子里。沉默了一会儿，杨战说："我明天去济南，和王馨亲自谈谈。你去吗？"翡翡望着他的眼神里第一次有了激动和温暖。

第二天。济南。探监室。

王馨从里面走了出来，苍白的脸清秀如昔，神情傲然、寒冷地望着杨战。

当看到身穿令人揪心的囚服以及头发被剪短了的王馨憔悴地走出来的时候，翡翡顿时泪如泉涌。她从香港回来后，经常来探监，却无一例外地被王馨拒绝了。她不了解王馨是怎么想的，给王馨写信，却是只字片语都没回过。本来她和杨战来也是试试的，王馨竟然答应了见他们，这让翡翡喜出望外。

王馨出来后，翡翡激动得哭了起来，望着脸色苍白如纸般瘦弱了很多的妹妹，翡翡心如刀绞。如果不是她在婚姻上一次愚蠢的选择，王馨怎么会落到这种地步？王馨对她虚弱地笑了一下，没说话。

王馨刚从禁闭室里被放出来，因为她拒绝做工，还试图打管教，被关了好几天禁闭。禁闭室只有一个小床，空间狭小，一天一碗凉水，一个馒头，倔犟无比的王馨最终被饥渴折磨得痛苦不堪，不得不在夜晚时艰涩地咽下那碗冰冷的水，在那个寒冷的冬夜，她含着眼泪慢慢地咀嚼着那个冰冷的馒头，这是她一天从早到夜唯一的食物，只是保证了她不饿死。监狱整人的花样繁多，不怕你不服管教，一段时间后，再硬的骨头也扛不住，只能败下阵来。

王馨最近这些日子被关了太多禁闭，她不服管教是一方面，另一方面是她在监室里和其他犯人互殴。监室里的一些老大指望新来的王馨会低头顺服，按月孝敬她们钱财，王馨冷哼一声，姐姐我还没跟你们要孝敬呢！敢要到我头上来。

于是在监室里频频上演全武斗，王馨又怎会是被欺负的主，她利用一切可以利用的物件，抵抗群殴。每次都是两败俱伤，王馨以一敌多，没占着什么便宜，可也没吃什么亏。

每次殴斗完了，王馨都会被关几天禁闭，殴打她的人却没事，这让王馨很是不忿，变本加厉地和那些监室老大死磕。

她以前在家每天睡到日上三竿才会爬起来，去吃保姆做的饭菜，然后开车去爸爸的公司，可是入狱后管教要求她天不亮就在北风呼啸的早上爬起来跑操，王馨又如何起得来？于是她和管教几次大打出手，被狠狠修理后再去关禁闭。

王馨从生下来那天就娇生惯养，不会做任何家务，她唯一会的就是打架和吃饭。王馨爸爸从来不支持女儿学习家务和干活，有那时间还不如多学点生意经。偶尔王馨妈妈唠叨：“你这孩子什么也不会干，以后嫁人了可叫婆婆看低了！”王馨爸爸总是不悦地皱眉说：“我千辛万苦养大的女儿岂是去给别人家当牛做马累死累活的？家里请不起保姆的男人想和馨馨结婚，我先打得他满地找牙！自古门当户对的道理都不懂的人还痴心妄想，癞蛤蟆想吃天鹅肉，当我王某是吃素的！”

大少和王馨恋爱后，王馨爸爸特地找人把大少家的各方面查了个底儿掉。大少一家几代的品性人格、口碑人品都令王馨爸爸很满意，而且大少是独子，家里的资产和王馨家的半斤八两，王馨爸爸这才同意了。

因此王馨是不干活的，对干活没兴趣，每当管教把她勉强拽到车间，王馨总是歪歪嘴角，然后找个地方去补觉，再不就是自己玩得不亦乐乎。自然，结果就是再与管教打得不亦乐乎，再被关禁闭。

最近王馨总是感觉身子发虚，她入狱来一大半时间是在禁闭室度过的，每天一个馒头一碗凉水，本来身体很好的她逐渐瘦弱不堪。

这还是王馨家和大少家的关系网铺下来的，王馨都被折磨得与鬼神相似，如果再没了关系，后果不堪设想。

当下王馨虚弱的身体支撑不了她站久，她就大咧咧地在椅子上坐了下来，傲然地望向了杨战，神情桀骜不驯，讥嘲地说：“这就是大名鼎鼎的杨战？说吧，你那破律师几次三番找我，你又亲自跑到这鬼地方，到底想干什么。我们都是商人，在商言商，你如果没目的鬼才信！”

自从王馨进来，一直用一双锐利如鹰隼的眼睛打量她的杨战这时微微一笑，说：“你说的对，我的确是有目的，我和翡翡交换了一些东西，我必须把你弄出去，她也必须满足我的要求！我要求的东西志在必得，因此，你必须合作！”

王馨轻蔑一笑，“你们交换的是什么？”

“无可奉告！”杨战倚在了椅子后背上，目光灼灼地与王馨狠狠地对峙着，无比强硬。王馨不理他，望向翡翡。翡翡有些语塞，她不想把这个交换告诉王馨，只要王馨能出来，她就别无所求。至于她以后因为泄露商业机密而吃官司，巨额赔偿那些她都会独自承担，不想被任何人知晓。反正她也生无可恋了，最好一死百了。

“翡翡，你说！”王馨逼视她。翡翡轻声说：“我不想告诉你。我只要把你救出来，别的事你就别知道了。”王馨倔犟地说：“我偏要知道！”翡翡坚定地摇了摇头。杨战有些烦躁，犹豫他要不要拿出撒手锏对付王馨。他做事一向布置好几条后路，也永远有退路，不会被逼到绝境，也永远有随时翻身打胜仗的后备之路，对付别人是没问题，只是一遇到他那该死的未婚妻，立马铩羽而归，那个美女的心计和后路都要比他胜得一筹。

杨战自从接手王馨的事以来，早已把王馨的全部资料，历次打架的战绩，性格，家世，还有她在狱里的表现查得一清二楚，杨战从来不打无准备之仗。这个女孩狂野激情而桀骜不驯，极其不服管束，可是性格太直率了，凡事不动脑子，偏还倔犟得要死，九头牛都拉不回来，这样的性格让她在狱中处处碰壁。人家是不撞南墙不回头，王馨是把南墙撞塌也硬是勇往直前，撞到头破血流，才以死亡结束这惨烈的生命。一个多么刚硬的女孩啊！

对付王馨这种女孩只能比她更刚硬，更有手腕，才能压得住她。

她好像是匹脱缰的野马，必须由世界上最勇猛的驭手才能制伏她，否则稍微弱一点的就被她踏着铁蹄毫不容情地碾过，被碾过的还有口气的人只能趴在地上眼睁睁看着这匹桀骜的野马一路绝尘而去。

杨战镇定自若地微笑着，他自信他哪一条计谋都能将王馨制得服服帖帖，再无退路。拿下王馨可谓小菜一碟。

王馨还在逼问，翡翡几乎被逼得走投无路。杨战忽然昂然一笑，恶毒地说："我告诉你吧。翡翡用和我上床交换你出狱！你对这个答案满意吗？"

此话一出，语惊四座。

顿时空气里充满了震惊、愤怒和疑问。翡翡扭头难以置信地瞪着他，想反驳，张了张嘴巴，却什么也说不出来。杨战这种行为算是什么？性骚扰？语言暴力？语言侵犯？翡翡的表情在旁人眼里是秘密被揭穿后的惊愕愤怒。王馨的眼睛瞪得仿佛一个大太阳，瞪瞪翡翡，瞪瞪杨战，足足半个世纪后，她的脸上才露出了微笑，伸出大拇指，夸赞道："翡翡，你赚了！赚大了！"翡翡顿时晕了过去，张口结舌，就差翻白眼了。杨战没想到王馨是这个反应，虽然心中惊异，却是面不改色，仍然淡淡地微笑着。

王馨乐得手舞足蹈起来，几乎要乐得满地打滚了。翡翡的脸都绿了。

半天，王馨乐够了才喜滋滋地说："翡翡，你只管和他上床，不用管我了。你知道他是谁吗？哈哈哈！网上有他和很多国外名模的照片，还有他未婚妻的照片，他未婚妻漂亮得不像真人，当然，网上也说杨战本人俊美威猛，今天一见，果然是真的，刚才我一看见他都看直眼了，从来没见过这么好看的男人！”翡翡打断她：“馨馨，我们说正经的……”

王馨撒娇地举举小拳头，抗议地说：“我还没说完呢！翡翡，杨战这样的男人如果不是世界上顶尖的女人，哪有机会碰触到？又怎么会是你这样的人能摸得到的？你自己说，你和他上床，是不是赚大了？哈哈哈，笑死我了，这是你这辈子做得最合算的买卖！”杨战忍无可忍，勃然大怒，喝道：“闭嘴！”

王馨饶有兴趣地恶意欣赏着杨战脖子上暴起的青筋，得意地晃晃她的小指头，开心不已。谁叫这个趾高气扬的杨战摆出一副救世主的样子来，处处不可一世的德行，气死他！

王馨不是不想出狱，可是她又矛盾之极，在狱里很苦，很大程度是王馨的自虐，她接受不了柏柏的现状，那么清澈的柏柏可能再也下不了床了，而她觉得她再恬不知耻地活得很滋润简直是一种罪孽。她只有折磨自己，才会觉得心里好过一点，赎罪之路清晰而漫长，让人绝望，越是看得清晰，越是一种无可忍受的非人折磨。虽然每次张哥来看她，她都会委屈万分，哭得梨花带雨，闹着要出去，但是当杨战的律师三番五次来找她，想方设法要让她出去的时候，她却矛盾了，她不想出去心安理得地活着。

杨战压了压怒气，沉着地说：“王馨，你必须同意我的计划，你没有选择的余地。好自为之。”王馨眨眨眼睛，不置可否。翡翡急得直跺脚。杨战冷笑着从包里掏出几十个红色的大信封来，随便拆了几个给王馨看，里面竟然都是红彤彤的百元大钞。杨战把声音压得很低，说：“这些是我打点管教的钱，多则八千，少则五千。如果你同意，这些钱会让你在这里面的日子很好过，直到你出狱；如果你不同意，这些钱我仍然会给管教，我会特意嘱咐他们让你在狱里的生活生不如死，直到你答应我！”

王馨怒到极点，跳了起来，就想去揍他，好歹想到了这里是监狱，忍了再忍，才没动手。

杨战挑起一边的剑眉，恶狠狠地看着王馨说：“人生很短，从摔倒的地方爬起来继续坚强地走到终点才是英雄，你想想吧。”说完，拉着还想留下来的翡翡直冲出了探监室。然后他把钱留给手下，让他们去打点管教。他拉着翡翡上车，疾驶而去。

探监室，王馨无力地站了起来，慢慢走回去，眼泪不听话地流了下来，却被她狠狠地擦去。

路上，杨战把车开得飞快，脑子里不停地想着那个倔犟的王馨。如果她这次站不起来，这辈子就完了，可怜的小孩！他一定得完成和翡翡的这次交换。舒缓优美的歌曲在寂静的车里响起，车外是高速公路旁边的旷野，茫无边际，大片大片枯黄的野草在风中飘摇，一如翡翡的心境。杨战接了个电话，是他手下打来的，汇报说那些管教都不肯收钱。杨战哦了一声，说“知道了”，就挂了电话。一路上，他和翡翡一句话也没说。

翡翡很忧郁地一直望着车外的景色，脑海里想着苍白不堪的王馨，内心的自责如波涛汹涌，将她湮灭，连日里的疲惫不堪让她在后座上睡着了。杨战见她睡着了，关上了音乐，开了空调。

公司还有一大堆的事在等着杨战，为了尽快赶回去，他把车开得飞快，不断地超车。公路上竟然有个人不服气他的车技，被超过后不甘心地在后面追赶他，杨战不理，继续飙车。谁知那个人一路超速拼命般硬是超过了杨战，在杨战面前得意扬扬地玩起了飘移。杨战躲闪不及，眼看就要撞上，不得已死命踩刹车。在一阵刺耳的刹车声中，车终于停了。大怒的杨战飞身下车，就要去修理那个人。前面那个玩飘移的人见高大健硕的杨战好像一头饿狼一样地扑了过去，吓得他猛踩油门，一溜烟逃之夭夭了。

气恼的杨战回身上车，想去追他，却看见翡翡在刚才的急刹车中被从后座甩到了座位下，脸碰在硬物上，磕得嘴唇鼻子全出血了，鼻青脸肿的煞是好看。杨战心中一紧，忙抓过她看看，好在都是头面伤，没大碍。翡翡伸手擦擦鼻子，也不吱声，在包里翻找纸巾。杨战忙从车里的小急救包里拿出消毒了的药棉帮她擦嘴唇和眼睛。翡翡想起来他对王馨说的他们上床的话，很是气恼，死活推开他的手，不让他碰她一指头。

杨战不明所以，心急地按住她，想帮她擦，翡翡不依地抵抗。挣扎中，碰得翡翡嘴唇再次流血，翡翡疼得直抽气，口不择言，让他滚。杨战何时受过这气，顿时也口不择言，怒道："你别给脸不要脸！帮你擦擦还那么多毛病！你妈怎么教的你！没家教的东西！"

翡翡虽然懦弱，可是她不会允许任何人辱及她最亲爱的妈妈，当初大林妈就是一句侮辱她母亲的话，翡翡就如同一头被激怒的小狮子一样和婆婆厮打在了一起，闹得家破人亡，物是人非。母亲因她惨死后，她的心里更是不允许任何人再侮辱她的母亲，想侮辱，可以，踏着她的尸体走过去。

翡翡一直认为是自己害死了妈妈，心中的痛苦和愧疚折磨得她夜不能眠，她一想到妈妈就禁不住地心脏直发抖，现在猛然听得杨战出口侮辱她母亲，激怒之下顿失理智，一连几个耳光狠狠扇在了杨战脸上。她狂怒之下，打得太狠，杨战只觉得嘴里一股血腥味，震怒之余，他一个字都说不出来。

杨战这辈子什么时候挨过打？今天竟然被翡翡打了耳光，而且一连好几个，杨战极度惊骇之下，竟然忘记了抵挡。嘴里的血腥味越来越浓厚，杨战知道他嘴里出血了。杨战的心都在流泪，他回过头去，忍着心中几乎无法忍受的苦涩，轻声而不容置疑地说："下去！"

翡翡咬着牙，摔门下车，杨战踩着油门，绝尘而去。杨战没有回头看一眼翡翡，以超速行驶着，他的心冰冷得仿佛失去了知觉，被冰冻在浓浓的血腥味里。泪水委屈地涌上他的心和他的眼睛，却被他刚强地硬生生地给逼了回去。

留下翡翡一个人彷徨无助地顺着高速公路的护栏慢慢地走着，随时都可能会被后面疾驰的车辆给撞飞。济青高速公路上，杨战把车速几乎开到了最大，风驰电掣，嘶风腾龙一样地几乎四轮离地飘了起来。这是辆性能良好的越野车，虽然不如悍马，可是也不差了，很多人喜欢悍马是因为体验手动操作的极限快感，享受车辆在自己的出色车技下狂奔的高潮快乐。杨战喜欢飙车，但他不会选择悍马，太招摇了，绑架撕票都是这么引起的。他一辆一辆地飞快超越前面的车，可是前面的车没有尽头，好像人生过后的死亡，死亡后是没有尽头的。

他嘴里的血腥味已淡了些，脸上被打的地方也有些麻木了，只是受伤的心一时无法平复。他控制着自己不去想他的宠物被孤零零地扔在高速公路上会怎么样，那不关他的事。她不是想死吗？让她去死好了！

杨战素喜冒险，世界各国的探险胜地他都去过，各种大大小小的危险遭遇数不胜数，他本人就数次死里逃生。他曾经亲眼见过一个不认识的游客在亚马孙流域被几条庞大到惊人的鳄鱼围攻撕咬，分食。如果不是他跑得快，也早是鳄鱼的腹中饱餐了。凶狠的钝鳄和宽吻鳄是亚马孙流域的霸主，杨战认得出那些残忍迅猛的鳄鱼正是钝鳄。他眼前至今还经常晃动着那个不走运的游客濒临死亡时眼中的绝望和惨烈。那年杨战二十四岁，比翡翡现在的年纪还小。

自从那个栈桥的夜晚后，杨战经常会发现翡翡眼中的这种绝望和惨烈，和那个不走运的游客的眼神几乎如出一辙。

翡翡经常在独处时流露出这种神色，被他无意撞见过几次，平时翡翡脸上都是挂着职场礼貌的、淡淡的微笑，虽然周到，却没有一丝热情。杨战暗自猜测翡翡是不是想自杀，可他明白，在王馨出狱前翡翡是不会自杀的。他几次想开口和她谈这个问题，都被翡翡礼貌地用对待上司的态度令他欲言又止了。

杨战打开了点车窗，冬日的寒风呼啸着灌了进来。杨战努力让自己转移思绪，想着最近的一个集团并购，听了首振奋人心的欢快舞曲。音乐响起，他突然想起来翡翡也很喜欢听这首舞曲，每次他一在客厅放，她就手舞足蹈，扭动着她那胖乎乎的小身体随着韵律摇摇摆摆，不专业，可很可爱。杨战郁闷地发现自己竟然在微笑，暗骂了自己一句，关了音乐。

他仍然驾驶着越野车风驰电掣，嘶风腾龙般地飞在高速公路上。

翡翡低着头，顺着路慢慢地走着。风很大，吹得她睁不开眼睛，她只好把羽绒服的帽子抓起来戴上去，尽量遮住眼睛。

她眼前一直晃动着杨战刚才挨打后那震惊的难以置信的眼神，他脸上没什么表情，一切的愤怒和委屈却都在眼神里显露无遗。翡翡不后悔。她已经不是生病之前的那个翡翡了，那个翡翡容易轻信，对任何人都不设防，遇事一忍再忍，还自己委屈地闷头进行可怜兮兮的自我安慰，告诉自己吃亏是福。

其实在婚前很多次，大林妈都在有意无意试探她的底线，践踏她的尊严，她都忍了下来，总觉得大林妈是长辈，再怎么也得忍着。

翡翡现在回忆起这些恶心的前尘往事，除了憎恶大林妈和大林外，也极度憎恶自己。她憎恶以前的自己，正是自己的愚不可及，才使得妈妈早逝，馨馨入狱。所谓的优胜劣汰，就是指她这种人，早该被淘汰了，她活着只不过是浪费氧气和粮食。

白天，她在杨战的公司，面对同事和客户，以及杨战，她把自己冰封起来，用一层层的厚重愧疚把自己的内心包裹起来，包裹得密不透风，严实无比。她脸上挂着恬淡的微笑面对任何人，都快死的人了，还是留下微笑给他人吧。至于内心，她的冰冷和悲痛不是她自己所能改变的，她想内心温暖起来，可能吗？做得到吗？她的心早已死了，心死如灯灭。

外界的力量无论再怎样强大，也暖不过来了，因为她的心被冰封了，没有任何和外界的接触点了，就仿佛在欧洲的孤岛中，古城堡的吊桥一断，就与世界断绝了一切联系，万夫莫入，离绝红尘。

杨战仍然在飞车疾驰，却不自禁地回了一下头，看着后面川流不息的车辆和漫天风沙，脸上没什么表情，继续开车。

他想翡翡再傻也会搭车回来的，还有跑济南一青岛线的长途车，他却没看见翡翡的包刚才急刹车时掉在了车座下面。

翡翡走了很久，才想起来搭乘济南一青岛线的长途车。于是她不再走路，停下来，等着长途车。等了一会儿也没有，她才发现她的包不在身边，应该是掉在杨战车上了，翡翡的脑袋一下子嗡嗡了起来。她的钱都在包里，身上一分钱也没有，她的裤子口袋太小，羽绒服口袋又太大，容易掉钱。

翡翡在原地待了很久，眼巴巴地看着一辆一辆的车从她身边呼啸而过，不得已又开始了 11 路。

风沙漫漫，寒风凛冽，翡翡沿着路边疲倦地走着，天都黑了，不知何时才是公路的尽头，她走得越来越慢，越来越累。她的手机也在包里，联系不上任何人。大概晚上六点了，翡翡饿了，她实在走不动了，干脆坐在了路边。路上有几次有人停下车想捎她上车，都被翡翡客气而坚决地拒绝了。坐了一会儿，歇得差不多，翡翡又站了起来，拍拍灰尘，上路了。

深夜十点了，翡翡仍然在夜风里疲惫地走着，她的双腿已经不大听使唤了，可是明天还得上班，虽然她请假不会扣钱。公司的人因为杨战对她的格外爱护，也都很有些奉承着她，虽然背后却是嫉妒和羡慕齐飞，流言共造谣一色。

可是翡翡从来都是要求自己比别人做得更多，不想授人话柄，说她是靠裙带关系上位的。她在公司任劳任怨，可是这样也没赚得别人的好，那些人仍然表面恭维，一转身就骂她不知靠什么才把杨战迷惑了。

翡翡不加解释，仍然只是闷头工作。

她其实不想杨战对她好，她不想接受任何人对她的好，她自知活不了多久了，别人对她的好，她无法回报，亦是无法感恩。在死前，她不想欠任何人的情分，就让她干干净净地赤条条地无牵挂地离开这个世界。她仍然留在杨战的公司是因为她需要钱安葬妈妈的骨灰盒。她爸爸是没空管的，小姨说等她从香港回来得和她商量一下。

翡翡妈妈喜欢崂山的清新空气，翡翡想把妈妈留在太平陵，如果买个她和妈妈的双人墓碑空间的话要三四万，她坚决不让小姨掏这个钱，她等王馨出狱，再等她攒够这个钱就可以去天堂永远陪伴妈妈了。天堂没有车来车往，天堂不会再有大林妈和大林。

她的婚姻已经在她心上深深割了一道伤口，妈妈的突然逝世又在她受伤的心口上补上了千刀，爸爸的再婚又将她不堪重负的心千刀万剐了，最后在栈桥的夜晚，杨战残忍冷酷的“是的”，真正地将她的心碾得粉身碎骨了，碾成了粉末。

现在的翡翡，只不过是一具行尸走肉。翡翡顶着寒风，机械地挪动着没了知觉的双脚。凌晨三点了，翡翡全身都麻木了，仍然拖着毫无知觉的身躯孤零零地走在高速公路上。

公路上的车很少了，偶尔一辆车呼啸而过时，翡翡都想一头撞过去，她是真的生无可恋了。每次的冲动都被最后的一丝理智拉着，王馨还没出狱，安葬妈妈骨灰盒的钱还没攒够，她没资格去死。

翡翡蜷缩在公路的边上号啕大哭，她连去死都没资格！

五点，天色现了灰白。在车上，杨战拨翡翡的电话，却赫然听到翡翡的手机铃声在车里响起，他同时发现了翡翡的包。杨战没再犹豫，直接回家，翡翡不在家。他打电话给公司，翡翡不在公司。他再打电话给王馨家，翡翡不在那里。

杨战的脸色瞬间惨白，他毫不犹豫地先报警，再开车疾驰上了济青公路。他一直开到了济南，也没找到翡翡。他再慢慢开回来，在路上小心地寻找着血迹。翡翡不是出车祸就是自杀了。可是他没找到血迹。他再开车回家，指望翡翡已经回家，翡翡仍然不在家。

杨战带上公司几个人，重新驾车上了高速公路，边开车边和他们一起扫视着公路两旁的田野村庄，希冀找到翡翡，与此同时，他公司里所有人和他全部的朋友都在青岛市搜索翡翡。他总算还保持了最后一点理智，没告诉王馨家，如果王馨妈妈得知他在高速公路上把翡翡撵下了车，不活撕了他才怪呢！

公路巡警那里，杨战也是一会儿一个电话询问情况。附近的医院，也是一会儿就打电话去打听一下。

又是一天了，一无所获。夜深了，杨战疲惫不堪地回到了家，没开灯，只是抱着头静静地坐着。杨战坐了很久，才上楼去睡觉。杨战的卧室和翡翡的卧室相邻，他在经过翡翡卧室的时候，推门进去，在翡翡的床边坐了一会儿。墙上挂着装饰精美的翡翡妈的照片，翡翡从栈桥回来后的第二天，他就找商家把翡翡妈的全部照片做了精美的花饰。翡翡当时没说话，眼里却是有感激的。他一直是很尊敬翡翡妈的，他不懂昨天自己为什么会冲口而出那些混话。说出的话泼出的水，覆水难收。

杨战早就不怨恨翡翡打他了，如果有人辱及他的母亲，杨战给予对方的就不是耳光，而是子弹了。他现在能理解翡翡了，可翡翡现在生死未卜，如果她死了，也许不久的将来这墙上会再挂上翡翡的黑白照片。杨战突然低声哭了。

第二天天不亮，杨战就带着人拉网式搜索高速公路旁的村庄。这天大雪弥漫，寒风刺骨，道路坎坷，他手下的人哪里遭过这个罪，当着杨战的面不敢抱怨，背后却是怨言沸天。辛苦了一整天，还是一无所获，杨战的心沉到了深渊，而且是没底的深渊，飘飘忽忽着，不可见底。这种摧心挖肝又上下不吊的感觉真让人痛到了极点，又急到了极点。

杨战不想休息，带着人又搜索了一夜，直至天蒙蒙亮了，看着手下的人一个个都东倒西歪面色青白了，他才不得已收队回青岛。

杨战驾车回家，在别墅的大门外看到一个人半趴半跪在大门外，一身浅黄色的羽绒服，正是翡翡的衣服。杨战的心停跳了几秒，然后以他做梦都想不到的速度飞身下车，扑过去扳过那个人的脸，正是昏昏沉沉的翡翡。杨战跪在地上，抱着她，一个字都说不出来，只是浑身剧烈地颤抖着，全身脱力，几乎瘫了，泪水不知不觉肆虐了满面。很久后杨战才终于有了力气，抱着她进了家门。翡翡一直半合着眼睛，嘴唇干裂得流血，手还紧紧握着衣服口袋里的什么东西。杨战把她的手拿出来一看，竟然是一块吃剩的玉米饼子，上面还有翡翡细细的牙印。

杨战想把玉米饼子从她手里拿出来，可翡翡虽然半昏迷，手却死死抓住玉米饼子不放，在和杨战短暂的争夺中，她的手指竟然把玉米饼子抓出五个深深的指印。杨战不忍心再拿走玉米饼子，把她抱在怀里，抱得是如此之紧，翡翡身体火热的温度传到了他身上。他起身给翡翡热了杯牛奶，翡翡咕咚咕咚喝下，仍然不睁眼。杨战带着翡翡去了医院。医生说翡翡过度疲劳，重度脱水，寒冷，饥饿，加上感冒发烧，休息几天就好了。翡翡进了高级护理病房，打着点滴，身体的温度逐渐恢复了正常，手里却仍然抓着玉米饼子死活不放。杨战脱下了她的袜子，袜子早已磨破，翡翡白嫩的脚底全是血泡，血泡破了，血糊糊一片。翡翡的脚和腿肿得吓人，一按一个深坑。

杨战翻过她的鞋底，这是一双翡翡才买的鞋，一共没穿几次，此时鞋底却磨得很薄，有的地方都透气了，鞋后跟也磨损殆尽。杨战自责愧疚得一个字都说不出来，只想痛打自己一顿。

翡翡终于烧退了，恢复了神志。杨战整夜不合眼地照顾她，衣不解带，双眼熬得全是血丝。翡翡看着憔悴不堪的杨战，沉默无语，只是用手摸了摸他的头发。

几天没见，杨战瘦了很多，脸上也没什么血色，只是精神非常地好，喜气洋洋得好像在过年。这时杨战要的机器的秘密早已得手，一个星期之前翡翡就把机器的全部核心构造细细画了图给他，他手下的高级工程师正在带人铸造，有点规模了。翡翡默默地看着他，想问什么又不敢问，只是用手轻轻抚摸着他的脸颊，问道："还疼吗？"杨战笑道："早不疼了，你那天打得我满嘴都是血，以后再不准了啊！"

翡翡虚弱地笑了，说："你也不能再骂我妈妈，不然我还打你。"杨战笑得旖旎无限，眨眨黑亮的眼睛，说："我那天发昏了，胡说八道，你可得原谅我。我用我的生命起誓，我再对你母亲不敬，就让我天打雷劈。"翡翡弯弯嘴角，笑："青岛很久没下雨打雷了。"杨战尴尬地摸摸鼻子。

翡翡虚弱得不能起来，杨战拿着碗，一调羹一调羹地喂她。翡翡眼圈红了，她真正地开始感激杨战，她明白，现在的杨战对她好可不是为了机器，那是为了什么？翡翡不敢去想，她毕竟是个即将离婚的女人，那天王馨的话也是一种深刻的醍醐灌顶。杨战这样的男人，自有顶级的女人去配，她这一生都是望尘莫及。既然不配，她又怎么敢去做这种不切实际的梦呢。想得越高，跌得越惨。

原来翡翡被扔在高速公路的那天，下午起了大雾，晚上雾更大，到了第二天早上天蒙蒙亮时雾气愈发地大了，翡翡心惊胆战地走在公路上，随时都可能被后面看不清楚路况的车辆给撞飞。翡翡不敢再留在公路上，她爬过护栏，顺着公路的方向在田野里走，有时候远远地看见村庄，饥渴之极的翡翡也不敢进去，村庄里的狗吠声此起彼伏，翡翡从小就怕狗怕得要死。

也不知走了多久，遇到一个路过的农妇，说的乡音翡翡也听不懂，不过她看到翡翡饿极了的样子，正好她出远门，带着好几个玉米饼子，就给了翡翡一些。夜晚翡翡就蜷缩在树下睡觉，被冻得感冒发烧了。虽然杨战在带人找她，可是她的衣服和田野的颜色近似，她走得也不快，一直没被发现。好不容易走到了青岛，她也没钱打公用电话，更羞于打 110 找警察，就一路挣扎着走到了杨战的家门口。她的钥匙在包里，她进不去大门，于是昏昏沉沉的她就倒在了大门旁，直到杨战回来。

两个星期后，翡翡终于出院了，杨战也完全恢复过来了。翡翡再看着杨战的神色就带上了一丝羞怯和腼腆。杨战变着花样给她变换食谱，把她又喂得白白胖胖。他们之间却没提及任何关于感情的话，杨战自知不能给她任何未来，也就绝口不提；翡翡则是自卑，哪敢提一句。

这天，翡翡在办公室忙着，外面有人找她。却不想是翡翡爸。

翡翡把爸爸让进了办公室，请他坐了沙发，倒了茶，然后翡翡不再说话，沉静地等对方开口。这招是她跟杨战学到的。

翡翡爸看着衣着光鲜的女儿独自一间大大的办公室，朝着海面，海景一览无余，心里很是羡慕。翡翡爸局促不安地说：“翡翡，你现在跟着杨战真是享福了啊，你工资一个月多少钱啊？”翡翡想了想，倚在了靠背上，问：“你一个月要多少？”翡翡爸看着翡翡粉红滋润的脸色，狮子大开口：“最起码你得给我四千。你秀秀阿姨可是真能花钱啊……”

翡翡爸和张秀秀在一起的这些日子，愈发感觉出这个新娘的好处来，家务就不说了，那是全能选手，在家不用他沾一指头，还漂亮妩媚，没事就撒娇，把翡翡爸的心痒得是百爪挠心，欢喜不胜，在床上她也是欲求旺盛，花样百出，把个翡翡爸迷得天昏地暗，不知东西南北，深深觉得他的前半辈子真是白活了，直到遇到了张秀秀，他的人生才有了意义！

当张秀秀叨念家里钱不够花的时候，翡翡爸深觉愧疚。当张秀秀再叨念翡翡跟了杨战住海边别墅，开豪华车，吃山珍海味就是不回家孝顺父母的时候，翡翡爸开始恨女儿没孝心，忘记了乌鸦反哺、羊羔跪乳的古训。

当张秀秀继续叨念翡翡赚了大钱却不想着先孝顺父母，先把钱交给父母，自己花天酒地却让父母的日子捉襟见肘的时候，翡翡爸立即说："我把她养大了，她不孝顺我天打雷劈！我找她要赡养费去，不给就去法院告她，让她丢人现眼，走路也被人戳脊梁骨！"

张秀秀眉开眼笑地乐得双手搂着他的脖子，在他耳边吹气如兰，因此翡翡爸就雄赳赳气昂昂地来找翡翡了。他想翡翡从小就是老实听话的孩子，而且他的这些要求一点不过分，都是天经地义的，翡翡肯定马上就答应，这是毋庸置疑的。

他早把翡翡离开家的那天说的从此断绝关系的话给扔耳朵后面去了，他只当是翡翡气大了说胡话，一会儿肯定就后悔了，没听过父女还能断绝关系的，那传出去还不叫别人笑话死了？

翡翡坐到了椅子上，严肃地说："你说的我会考虑一下的，你还有事吗？我今天很忙，你没什么事就先回去吧。"翡翡爸一听不高兴了："我来看我闺女，谁敢撵我不成？再说，赡养费的事还没明确表态呢……"翡翡突然想起什么，厉声说："我小姨说孙大林家给的赔偿和还的借款一共是八万五，钱呢？"翡翡爸嗓门马上小了下去，这钱早被张秀秀温柔地要了过去，她哥要买房子，说是借的，可是借条都没打，这钱当然是肉包子打狗，有去无回了。

当下翡翡爸支吾起来，不敢看翡翡的眼睛，一会儿才说："你的病不是治好了吗？那钱秀秀用了，现在应该是你孝顺我，给我钱的时候，你怎么反过来追问我的钱？"翡翡的脸色一下子惨白，心碎得无法拾起，她哆嗦着嘴唇，话都说不出来。她可是听小姨说过这钱爸爸曾经是怎么打算的，如今，居然就这么被人骗走了。

翡翡再不哼一声了，沉默有时就是最好的对付人的手段，翡翡爸觉得无趣，父女俩的这次见面不欢而散。

大林家。

大林妈老了很多，五十出头的人就一头白发了，腰也佝偻了，她正拿着笔算账，她今天去菜市场买菜回来，一样样地在算，几毛几毛地算来算去，算到最后，还是少了三毛钱，她心急地在钱包里和装菜的塑料袋里扒拉来扒拉去，却始终没找到丢失的三毛钱。大林妈很难过，如今的一分钱对她来说都弥足珍贵。

大林妈难受地把钱包捧在怀里，不住地叨念："三毛钱，一斤洋葱啊。怎么没了呢，看我这脑子。"她心疼得翻来覆去地说着。孙大林在里屋睡觉，被她不住的唠叨弄醒了，一瘸一拐地爬起来骂她："你闭嘴吧，三毛钱算个屁！如果不是你贪财，咱家至于家破人亡吗？神经病！"大林妈望着赤眼横眉在怒骂的儿子，却是一声不敢出，瑟索着挤出笑容对儿子说："大林啊，妈把你惊醒了啊，你睡了一天了，饿了吧？妈给你去热饭去！"大林不理她。大林妈立即跑到厨房去给儿子热饭。

大林满腔怒火地在狭小的家里走来走去洗脸刷牙，大林妈在厨房看着万事不如意的儿子，眼泪就往下掉。

大林请假很久了，现在的大学生多如过江之鲫，大林不能来工作，公司马上就招聘了别人来顶替他。大林也没任何特长，这样的人在公司完全是无足轻重，任何人都可以代替，等大林回来，发现他被公司开除了。

大林失业了，家里的经济一下子如履薄冰，只能靠着大林爸那点微薄的薪水度日了，钱一下子变得极度紧张起来，大林妈真是欲哭无泪啊！

大林只好在劳务市场到处投简历，找工作，可是现在的竞争这么激烈,大林这种毫无特长的人就很居下风了。新工作仿佛是镜中花，水中月。他灰心丧气，自卑自哀，整天在家昏睡，醒来就冲妈妈大发脾气，破口大骂，闹得全家人心惶惶。大林妈逐渐习惯了儿子的破口大骂，她体谅儿子满心的痛苦和无奈。

大林仍然不舍得翡翡，这几天就想去找翡翡，求她回心转意，虽然她跟了杨战，可是他大林是个有情有义的男人，他不会计较翡翡的红杏出墙，只要翡翡肯回头，他还是爱她的，会接受她的。

翡翡妈去世了，眼不见为净了，而大林妈却在活活忍受着这心灵上残忍无比的凌迟和屈辱。大林妈后悔得肠子都青了，这天半夜，大林妈被折磨得痛不欲生，自觉活着也是多余的了，就开灯写了封信，给大林。

信上说因为她太爱儿子，太照顾这个家了，于是她贪财她奸诈，她做了这些错事，一步错，步步歪，她对不起大林，对不起翡翡，更对不起死去的翡翡妈。她不想活了，这就去自寻死路。她明白翡翡恨极了她，只要她死了，翡翡就会原谅大林了，还能回心转意，回到大林身边来，以后再生个孩子，还是和和美美的一家人。那杨战，又怎么会真的娶翡翡呢？大林妈还让翡翡别犯傻了，毕竟大林才是她的原配，一夜夫妻百日恩啊，这世上只有大林才是真心爱着翡翡的啊！

写完后，大林妈关了灯，拿了根绳子，就往院子里那个高高的栅栏走去。

屋内，大林睡得正香。月黑风高，自杀夜。

翡翡坐在客厅愣神，杨战走过去，她一点都没有察觉。杨战问；“想什么呢？”翡翡轻轻地说：“狼和羊的故事。”突然，她像想起什么似的笑着对杨战说：“如果狼真的爱上羊了，你说结局会怎样？”

杨战笑道：“那只羊恐怕是想找死吧，呵呵。你刚才像思考者一样的神情，原来就是思考这个幼稚没营养的问题啊？”翡翡愣了一下，很久没说话，犹豫了半天她才结结巴巴地开口了：

“我想问个问题……”

“说！”

翡翡好容易鼓起勇气，用低到几乎听不见的声音问：“杨战……”

“嗯？说。”

“杨战，你能和我结婚吗？”翡翡眼里含着紧张的神色，结结巴巴地说。也许她这个问题太无耻了，太不知道自己的斤两了，可是她心里是多么渴望知道这个答案啊，她几乎和渴望救命之绳一样地渴望杨战的回答。

杨战心中一颤，却什么也没说，一直背对着她。翡翡等待着他的回答，随着时间的流逝，她的心越来越沉，沉到了深渊，不可见底。杨战仿佛感受到她内心的绝望，他用很低沉的声音坚硬地回答：“不能。”

刹那间，心中那一树的桃花如秋风肆虐过，花瓣纷纷坠落，被疾风吹得不知所踪。翡翡的心也仿佛一片桃花瓣，被无情的现实肆虐得无影无踪。她心中泪落如雨，绝望至极，幻想被无情地击碎成为粉末，一颗心，颤抖忐忑地送了出去，被别人无情地拒绝，再收回来的一颗心就是千疮百孔，满目疮痍了。翡翡心冷如死，天大地大，却无一处地方存放自己那颗伤痕累累的心。忽然，杨战问：“翡翡，你喜欢我吗？”翡翡双眼茫然，没回答。杨战再问：“翡翡，你喜欢我吗？”很久，翡翡才用飘得很远的声音轻声说：“不喜欢。”杨战心头大震，“再说一次！”翡翡唇角浮现出一个凄凉的微笑，“不喜欢。我和孙大林还有感情。”仿佛一记重锤击下，杨战的身子颤抖得厉害，他嘴唇发青，一句话都说不出来。

翡翡站起身，决绝而去。杨战看着她的背影，呆立很久，不知不觉已是满面泪水，心冷如铁。

那天晚上，大林妈拿着绳子走了出去，正要往高高的栅栏上系绳子，忽然想到了存折上还有一点钱，而大林不知存折的密码，等她死了，这笔钱可怎么办啊？大林妈急急忙忙返回了家里，把存折找了出来，放在遗书的旁边，在存折上写下了密码。

然后她关了灯，此时早已泪流满面，她推开儿子卧室的门，站在儿子床边，借着月色仔仔细细地看着儿子的脸，哭得抽噎不止，却怕弄醒了儿子，极力压抑住哭声。

很久后，大林妈才恋恋不舍地关上了儿子的房门，再来到柏柏房间，眼泪滴答滴答掉，在空荡荡的房间里发呆。很久，大林妈出去了，抓住那根绳子，边哭边系绳子。大林被妈妈刚才的抽噎弄得半醒，现在被妈妈关防盗门的声音弄得完全醒了。半夜妈妈出去干什么？他爬了起来，开灯找手电筒，准备出去看看，却在灯下看到了妈妈的遗书。

大林疯狂地冲了出去，在外面一眼看到了正准备往脖子上套绳圈的妈妈,大林大吼一声扑上去就把妈妈拉了下来。大林妈摔倒在地，哭得不能自制，说："大林，你这是何苦呢，妈妈活着早就没意思了，妈妈害了你，害了这个家，害了柏柏，害得翡翡和你离婚，也害了我自己，我对不起你啊，儿子！呜呜。"

大林看着满头白发的苍老的母亲，忽然意识到自己以往的所作

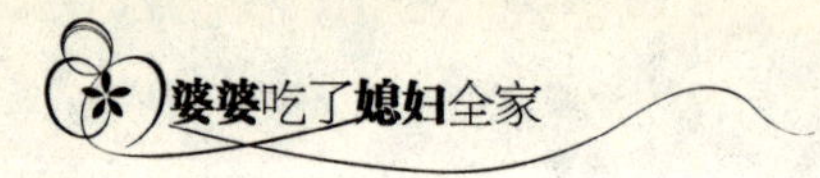

所为的非人之处，他对母亲的怒骂，呵斥，嫌弃，哪一样不是伤透了妈妈的心？

妈妈自寻死路，多半是因为自己的仇恨所致，自己的仇恨让妈妈失去了求生的意志。不管妈妈以前做过什么，她毕竟是自己的亲妈啊，而且她做的哪样不是为了自己好呢！

谁都可以指责母亲，只有自己不可以！大林哭着说："妈，是我错了，你别怪我啊，我是混蛋，妈，我错了。"

大林妈号啕大哭，哭倒在儿子的怀里。

这天晚上，翡翡准备收拾东西离开杨战的别墅。杨战把自己关在房间里，没出来。翡翡在关上大门之前最后留恋地看了一眼这温馨的屋子，心中酸楚难言。她的大半年默默暗恋就以这种悲凉的方式收尾了，而她何去何从？翡翡含着泪水，一步步走出了大门。

杨战站在窗前，透过窗帘的缝隙眼睁睁看着翡翡提着箱子一步步地离开了，他却不能去挽留。杨战一拳狠狠地砸在了墙壁上，雪白的墙壁上见了血，而杨战浑然不觉得疼痛。

翡翡无处可去，只能来到外公外婆家。耄耋之年的外公外婆拉着她的手老泪纵横。王馨妈妈给父母请了保姆，可父母仍然以惊人的速度老迈下去。一想起惨死的大女儿，老两口就哭得几天不吃不喝。翡翡不忍心告诉他们爸爸再婚，以及她和爸爸断绝了关系的事，只说来陪着他们住几天。外公外婆摩挲着翡翡的头脸，不舍得放开。

济南监狱。

这天是探监日，大少仍然一如既往地来了，而王馨仍然不肯见他。大少消瘦了很多，陪伴他的明明默默地站在他旁边。等到了天黑，王馨仍然拒绝见他们，一个熟悉王馨的管教都看不下去了，告诉大少等着。她进去对着在车间拿着一个成品怔怔发呆的王馨说："你男朋友在外面等了一天了，你还有点人性就去见见！真不知好歹！"王馨坚定地说："让他走！"

管教气得没法，说："你知不知道他每次都来，每次都等一天，晚上才回去？天黑了，你让他开车回青岛你也不担心？你就不怕出事？"

王馨突然低声哭了："让他忘了我吧，我们有缘无分。你以为我不想他吗？我每次都不见他，我心里不难过吗？"那个管教看着哭得双肩直抖的王馨，心中一酸。硬气至极的王馨这是入狱后第一次在别人面前哭泣，可见伤心到了极处。

管教是个粗线条的人，心一横，仗着她和王馨关系最不错，数她对王馨最好，也数她管教王馨最多，她觉得她有责任不让王馨继续沉沦。她一把拽起虚弱的王馨，不顾她的挣扎，把她抓去了探监室。王馨一看到大少，就停止了挣扎，傻傻地看着他。大少猛地扑了上来，什么也不说，死死地盯着王馨尖尖的下巴、苍白的脸色和瘦削的身体。王馨看着胡子拉碴的、瘦削疲惫的大少，竟然是心痛得不能发出一声。

翡翡在姥爷家过得很平静。

大林还想着翡翡，于是天天去翡翡公司转悠，以前是杨战车接车送，大林没机会接近她。如今翡翡自己坐公交车回姥爷家。大林观察到翡翡终于不回杨战家了，心头狂喜。这天，翡翡回家后，大林就敲门了，说是楼下的邻居，来借个扳手。不知情的保姆就开门了，门一开，大林就推开保姆，直冲了进去。翡翡看到是他，脸色瞬间惨白无比。翡翡外公外婆一看见他，顿时气不打一处来，喝令他快滚！大林却径直跑到了翡翡面前，掏出大林妈的遗书，哀求翡翡跟他回家。他含着泪水说："翡翡，我们毕竟是夫妻，我以前对不起你，我明白，我会用一辈子来补偿你的。我妈也后悔得不行了，她那天都写了遗书，说对不起你，她害了我们，她没脸活了，求你原谅她。翡翡，我妈她毕竟是长辈啊，你就给她个面子吧，原谅她一次。翡翡，我求求你。"

翡翡脸色愈发地惨白，眼睛却愈发地黑了，她拿过大林妈的遗书，慢慢看了起来。大林哭得拿着袖子拼命擦眼泪，哀哀地望着翡翡。翡翡很认真地看着大林妈的那张遗书，不放过一个字。大林忐忑地偷看着她的表情。翡翡的姥爷姥姥一听是大林妈的遗书，也激动地凑过脑袋一起来看。看了很久很久，翡翡的嘴角浮现出一丝微笑，说：“难得啊，终于死了。”

大林的脸色刷地阴了下来，他万万没想到妈妈都想以死亡来换取翡翡的原谅和他以后的幸福人生了，可是翡翡竟然如此无动于衷，不但无动于衷，还得意扬扬、幸灾乐祸，翡翡也太不是东西了！毕竟大林妈是翡翡的婆婆啊！

大林气得一把把妈妈的遗书夺了回来，很小心地折起来，放在口袋里。大林妈的一次死亡行动，重新把自己的地位又摆在了儿子心目中的神坛上。大林再说话就有些恼怒了：“你怎么说话呢？我妈还没死呢，她要上吊被我救了。难道你真希望她死啊，怎么说她也是你婆婆，她千辛万苦把我抚育长大，对我恩重如山，你和我结婚了，就必须把她当亲生母亲来对待。虽然我妈妈有些事做得不够好，可是她毕竟是我妈。你叫我怎样？叫我打她一顿吗？你还知不知道点尊重长辈了？有人说，女人想日子幸福就必须把婆婆当亲妈，不能说婆婆半点坏话。”翡翡姥爷听了，气得抓他的拐杖要揍死大林。

翡翡安静地听完了大林的话，说：“你说得对！”翡翡姥爷姥姥全部被她的话雷得外焦里嫩。大林则脸有喜色，兴奋地说：“翡翡，我就知道你懂事明理！”翡翡姥姥伸手来摸翡翡的额头，看她是不是在发烧。翡翡一笑，说：“大林，我妈妈千辛万苦把我抚育长大，对我恩重如山，你和我结婚了，就必须把她当亲生母亲来对待，你说对吗？”大林一时有些结舌，半天才回答：“呃，有道理。”翡翡忽然笑了起来，笑得阴冷，笑得大林浑身发麻，只听翡翡大笑着说：“既然我妈是你亲妈，母仇不共戴天。我妈被一个贱女人活活害死了，你作为儿子该为她报仇！”翡翡说着冲进厨房拿出把大切肉刀来，对大林恶狠狠地说：“你今天去砍死那个害死我妈，也是你妈的贱女人，我就原谅你。我会马上撤销离婚诉讼，如果你坐牢，我翡翡发誓会等你一辈子！”

翡翡姥爷在一旁冷笑说：“说得好！”切肉刀在灯光下闪闪发亮，大林却不敢接，嘴里语无伦次地说：“翡翡你胡说什么啊？我妈就是你妈啊，你妈没了，你还有我妈啊，我妈后悔得不行了，你把我妈当亲妈好了。”“我砍死你！”翡翡气得浑身发抖，疯狂地举着切肉刀就要扑过去，被翡翡姥爷死命按住。翡翡姥爷急得说：“翡翡，你砍死他你不得偿命啊！你还小，把刀给我，让姥爷去砍死这个畜生，姥爷给他偿命也够本了！”翡翡姥爷好不容易才掰下了切肉刀，就转身冲着大林，咬牙切齿。大林见势不好，飞快地一瘸一拐地溜得无影无踪了。翡翡仍然控制不住地发抖，眼睛里却全部是刻骨的仇恨。

第二天，翡翡去法院问了一下，她的离婚案子再过几天就判决了。

没孩子，没财产，应该很好判的。

济南监狱。

王馨和大少彼此泪眼相望，却什么话也说不出来。相对无言，唯有泪千行。管教满意地笑了笑，推门出去了。半天大少才止住泪，却千言万语一时不知从何说起。倒是王馨含泪嘻嘻一笑说：“大少，你胡子拉碴的，成熟多了啊！哈哈。”大少呸了一声，笑道：“去死！一见面也不说句好听的，嫌我老了你直说好了！”王馨伸伸舌头，戏笑道：“大少叔叔，别来无恙啊！”明明噗哧一声笑了起来。王馨瞪眼道：“再笑，再笑我一指禅点晕你！你姐姐我最近在狱里跟个管教学了招一指禅，还没开光呢！拿你试试？”明明笑：“那管教的一指禅是拿你当靶子练出来的吧？”“滚！”王馨怒目而视。

大少哈哈大笑，说：“馨，跟你说正经的，那杨战想把你弄出去，你怎么拒绝了！”一提到这个，王馨的眼神立即暗淡了下去，“再说吧。那姓杨的说他是拿和翡翡上床换我出去的。不过这生意翡翡赚大了，她这辈子还没做过这么合算的买卖呢，我都有点羡慕她的艳遇呢。”

大少和明明两个人的四只眼睛立即砰砰地冒金星：“翡翡被逼和人上床还赚大了？你脑残？”王馨急了，跺脚说：“滚远点！等你们俩见到杨战就明白我的话是人世间最最最正确无比的真理了，哼哼哼，你姐姐我的话什么时候有偏差来着！这桩买卖，那杨战是亏得裤子都没了，嘻嘻。”

看着王馨的笑脸，大少和明明仔细地研究了一下，一会儿就英雄不谋而合地认为现在还是去给王馨开个精神病人的证明出狱更容易些。

看着瘦弱的王馨，大少和明明心痛不已，详细地问王馨在狱里的生活情形。王馨简单地说了下，最后总结道：“还是杨战手眼通天，咱们家和张哥的关系都保不了我，上一次杨战走了后，我在这里的日子立竿见影地好了很多，禁闭也关得很少了，也有人照顾了，基本再没遭罪。”

大少嗯了一声，随即说：“这里真幸福，你打算在这里住一辈子还是怎么着？”王馨立即沉默是金。大少把脑袋凑上去，盯着王馨的眼睛，一个字一个字，清晰无比地说：“馨，你给我听着！我明天就去找杨战，尽快把你弄出去！你这辈子就没听过我一次，可这次，你必须得听我的！”一阵静默。

大少把自己收拾得焕然一新，来到了杨战的公司。通报了姓名后，秘书小姐带领他来到杨战的办公室。一进门，杨战就起身含笑来迎接他。一见到杨战，大少就心头一震，不得不承认王馨确实所言非虚。面前的杨战丰神俊朗，气度不凡，那张无可挑剔的俊美的脸让同为男人的大少都一时移不开目光。杨战对别人第一次看见他的反应都习以为常了，随意笑了笑，请大少坐下，温和地询问他喜欢喝点什么。

大少自觉失态，不好意思地笑说：“白开水。”杨战叫人倒了两杯白开水。然后杨战安静地望着大少，等待他说明来意。张扬跋扈的大少在沉稳成熟的杨战面前有些局促，被杨战的气势压了一头。大少也不明白这是怎么了，不过他立即把这种局促很好地掩饰得风水不透。

忽然他想起来，王馨昨天说她羡慕翡翡的艳遇，他心下顿时有些颇不是滋味。杨战仍然不开口，轻轻喝了一口水，大少却看到杨战的外表是平静的，镇定的，甚至是冷漠的。大少先是对杨战表示了感谢。杨战不置可否，淡淡地说："你不必谢我，要谢的话，你和王馨都应该感谢翡翡，我救王馨的决定几乎是她用命换来的。"大少愣了。然后大少告诉杨战，王馨昨天已经动摇了，不再坚持自虐了，是否请杨战这几天趁热打铁，赶快行动呢？杨战点点头："好，我会去看看王馨再进行下一步。"

大少感激地告辞了。

杨站这一年来为了照顾翡翡放弃了太多的娱乐休闲，朋友都酸溜溜地说浪子回头金不换，往昔那桀骜不驯的杨家大公子如今不知吃了什么药，化身为居家五好男人了。杨战自嘲他是吃了翡翡牌迷幻药了，朋友大笑。

这几天，杨战极力不去想关于翡翡的事，在公司里他也极力回避着翡翡。其实他和翡翡都在互相极力回避着对方，都尽量待在办公室不出去，什么事都通过秘书传达，如果迫不得已要打交道，也是冷冰冰地尽量几个字就说完，走人。公司的人都看出了端倪，私下议论纷纷，却不敢公开说一个字。翡翡上个星期提出了辞呈，并低声说："杨总，我再找别的工作，我欠你的钱一定会还清的。"杨战头都不抬，当即把翡翡的辞呈撕了，冷淡地说："你签的是终身合同。如果你违约，赔偿金按照你此后几十年的薪水计算。赔不起就回去工作。"

翡翡倒没想到这个，张口结舌，抓了抓头发，只好继续回去工作了。杨战送走大少后，望着外面远远海面上的帆船，思绪万千。过了一会儿，他不知想起了什么，给国外的朋友打了个电话，问最近有哪些国际名模在国内捞金。恰好有个一床之缘的大名鼎鼎的地中海名模，这几天离青岛很近。

杨战很快和她联系上了，约她共度良宵，她说不胜荣幸。第二天，在下班时间，那个地中海名模来早了，闲得无聊就主动来找杨战。当带着几个保镖的地中海名模金光闪闪地出现在杨战公司的时候，几乎所有人都沸腾了。很多人认出了她，疯狂地追着她要求签名，她很有风度地一一给他们签了名。得到了签名的员工把她的签名抱在了胸前，激动得话都不会说了。杨战匆忙出来迎接她，用德语笑着和她拥吻，在众目睽睽之下不令人注意地用身体语言挑逗着她的敏感部位。她身体被撩拨后，呼吸有些急促，紧紧地拥抱着杨战，兴奋地与他谈笑着。

翡翡正准备下班，安静地站在一角看着这一切。她在电视和杂志上很多次见过这个名模，第一次亲眼见到她，立即被她的美丽和魅力迷得头昏脑胀，刚才也跟着众人去要了个签名，也是很小心地收藏好了。

此时见到杨战和她很熟稔地拥吻，很放肆地挑逗，然后杨战穿上外套，带着她离开了公司，翡翡心头酸涩地揉揉眼睛。此刻杨战的“正式”女人出现了，很多员工觉得翡翡被杨总玩腻了，始乱终弃了，之所以她还在公司不走，可能是杨总可怜她，也可能是她还在背后对杨总死缠烂打而已，不过翡翡的失宠是肯定的了。前几天杨总和翡翡的关系紧张，大家可早就看明白了，不过他们俩没正式决裂，大家也不敢公开说什么。这时杨总和名模抱着接吻，谁还看不明白啊，翡翡是真的被杨总打入冷宫了。多少人都在嫉妒翡翡啊，多少人都在等着看她的笑话啊，多少人都在等待她失宠的这一天啊。

尽管翡翡对每个人都友善体贴，可是杨总对她的宠溺让很多人都嫉妒至极，翡翡再友好都无法消除这种发自内心的嫉妒之火。刚才杨战出来后，所有人都在盯着他是怎么样对待翡翡的，可是自始至终，杨战都未曾扫过翡翡一眼。于是大家放心了，他们从此可以大胆地使劲踩翡翡了，就怕过几天翡翡被杨战撵出了公司，他们就是想踩翡翡也踩不到了。快踩啊，过了这个村就没这个店了！

翡翡默默地穿好了外套，准备离开。女秘书笑着大声说："翡翡啊，你这件衣服在哪儿买的啊？"翡翡回答："家乐福。"女秘书哎呦一声，撇撇嘴巴，轻蔑地说："我的衣服都是在阳光百货和巴黎春天买的，你看我这个外套，限量版的，我可是花了两万多买的啊！翡翡，你在家乐福买的这个外套几万啊？"旁边的几个女人立即哄堂大笑起来，落井下石这事做起来不费事，而且还是别人出头自己解气，捞现成便宜，谁会放过呢？翡翡心下很明白她们的心理，却仍然淡然地说："我打折时买的，六十元。"几个女人哈哈大笑，变本加厉地讥讽说："我说呢，你这件破衣服也就值这个价钱。不过话说回来，这件衣服也很配你啊，呵呵，笑死人，贵的衣服你穿着也不自在不是？"

另一个人说："翡翡啊，杨总那么宠爱你，你让杨总给你买几件贵衣服啊，你穿这破衣服不觉得给咱公司丢脸吗？"翡翡摇摇头，说："我不会让杨总给我买衣服的。"这话引起了一片讥诮和嘲弄，有人说："哎呀，翡翡，你是不让杨总给你买，还是杨总压根儿不想给你买呢？"有人说："那你后悔也晚了，现在你就是想让杨总给你买衣服他恐怕也不能买了，你看见今天那国际名模了吗？多美啊，如果我有钱我也拼命给她买衣服，谁还记得什么翡翡什么翠翠啊。”

翡翡什么也不说，冷冰冰地望着她们，心头却在泣血。世态炎凉啊，一旦杨战和她翻脸，这些人一分钟也不停，立即如同吸血的蝙蝠一样扑过来，要吸干她。一个同事前阵子工作里发生了重大失误，被翡翡及时发现，才挽回了巨大损失。杨战要开除她，翡翡考虑到她的孩子出世没多久，刚做妈妈分心了可以原谅的，在杨战面前极力帮她求情，方才保住了她的工作。还有一个毕业没多久，不熟悉工作，是翡翡夜以继日地帮助她走入正轨。再有一个买房到处借钱，那时翡翡在苦苦攒钱给妈妈买墓地，可翡翡仍然借给了她两万，没写还款日期，说什么时候等她经济宽裕了再说。

如今，她们的态度实在令人心寒。人生如戏，每个人都在戴着面具演戏，一旦这张面具不需要了，立即扔掉，再换一张面具继续演着人生的戏。翡翡心痛如绞，眼中却无一滴泪水。

她默默地往外走，背后的嘲笑声如潮汐，一浪一浪地袭来，砸碎了翡翡那早已千疮百孔的心。一位副总实在听不下去了，看到翡翡走路的脚步都踉踉跄跄，他也能设身处地地感受到翡翡此刻的绝望和痛楚，立即大声喝止那些人，叫她们该下班的下班，该加班的加班，不要大声喧哗。众人悻悻地散去。

杨战和地中海名模进了王朝大酒店，晚饭后，整整一夜颠鸾倒凤，云雨无度，身体得到了完全的满足。

心呢？也许根本不知道哪里去了。

翡翡如常上班，仍然一如既往地努力工作，只是几乎不再说话了。

面对众人或明或暗的嘲弄、同情，她好像什么事也没发生过，保持着白领的姿态。等王馨出来，就是她的死亡之日。默默地进入永久的黑暗与安静，对她，未尝不是一种幸事。

济南监狱。

王馨出现了，眼睛乌溜溜地在杨战身上一转，没看到翡翡，立即很失望。“喂！我姐姐呢？”杨战站都没站起来，说：“不知道。”王馨大怒：“你不知道？你都和我姐姐那种关系了，你说你不知道？”

沉默。

半天，王馨见杨战不答理她，只好压了压火，再问：“那个，我姐姐好吗？”“不知道。”杨战说，“以前她每个探监日都来看你，你都不见，这时你说这些有何意义？”王馨不耐烦地说：“那是以前啊，我很想她，她怎么样啊？”杨战冷冰冰地说：“我确实不知道。而且我和她没任何关系，你别胡说，以免给别人造成误会，影响我的清誉。”

“你说什么？”王馨使劲揪了揪自己的耳朵，怕听错了。杨战冷笑着：“我今天来不是来和你讨论我喜欢和谁上床的问题，我是来问清楚你是否想出去。看来你对我不是很欢迎，那抱歉了，我还是离开的好！”说着，杨战就往外走。“回来！”王馨气得跺脚大喊，“我要出去！我要出去看看翡翡！”杨战点头：“嗯，明白。”然后就离开了。

杨战立即动用关系，让结婚登记处的同志主动去了监狱，给王馨和大少发了结婚证。然后给王馨申请人性化的管理，利用种种关系，让王馨和大少同房。两个月后，王馨怀孕，很快监外执行。王馨出去那天，杨战去接的她，王馨呼吸着自由的口气，得意扬扬地说：“终于出来了！你等着我修理你吧！”杨战微笑道：“你还是注意保胎的好。如果孩子被你修理没了，你还得再回去待着。”“滚！”

杨战自从和地中海名模上床后，他原来性子中的风流倜傥和玩世不恭完全爆发了出来，抑或说是恢复了他以前的作风，这让他的一众狐朋狗友大大地欣喜若狂。杨家大公子终于恢复神志，又回到了群众的怀抱里！于是他们几乎每天都约杨战出去夜夜笙歌。在纸醉金迷中，杨战性子中的那种狠劲被激发了出来，他几乎一夜换一个美女，不是名模就是一流或者二流女明星。

于是他的头条新闻天天被登在小报头条，不外乎是他被记者发现又和哪个名女人开房了，抑或和哪个明星关系密切了。杨战大婚的日子一步步临近了，杨战开始和未婚妻的家族探讨这份商业婚姻的具体细节。

翡翡每日的微笑依旧，只是那笑容里越来越没了内容，越来越苍白。从翡翡闪烁其词的话语中，姥姥姥爷也得知了翡翡爸再婚后和翡翡断绝父女关系的事，除了大骂翡翡爸那畜生狼心狗肺也没什么其他办法，这时王馨和大少已经结婚，很快就出狱了。翡翡姥爷私下和王馨父母商量，要改遗嘱，想把自己的房子和店铺全部留给翡翡，让这可怜的孤儿日后也有个容身的地方，不至于流浪街头。王馨父母非常赞成，说馨馨拥有的够多的了，健全的父母，偌大的家产，一片痴情的大少，而翡翡除了身上的那件衣服外几乎是一无所有。于是大家商量好了，等翡翡的离婚判决一下来，就改遗嘱，留给翡翡。翡翡得知后却极力反对，并将身份证藏在了公司里，坚持不要姥爷的家产。姥爷气得直问她为什么，翡翡却说她用不了。

翡翡在姥爷家越来越消瘦，她心事太重了。每顿饭她吃一点就吃不下了，中午她经常不吃饭，坐在海边，看着潮起潮落，呆呆地发怔。

杨战和她的办公室虽然一墙之隔，他们两人的距离却是远如天涯海角，遥远得此生都无法到达彼岸。一些爱八卦的女员工一看见杨战和哪个女明星的新闻上了报纸，就乐得拉翡翡来看，翡翡不看，她们就把醒目的大标题的那个页面扔在翡翡的办公桌上。国内各大网站上也有新闻，她们就趁午休时强行把翡翡抓来看，然后欣赏着犹如遭受酷刑的翡翡的脸色慢慢地惨白如纸。翡翡总是什么也不说，看完了安静地走开。这让她们很失望，指望看到的翡翡大哭大闹的场景从来未曾出现过。

最近报纸又在热炒杨战的大婚，她们又发现了新目标，长官一不在，就凑在一起嘀嘀咕咕，然后去问翡翡的想法，翡翡只是淡淡地微笑说：“恭喜杨总了。”再无别话。

大林在妈妈的循循善诱下，趁着没离婚，频频来找翡翡，想挽回感情。大林没工作，是不可能再找到和翡翡一样好条件的女人了，而翡翡老实无助，薪水又那么高，把翡翡哄得回心转意也不是毫无可能。

这天，他等着翡翡回家，送给她一个热热的砂锅，并说是大林妈特意为她熬的，熬了一下午了，大林妈都没舍得喝口汤，而大林妈和他自己很久很久都没舍得吃口鸡了。翡翡仿佛没听见，敲门进屋。翡翡姥爷让大林立马有多远死多远。大林不走，捧着砂锅在门外哀哀地求着翡翡“吃一口吧,吃一口吧”。大林在门外站了将近一个小时，翡翡都吃完晚饭了，大林还在门外哀哀地叫。翡翡姥姥看不下去，说：“哎，大林也怪可怜的，其实说起来，是他妈不是个东西，大林除了软弱外，也没大的不是。”

翡翡起身，打开门，姥姥姥爷急忙跟了出去。大林看到翡翡出来，激动得语调高了起来，把手里的砂锅递给翡翡，说：“翡翡你快吃，还热乎着呢，我妈熬了一下午。”翡翡微笑了一下，说：“回去吧，我死也不会吃你妈做的东西的。”说完，进门，关门。

外面的大林呆呆地望着钢铁的防盗门，欲哭无泪。

过了阵子，法院的离婚判决终于下来了，翡翡看着离婚证，冷冷地笑了；大林看着离婚证，悲哀地哭了。这段婚姻，这段折磨了这么多人这么久的婚姻，终于他妈的结束了，翡翡一下子觉得轻松了很多。

杨战公司。

这天，一个外号公主阁下的女同事请翡翡帮她做了个报表，然后她拿着这份报表在公司里大声指责翡翡做错了，翡翡疏于职守，不配做杨总的贴身秘书。她闹得很多人都来看热闹，副总就报告了杨战。杨战起身去处理。那人看见杨战过来了，立即不是刚才张牙舞爪的模样了，化身为琼瑶笔下的小雨点，眼看着就眼眶红红的要梨花带雨了，画得很漂亮的小嘴嘟嘟了起来，声音娇柔不胜，眼神不自禁地饱含了妩媚。只听她哀婉地对杨战说："杨总，这是翡翡做的报表，你看这里、这里、这里统计错了三处。错得太离谱了，不知翡翡在想什么呢，那么大的错误也能犯？这个合同的数额就让公司损失几百万啊，这损失可得杨总你担着啊？"杨战看了看报表，问："具体损失多少？"那个女人素知杨战做事极为严谨，精益求精，她也明白杨战肯定会问具体损失了多少，因此她早就算好了，背得滚瓜烂熟的，这下马上报告说："具体损失六百五十四万三千七百二十三元！"然后她微笑着等待杨战的表扬和夸赞。

杨战却不说话，仔细地看了看报表，当着几乎全公司的人问翡翡："你怎么说？"翡翡明知是个阴谋，却不指责任何人，镇静地回答："这份报表不是我做的，我刚才做的报表每个数字都反复核对了，这三个地方绝对不是这些数字。不过我刚才做的那份我给她了，我没留底。”“为什么不留底？”杨战冷冰冰地问，声音里有危险的讯号。翡翡正视他的眼睛，毫不退缩，“这不是我的工作，是她刚才说她忙不开，让我帮她统计报表的，我只是帮忙而已，为什么要留底？”“很好。”杨战说，“据我所知，这三个数字的错误要计算在整个合同里，不是几分钟就能算出来的，相当复杂，就算是使用电脑的专业程序来算，也起码得二十分钟。这没错吧？”

员工纷纷点头。

杨战转身对着已经觉得大事不妙的女员工说：“从翡翡给你做出来，你发现到现在，不过十几分钟，而你算得一个数字不差，请问你是用什么算的？心算吗？”事到如此，女员工张口结舌，只能点头了。杨战随手找了张复印纸，在上面写了一个复杂的算式，对她说：“这个比报表的数字简单得多，现在，我给你十分钟，你给我心算出来。”整整十分钟，偌大的圆形大厅里鸦雀无声，只有那个女员工的心跳声，她的汗水小溪一样地流满了她的后背。

她万没想到，平时很少说话的杨战竟然精明如斯，任何事物都瞒不过他。她绝望地想，自己要被丢人地开除了。十分钟后，她没给出任何答案。杨战再吩咐员工，拿着这份报表，到翡翡办公室的打印机和女职员办公室各自打印一份。很快就打印出来了，杨战拿着三份报表，对所有员工说：“翡翡办公室的打印机不是每天用，墨盒就用得久，时间久了，字迹就不很新鲜了；而那个办公室的打印机是每天都用的，墨盒换得频繁，打出的字字迹就新鲜。大家再看，原来的这份报表的字是新鲜的还是不新鲜的？”

大家看了看，都心知肚明了。

杨战扔了三张报表，回头就走，走了几步，却突然回头，脸上带着恶意的笑容，说：“翡翡既然没协调能力，惹得属下用阴谋反上，我宣布，即日起，撤销翡翡的职务，留在最基层的部门察看。”

杨战说完，头也不回地回到了办公室。众人鸦雀无声，一根牙签掉在地上都能听见。一会儿下来指令，女职员念在初犯，不予计较。众人更加鸦雀无声，一根头发掉在地上都能听见。过后，各个部门私下议论纷纷，这场人事变动说明了什么？杨总在想什么？难道要来血雨腥风了？大家不禁各自有岌岌可危之感，更加努力工作，不敢怠慢。

公主阁下从绝望的谷底回到令人激动的巅峰，心想：杨总终于喜欢我了，杨总终于喜欢我了，太好了！翡翡却不在意大家怜悯的眼光，搬出了她的办公室，搬进了多人办公室，被杨战分在了公主阁下的手下。公主阁下想方设法地折磨她，翡翡却不出声，做该做的事。

人的心理总是同情弱者的，原来妒忌翡翡的那些人看到公主阁下愈发地趾高气扬，不可一世，而翡翡每日被欺负却默不作声，杨总一直置之不理，都愤愤不平了，虽然不敢对杨战说什么，却私下合伙组成了联盟，可劲地欺负公主阁下，处处和她作对。

公主阁下的日子步履维艰，却不从自身找问题，暗恨是翡翡背后挑唆大家来为难她，于是她变本加厉地为难翡翡。至于翡翡被公主阁下欺负，倒是杨战计划中的内容：你只要对我说句软话，或者直接找我，说她欺负你，我把她开了还不是一句话的事？你非得和

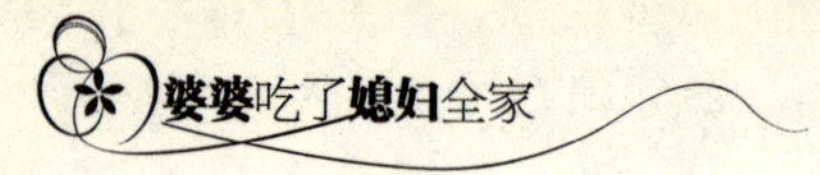

我犟到底，那我就看看你什么时候认输！

杨战花了巨资购进了几条生产线，准备批量生产那个机器。得到了详细情报的吴总给他打了电话，说约他谈谈。杨战如约而至。在吴总的办公室里，吴总拿出了他找商业侦探侦查到的资料，给杨战看。杨战详细看了后，脑海里立即分析出这些资料他可以应付，不对他构成威胁。杨战放下了资料，淡淡微笑着，有些挑战地看着吴总，不发一语。

吴总盯着杨战的眼睛，拿出了杀手锏——他出巨资在杨战的公司里策反了一个和翡翡一起设计图纸的工程师，得到了翡翡出卖商业秘密的全部情报。从杨战坐下后，两个男人自始至终没说过一句话，彼此的眼神、动作、杀气却像利刃一样把凝滞的空气切割成了碎块。

对峙，沉默，总会让不成熟的人崩溃。可是杨战和吴总这两个成熟的男人都好像很欣赏并乐于享受这种针锋相对的对峙。杨战面无表情地读完了有关翡翡的全部情报，微笑着把资料放下，平静地说："叔叔，我很快就大婚了，欢迎你届时参加。至于翡翡，我已经利用完这颗棋子了，如果你想回收随你的意。我当初对她好完全是有目的的，这点我从来不否认。叔叔，还有什么事吗？没事我告辞了！"

吴总摇摇头，说："没事了，我会诉诸法律的。下午我就会提交给检察院翡翡的一切罪证。"杨战笑着说："这和我无关！"然后他大步昂首扬长而去。很多时候，恨比爱，拥有更强大的力量。杨战离开后，吴总并没有如他所说的直接去检察院举报翡翡，而是拨打了翡翡的手机，约她面谈。

杨战已经在商战里以惊人的速度成熟起来了，现在的他是一头完全凭借自己的力量展翅翱翔于蓝天的壮年鹰隼了，无论速度和力量以及智慧都在同龄人中出类拔萃，无可比拟了，令多少人望其项背望尘莫及啊，他是圈内有名的狠辣无情，有名的诡计多端，有名的桀骜不驯。

吴总毕竟老了，他没多少精力去和杨战继续旷日持久地打法律官司了，一方胜诉，一方上诉，法院重新受理，然后继续一方胜诉，另一方上诉，法院重新受理地绕圈子，不知拖到何年何月方能正式判决下来。即使判决下来后，还有一个执行困难的问题，等真正拿到赔偿的那天，也许自己早已作古了。一场官司双方都劳民伤财，得不偿失。而且杨家是多少代的名门望族，关系网铺天盖地，吴总自问能否打赢官司还是个未知数。吴总和杨家的生意有很多牵扯，如果真的撕破脸了，双方两败俱伤。因此吴总思前想后，决定最后一搏，找翡翡谈谈，也许还有转圜的余地。

翡翡按时来了吴总的办公室。她满脸歉意地望着吴总，不知说什么。吴总一直对她很好，以前她在公司里有人欺负她，往往是吴总出面帮她摆平的，如果不是救王馨出狱，翡翡是宁死也不肯对吴总反戈相向的。

无奈，王馨的出狱比她的生命更重要。

翡翡无可选择。

吴总也在同时望着翡翡。

翡翡比以前消瘦多了，脸色苍白，精神也很忧郁。

老总默默地望着她，脑海里却浮现出这一阵报纸上长篇累牍的报道杨战和各大名模各大女明星亲密地在各大酒店过夜的新闻，以及大篇报道杨战随即而来的大婚。吴总熟知翡翡的隐忍老实的个性，翡翡又能怎么样呢？只能夜里孤守空房，流泪到天明，一辈子隐忍至死。

哪个富豪的夫人不是这样过来的？不要说不公平，这世界上男女的事情本来就是不公平的。跟了杨战这样的男人，翡翡只能接受杨战的风流花心，并无别的路可走。当然，她可以离开杨战，可是锦衣玉食、豪宅名车、随意挥霍的人上人生活是很多女人梦寐以求的，又有几个女人会心甘情愿地自动离开呢？那些离开的，很多都是被迫的。

何况杨战浑身上下散发出来的俊美冷酷的男人魅力，又有几个女人不为之痴迷得不能自拔呢？

望着神情忧郁的翡翡，想起杨战刚才对翡翡的绝情，吴总不禁叹口气，如果翡翡是他的女儿，他会不惜一切代价让翡翡离开杨战。

杨战实非良婿啊！

爱上杨战的女人只有死路一条！

吴总让翡翡坐下，叫人给她倒了杯咖啡，把一切都告诉了她，包括杨战刚才那几句绝情的话。

翡翡闷头听着，当听到杨战的那几句绝情的话的时候，翡翡的手一下子抖了起来，她手里的咖啡杯也跟着抖了起来。

为了不弄洒咖啡，翡翡只得将咖啡杯放下。

为了不让吴总发现她发抖的双手，翡翡偷偷将双手背在了身后。

可吴总是什么人，早就将翡翡的全部反应尽收眼底。

尽管翡翡心中痛如刀割，她眼中却一滴眼泪也没有，只是她的嘴唇略微地发青一些。

翡翡早已泪尽。

半天，翡翡才低声说："吴总，对不起，我也是被逼无奈才告诉杨战机器的核心构造的。我不求你原谅我，因为这事给你造成的损失太大,你没有原谅我的理由。该承担什么样的法律责任我不会回避，我会承担的。我只能做到这些了。别的，我真的无能为力了。"

空气很安静，静得能听到翡翡的心里哭泣的声音。

吴总轻轻抚弄着一支笔，说："我把你送进监狱，对我有什么好处呢？杨战的生产线都引进来了，即将大批量生产，你即使进了监狱，对杨战有什么害处呢？对你，对我，又能有什么弥补呢？"

翡翡咬着嘴唇，轻声说："吴总，其实我不是杨战的情人，他亲口承认的，他对我好，完全是为了机器。我和他什么关系也没有。他也不会听我的。这事我知道给你造成的损失很大，可是我，可是我真的帮不了你啊。吴总，我现在什么都没有了，我一无所有，我只有我的这条命了。"

翡翡控制不住，低声啜泣了起来。

吴总走过来，拍着她的脊背，感觉到翡翡消瘦的肩胛骨都突出了，看着翡翡细瘦的脖子和发抖的双手，吴总明白翡翡这些日子受了太多罪了。

以前翡翡在吴总公司里的时候那身子可是胖乎乎的，小脸溜圆溜圆的，粉嘟嘟的，整天没心没肺地就寻思着吃好东西，一说话就结巴，一见人就腼腆地笑，别人一看她的眼睛，她就不好意思地低了头，不敢和别人对视。

那会儿的翡翡整天笑呵呵的，无忧无虑，肥肥的，可爱至极。

一年不见，翡翡竟然憔悴得如此叫人心疼，瘦骨伶仃的，小脸苍白苍白，连嘴唇都没多少血色。脸上是再没什么笑容了，礼貌的微笑里透着刻骨的疲惫和无奈。

可见，杨战对翡翡并不好。

吴总在翡翡身边坐下，握住翡翡发抖的手说："孩子，你放心，我不会去告你的，我知道你的性格，如果不是到了无路可走的地步，你不会出卖公司的。我原谅你了，翡翡。"

翡翡越发地泣不成声，对吴总的愧疚好像潮水一样把她淹没。

吴总安慰了她一会儿，翡翡终于安静了下来，她的眼睛躲闪着吴总的目光，不敢与他对视。

吴总严厉地说："翡翡，你看着我的眼睛，告诉我实话，你爱杨战吗？"

翡翡被迫看着吴总的眼睛，吴总的眼睛里有严厉，也有慈爱。翡翡发青的嘴唇不住地嗫嚅，说不出话来。吴总逼迫她："你回答我！"

翡翡的泪水终于滚滚而下，泣不成声："爱。"

就一个字，却胜于千言万语。

吴总深深地叹口气，说："翡翡，你听我一句，离开他，再这样下去你能活几天啊！"

翡翡摇摇头，说：“离开他我又能活几天呢？”

吴总彻底沉默了。

翡翡离开后，回到了杨战的公司，她先到下面看了看那部研制好的机器，翻看了一下机器的结构图。路上她经过海边，看到一个很大的轮船，上面的机械臂在动作，当时翡翡心里就产生了一个迷迷糊糊的想法，此刻她研究了一下机器的构造，那个本来模糊的念头有些清晰了起来。

翡翡回到了办公室，立即上网查了很多资料，然后叫人在资料室取了很多资料来。里面有很多外文资料，翡翡看不懂那些专业机械词汇，就让人帮她一个词一个词地翻译出来。自从公主阁下一夜间被安了一个莫须有的罪名被开除掉，而翡翡第二天就官复原职以后，公司的人再不敢人前人后地诋毁翡翡了，他们望着翡翡的目光产生了一种隐藏很深的畏惧。

以前那些诋毁过翡翡的职员生怕翡翡暗地报复，越发地讨好翡翡。

大家都心知肚明了，翡翡在杨战的心里有如大树一样，深深扎根了，杨战再怎么样整治翡翡，到了时候，翡翡仍然是杨战的翡翡，杨战仍然是翡翡的杨战。

翡翡却对任何人都一如既往地微笑，只是不再是发自内心的微笑，仅仅是职业微笑而已。

如果不是被迫的职业式的微笑，翡翡现在是从昼到夜都是忧郁悲冷的。

外文资料里还有很多德文和法文的，公司的职员有人虽然懂得德文和法文，可是面对这些专业的机械词汇也力不从心。

杨战不知翡翡想干什么，可是翡翡现在急需翻译，杨战就只好帮着她一个词一个词地翻译出来。虽然如此，两个人的目光仍然绝对不接触，除了翻译词汇外，别无一句话。

第三天，翡翡约了吴总来到了杨战的办公室。

翡翡拿出一摞资料来，还有自己画的图纸，对大家说明完全可以在这个机器的基础上加以改动，做成另一种在世界上是完全新型的机器，功能更多，售价会更高，利润会更大，而且市场销路会很好。

翡翡会和杨战公司的总监以及各个工程师详加研究，如果吴总公司的总工想来参加一起研究那就更好，多一个人多份力量，如果验证成功了，这机器的专利权属于杨战公司和吴总公司共有，以此补偿吴总所受的损失。

翡翡继续说，她的计划已经找杨战公司的奥地利总监看过，他研究了半天说，会很难，需要试验很多次，还需要从国外购置很多零件，不过很值得一试。吴总把他的总工叫了来，一起研究了半天，得出的结论和奥地利总监的话如出一辙。

吴总笑了，摸了摸翡翡的头发说："好孩子，你离开了公司，是公司的一大损失啊。"翡翡疲倦地笑了笑。

杨战的父亲知道后，对杨战说："翡翡在商战里是很笨，在专业研究上可是个宝贝。她很有才华，有钻劲儿，研究出几个新型机器来，创造的利润就不可计量了。我听吴总说翡翡对你的感情藏得很深，孩子，你还没结婚，还有反悔的机会，你好好想想。爸爸也不是老古董，非得讲究门第，我是很喜欢翡翡这个孩子的，如果你妈妈还在世，也会喜欢她的。"

杨战望着脚下的地毯，却是冷冰冰地一言不发。

几个星期过去了，新机器的研发还算顺利，杨战和翡翡却越来越形同陌路，翡翡整夜整夜的失眠，她目睹杨战为了婚事一次次出国去商量细节问题，她只能借繁忙的工作来强迫自己忽略心中的痛楚。

王馨爸爸在王馨的婚事定下来后，打算和妻子去各地游山玩水，可是靠王馨一人之力，是承担不起整个公司的运营的，王馨爸爸就想到了翡翡。翡翡也希望回来帮姨父,毕竟在杨战公司翡翡很是苦闷。

翡翡第二天就找到杨战，小声地说了想辞职去帮姨父的打算，杨战吃了一惊，心里复杂难言，表面却纹丝不动，他想留下翡翡，却很清楚他不能给翡翡任何承诺，尽管翡翡离婚了，可是离婚之后的翡翡将何去何从杨战却无能为力，在公司里，两个人偶尔的默然相对，杨战从翡翡不经意地一瞥里捕捉到的如海深情，杨战心知肚明，可是他清楚自己是什么样的人，他不能给翡翡一个家，此外，他也无法放弃商业联姻带给杨氏家族的巨大利润。

在沉默了很久后，杨战终于苦涩又无奈地说："我同意。"

翡翡的泪水一下子决堤而出，杨战的无意挽留再次将她残存的一丝希望湮灭。

半个月后，翡翡在姨父的公司慢慢做得游刃有余了，凭着以往的经验和自己用心钻研，翡翡很快就走上了正轨，王馨爸爸很欣慰，逐渐将大权放手给了翡翡，他也进入了半退休状态。

王馨的身子越来越笨重了，每天下午来公司转转，什么也不大管了，大少和大少的父母心疼王馨，对王馨呵护备至，生怕有什么闪失，大少更是连王馨喘气都恨不能替她。大少父母每天海参燕窝地给王馨进补着，王馨怕胖不敢吃，大少妈妈苦笑着轻轻戳她脑袋："这孩子！"

大少父母一直把王馨当成亲生女儿看待，夫妻俩没女儿，活泼聪明又顽皮的王馨符合了他们心里对女儿的梦想，虽说是他们的儿媳妇，可是他们心里疼爱王馨的程度与疼爱自己孩子是一样的。

杨战的婚期就在这几天了，他的心情极为沉重，苦楚难言，可这是他自己选择的啊。

这天，他在公司里回忆着以前和翡翡在海边玩耍堆沙雕的情景，那时候的他无忧无虑的，发自内心的幸福。现在呢？他苦笑了一下。

他再也忍不住想见翡翡的冲动，驱车去找翡翡了，翡翡不在办公室，恰巧碰到王馨，王馨告诉他，翡翡可能在停车场学车呢。

王馨带着杨战下楼，在二楼的楼梯间杨战忽然站住了，他看到橘黄色的晚霞下，翡翡正在停车场围着一辆公司的旧车转来转去。

翡翡用以练习的车发动不起来了，这个门外汉正一筹莫展呢。

杨战静默无声地看着翡翡一手举着扳手，一手拿着螺丝刀，一会儿钻在方向盘下面，一会儿钻到车底下，车没修好，翡翡脸上却弄了一块块黑色的机油。王馨正想笑，一抬头看见杨战咧着嘴，脸上的笑容很开心，王馨愣了一下。

蓦然，王馨感觉杨战真的很可怜。只是杨战的可怜是自己造成的，不值得同情。

这时，公司里一个一直追求翡翡的男职员经过停车场，看到了翡翡的困境，立即自告奋勇地要帮她。

无奈他对车的构造也是一知半解，捣鼓了半天也没弄好，翡翡只好谢过他，放弃了今天想修好车的念头，准备回办公室收拾东西，下班回家。

走到楼梯口，翡翡一抬头看见了杨战。杨战看着郁郁寡欢的翡翡，清楚地看到她眼底的苍凉，不禁一阵悲伤。

翡翡一触到杨战的目光，浑身不易察觉地一抖，脸色瞬间惨白。

离开杨战快半个月了，这半个月对翡翡来说却仿佛几千年。

漫长的痛苦，漫长的逃避，漫长的自我否定，漫长的悲冷。

仿佛一切都消失了，时空犹如千千万万年快得令人不容喘息，却又如停顿在了此刻，任是沧海桑田都无法将此刻向前推动一分。

虽是瞬息，却恍若隔世。

一树樱花瞬间开放，旋即又瞬间纷落，空余一地香气，告知世人曾经在那时那刻那分那秒，有过漫天花瓣飞落如雨。

花落，情落，花枯，情枯！

翡翡望着杨战，心却像被一寸一寸冻住，冷得几乎无法呼吸。

杨战默默无语，眼睛一瞬也不离开翡翡，大半个月没见，翡翡愈加的孤傲，那一双明澈如的眼神，却幽幽深冷，带着无法掩饰的哀伤。

杨战的眼睛一点点湿润了。

翡翡低着头，默默地走过杨战身边，却被杨战一把抓住胳膊，拎到了洗手间，他帮翡翡洗净她脸上手上的油污，翡翡低着头任他摆弄。

洗干净了以后，杨战问翡翡有没有需要帮忙的，只要他力所能及。翡翡摇摇头。

杨战大婚近了，翡翡也已经学会了不再看日历。她将一切都藏在心里，无论是曾经的快乐还是如今的痛楚。杨战要走了，这次他离开就是去筹备大婚了，直至结婚，不再回来。

杨战叹口气，准备离开，翡翡去送他，在公司大门外，杨战淡淡地看了她一会儿，眼神终于柔软下来，他轻轻的对翡翡说："等我回来。"

翡翡不语。杨战看着有些苍白的翡翡，忽然搂过她在她唇上轻轻吻了一下，然后就上车了，车刚刚启动，翡翡忽然再也忍不住了，低声说："杨战，你知道我的心。"

杨战心头大震，坐在车里，抬起头，就那么凝望着翡翡，翡翡鼓起勇气，毫不胆怯地迎接着杨战的目光。

杨战点点头，说："我大后天就上飞机了，你不用送我了。"说完开车离开了。

深夜，翡翡的泪水打湿了枕头，夜不成寐，白天还得照常工作。王馨和大少几次问她是不是哪里不舒服，翡翡强笑说："我很好，没事。"今天是最后一天了，外面是瓢泼大雨，春天的雨带着清香的味道。明天杨战就离开青岛要去国外结婚了，翡翡整整一天都很不安地在办公室走来走去，拼命压抑住一个念头，她知道这个念头不好，不地道，可是她还是控制不住地想试试，人生，关键的只在几步而已。

试试，最后为了自己的爱情争取一次！下班回家了，翡翡心神不宁，终于在晚上八点的时候，翡翡告诉姥姥她有些事，就出门了。等姥姥想起翡翡没带伞急忙找了伞去追，翡翡早不见了。

杨战住的是别墅区，家家都有私家车，公交车站离杨战家就有些远。翡翡下了公交车，在瓢泼大雨里走到了杨战家，按门铃的时候，翡翡才想起来自己为什么不打车？太紧张了，忘了？翡翡苦笑一下，暗骂自己是头笨猪，不，是一个猪一样的落汤鸡。

“哪位？”

“我。”

杨战二话没说，拿了把伞就出来了，见到在雨里瑟瑟发抖的翡翡，惊异地扬起了眉毛，也来不及说什么，拉着翡翡就跑进了屋。

翡翡站在屋内，小脸冻得青紫青紫的，一路上想说的话，此刻见着杨战全部烟消云散了，不知该说什么了。

杨战皱眉打量了她一下，说：“冲个热水澡，换衣服吧，别感冒了。”

翡翡顺从地被他带上了二楼。进了沐浴间。

杨战出去帮她找睡衣去了，翡翡一个人在蒸腾的雾汽里发呆。她对着落地镜看着自己的身体，她一点儿也不胖了，腰肢纤细，乳房丰满。

杨战敲门，翡翡猝不及防，一慌就拉开了门。杨战吃了一惊，看看她的眼睛，再往下看着她的裸体。

翡翡的脸腾地红了，咬着嘴唇，胆怯地望着杨战。

杨战盯着她的眼睛，死死地盯着，然后狠狠地用一个吻盖住了她的嘴唇。

杨战的吻温柔而热烈，一开始他还怕翡翡不适应，轻轻地舔着吸着，等翡翡放弃了抵抗，杨战很快就加重了力道，舌尖灵活地挑动着翡翡每一个敏感点，技巧娴熟地攻城略地，强烈地不容置疑地挑逗着。他的手也没闲着，在翡翡的胸前和下身的敏感地带挑逗着。翡翡终于微微地颤抖起来，她来是想和杨战谈谈的，不是来接吻的，更不是来忍受这令她颤抖而难耐的情欲的。

翡翡的呼吸逐渐急促起来，眼神和全身皮肤都变成了粉红色。杨战不由分说，就把翡翡横抱了起来，扔到了卧室的床上。然后他一把甩开睡衣，霸气地吻了上去，等他吻遍了翡翡的全身，就呼吸急促地注视着翡翡的眼睛，慢慢地，慢慢地，却斩钉截铁地猛然进入了翡翡的身体。

翡翡疼得低声叫了一声，杨战却恍若未闻，一浪盖过一浪的巨大快感覆盖了杨战的身心，他那高大健美的裸体渗出了一层细汗，在他健康的小麦色的肌肤上闪闪发亮。

翡翡呼吸越来越急促，全身都是汗，现在疼痛已经消减了一些，内部急切律动着的火热，那种滚烫的热度不停在体内散发开来。杨战的身体火热又有力，略微粗暴的攻击让翡翡的脸色越来越红，体内越来越激荡，翡翡终于压抑不住，轻微地呻吟起来，她的胳膊轻轻围绕着杨战的脖子，微微呼唤着："杨战，杨战……"

杨战全身强健的肌肉绷了起来，如同雪山之巅雄美无匹的雪豹，充满雄性的魅力。

难忍的疼痛过去后，巨大快感让翡翡一时忘记了身在何处，这是云端？这是天堂？

翡翡在杨战的怀抱里，突然失去了勇气，踌躇了半天才问："杨战，你明天能不走吗？我想，我想……你知道，我想……"翡翡两眼像两潭深水，漾着微弱的波澜，漾着强烈的哀求。

杨战注视着翡翡的眼睛，片刻后，不忍注视了，移开了目光，轻声说："不能。"

他的拒绝言简意赅却残忍冷酷，俊美无比的脸上平静、沉稳和淡然。

一种难以言语的尖锐的刺痛，在翡翡心头迅速地扩散开来。

杨战的眼睛里黯色的波涛汹涌着。

翡翡觉得她早已千疮百孔的心冷得更透，寒得更深……

杨战沉默着，那样长久。

屋内暖气很足，可是，为什么，为什么让人感觉不到一丝温暖，翡翡冷得指尖冰凉。

杨战不忍之色一掠而过，却依旧沉默。

杨战必须完成这个婚约，他要得到商场上的巨大利润。

翡翡心底的悲怆，浓得化不开，如今，还能再说什么？

翡翡在床上蜷缩着，杨战拉被子给她盖上，整整一夜，杨战都紧紧抱着翡翡，沉沉睡去，翡翡无助地偎依在他的怀里，心头痛极，却是一滴泪水也没有。

天亮了，醒来的杨战发现翡翡离开了，她留下了一张字条，上面写着："思君令人老，岁月忽已晚。此别到死，一死方休"。

杨战默默地凝望这几句话，明白翡翡此生都不想与他再见了，不禁心疼得难以自制。昨夜发生的一切，一字一句，遥远得似若梦幻，却又清晰得可以记清每一个细节。

杨战以前一次次告诉自己，他是不得已而为之，他是暂时的权宜之计，他想攫取完这个世界再去与翡翡一起隐名埋姓，采菊东篱下。

这一刻，杨战的这些冠冕堂皇的理由被撕扯得荡然无存。

他忍着刺骨的心痛，仍然收拾好行装，去了机场。

今天是杨战的大婚，报纸上、网络上铺天盖地报道着婚礼的实况，照片、视频、采访多得翡翡的心里再也承载不下了。

翡翡这几天请假了，王馨爸爸只得回来接手公司，他明白翡翡请假的理由，也明白他劝什么都无济于事，他把翡翡送到了田横岛上，这里翡翡不接触电视，也不接触网络，整日对着波光粼粼的大海抱膝而坐，呆呆地看着日升日落。

德国教堂，庄严的牧师正在问话。

"……你愿意娶伊芙小姐为妻吗？"

"我愿意。"

杨战坚定的声音不容置疑，只有背后杨战的父亲听出了儿子话语里的悲凉凄楚。

此刻，中国青岛，翡翡站在海边，一动不动，任刺骨的海风吹着。

婚后的杨战和妻子征战商场，所向披靡，业绩辉煌。

两个月后，翡翡再也熬不住身体的不适，去医院检查。

她怀孕了。

这个晴天霹雳让翡翡抖得仿佛风中的落叶，阳光明媚，翡翡独自坐在海边的长椅上，忽然笑了起来，笑容里满是发自内心的温暖。

她有了杨战的孩子了。

她摸着肚子，低声说："宝贝，只有你和妈妈相依为命了，妈妈为了你，再艰难也要活下去！"

孩子一天天长大，孕检的结果都是孩子发育良好，翡翡姥姥姥爷直摇头叹气，翡翡又没结婚，以后带着孩子怎么办啊？

王馨妈妈也不知如何是好。王馨爸爸却望着翡翡欣喜的面容，坚定地说："孩子，姨父支持你！"

王馨爸爸劝说全家人："你们有什么可担心的？这是杨战的孩子，翡翡爱杨战爱得入骨了，让她有杨战的孩子对她是多么幸福的事！翡翡不想再婚，有杨战这个珠玉在前，世间的男人都成了泥胎俗骨了，如何入得了翡翡的眼？"

转眼，翡翡怀孕六个月了，翡翡姥姥觉得翡翡爸有了外孙了，不告诉他不好，就偷偷摸摸告诉了翡翡爸。

翡翡爸一听就急忙跑来找翡翡，拿出杨战给他的十万元存折给翡翡，让翡翡好好养孩子，什么也别想，天塌下来有爸爸顶着。翡翡冷淡地摇头，进卧室了。翡翡爸不死心，天天来找翡翡，翡翡避而不见。

张秀秀得知后，有些激动，她一辈子没生育过，只有个侄子，可侄子对她一向是爱答不理的，她心里对拥有一个孩子的渴望达到了极致，于是她天天煲了汤来找翡翡，想把翡翡接回去，这样翡翡生了孩子后，她就可以天天抱着小宝宝玩耍了，张秀秀想到这场景，乐得走路都要飘起来了。

她向来没心没肺，也不是记仇的人，她的梦想就是有漂亮衣服穿，有好东西吃，有个孩子。虽然她和翡翡关系不睦，可毕竟翡翡从来没真正伤害到她，那次杨战还给了翡翡爸十万元，虽然翡翡爸不把钱给她，可是翡翡爸说过多次，这钱不能乱花，张秀秀没社保，留着等她年纪大了用。这点上，张秀秀还是念翡翡的好的。

翡翡姥姥觉得张秀秀天天煲汤老远来送，就慢慢对她好了一些，张秀秀为了她未来的小外孙，不辞辛苦，每天变着花样给翡翡补身子，翡翡久失母爱，虽然张秀秀说话不经大脑，可翡翡看出她是真心为了自己和孩子好，对她的态度慢慢地一天天也好了起来。

翡翡快临产了，考虑到姥姥姥爷年纪很大了，一个初生婴儿的到来必然会搅得家里天翻地覆，再加上张秀秀不住劝说，翡翡不顾姥姥姥爷的反对，就搬回了父亲家。

孩子如期降临了，是一个极其漂亮的女婴，大大的眼睛，长长的睫毛很像杨战。

翡翡抱着孩子，只觉得有了女儿，她便知足了。她给孩子取名叫“花瓣”。

王馨的两个双胞胎儿子长得白白胖胖，都会爬了，翡翡姥姥姥爷抱着重外孙就合不拢嘴，现在新添了一个花一样的重外孙女，老两口乐得做梦都要笑醒了。

当然，没人告诉杨战。

翡翡坐月子时，张秀秀照顾得无微不至，王馨父母也对张秀秀的态度和缓了很多。张秀秀照顾得虽然好，却喜欢和翡翡抢孩子，翡翡喂奶，她在旁边目不转睛地看着，孩子一吃饱，她就急忙把孩子抱在怀里一秒也不舍得放开。翡翡见她真是喜欢孩子到了极致，也不和她计较，毕竟孩子多一个人这样爱也是一种幸福。

翡翡出月子了，这天风和日丽，张秀秀和翡翡带着孩子出去散步，张秀秀非要抱着孩子，不舍得撒手，一路上对着孩子嘟嘟囔囔，无非说“花瓣宝宝，你看马路上车真多，那个花坛的花真漂亮”什么的。

走着走着，前面好像出了汽车刮擦，有人在吵架，张秀秀这人就喜欢热闹，脑袋一热，抱着孩子就要穿过马路去看热闹，也顾不得看红灯了。翡翡眼看一辆汽车疾驰而来，就要撞上张秀秀，张秀秀吓得尖叫，惊恐之下忘记了躲避，只觉得是她身后的翡翡用力将她和孩子推开，翡翡却被车撞出了十几米远。

血迹斑斑的翡翡被送到医院时已经不行了，毫发无损的张秀秀抱着孩子吓得都傻了。

家人都来了，翡翡弥留之际拼命看着孩子不舍得眨一下眼睛，王馨爸爸哭得泣不成声：“翡翡，花瓣有我！就算我死了还有馨馨！你别担心，好好养伤，别担心了。”

王馨妈妈哭得站都站不住。王馨泣不成声，大少也眼含热泪。

翡翡姥姥姥爷那里谁也没敢通知他们。翡翡爸老泪纵横。

翡翡用尽最后一丝力气，要过自己的电话，拨通了一直留在心底的那个号码。

杨战此刻正和妻子在美国的一个大会议室里，与一群金融大鳄针锋相对地谈集团收购的事。

电话响了，杨战不耐烦地接了。

“杨战……杨战……花瓣……花瓣……”翡翡知道自己不行了，呜咽着，语不成句。

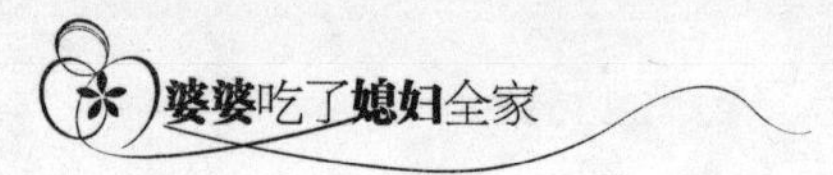

杨战很久没听见翡翡的声音了，乍然听到，心神激荡，一时不知说什么。

“花瓣……花瓣……”翡翡挣扎着，说出最后一句恋恋不舍的女儿的名字，就断气了。

杨战还在那边问：“什么花瓣？翡翡，你的声音不对劲啊，怎么了？”

翡翡手里的电话滚落到了一边。

满屋人顿时嚎啕大哭了起来。

杨战听得有人哭，急得直问：“怎么了？翡翡？你说话啊！”

满会议室的大鳄吃惊地看到一向飞扬跋扈、镇静自若的杨家大公子急得声调都变了，额上青筋暴起，眼睛赤红。

杨战的妻子小心地问：“发生什么事了？”杨战恍若未闻，电话那头哭声震天，他知道出事了。

很久，王馨爸爸才拿起电话，泣不成声地对他说：“杨先生，翡翡死了，就在刚才。”

杨战的世界瞬间崩溃，不复存在。

杨战和杨父回到了青岛，看到了翡翡冰冷的尸体和笑颜如花的花瓣。

杨战自从第一眼看到翡翡的尸体就心碎了。

翡翡爸一下子老了。张秀秀也整日神情恍惚地念叨：“我没看见车啊我没看见车啊，我再不看热闹了啊，我再不看热闹了啊。”

杨父带着神不守舍的儿子和吃奶的花瓣回到了国外，做了亲子鉴定后，确定了花瓣是杨战的孩子，杨父抱着花瓣，泪珠吧嗒吧嗒地掉，哭得呜呜出声。

几个月后，恢复了神志的杨战提出了离婚，并要把和妻子婚后创造的共同财产全部给她，他的妻子望着心神俱碎的杨战，叹气答应了，只带走了她应得的那份。

她临走时对杨战说：“是你放弃她的，因为你不停地想征服世界，你以为她会永远留在原地等你，一直等你，等你得到了全世界就回到她身边，你就想不到，等你想回去的时候，你再也找不到她了。其实，那个女人哪里需要这么多呢？是你太贪心，太自负，其实真正的你是一个很卑鄙的人啊！”

她轻蔑地耸耸肩，走了。

杨战一震，一瞬间，失去了答话的力量，这一刻的杨战，弱得只要轻轻一击，就可以被摧毁。

杨战面色凝重，满心冰凉凉的，眼睛里更是透着寒光，仿佛绝望了一样，他知道她说的每字每句都是实情，真正卑鄙的人是他自己，他湮灭了翡翡对爱情的向往，漠视她的哀求，剥夺了她在世间最后的一丝温暖，最后拒绝她心碎的挽留，调头和别人大婚，只留下一个孩子给她，让她一个人面对流言蜚语独自抚养孩子。

他对得起翡翡吗？

杨战无言地哭了。

杨战在一天天恢复，他天天带着花瓣在翡翡的墓前玩耍。

昔日那个满脸都是自信的笑，脊背挺得笔直，高昂着头，霸气的杨战不复存在了。

现在的杨战，谦和、宁静，通晓人情世故、仁义大度，完全是个豪门世家多少代才能出的高贵公子。

他以前的傲慢、凶残、桀骜不驯完全不见了，留下的只有一个淡淡如水、淡淡如菊、淡淡如画中人的空壳。

花瓣一岁了，最先说的一个词就是“妈妈”，杨战带她上街散步，她看见年轻女性就摇摆着追着人家叫“妈妈”，却看不见身后的杨战潸然泪下。

花瓣长像虽然酷似杨战，头脑也酷似杨战一样地聪明，性格却像极了翡翡，老实、腼腆、结巴，杨战无奈，只得训练女儿的性格，因为花瓣是杨氏家族的唯一继承人。

终于，长大后哈佛毕业的花瓣不负众望，继承了杨战的事业，也继承了翡翡的聪明善良，成为一个不可多得的商业奇才。

杨父含笑瞑目了。

五十年后，杨家的事业被花瓣扩大了很多，世界上的大家族能单枪匹马地和杨氏家族抗衡的不多了。

孤独终老的杨战死了，被女儿安葬在翡翡的墓旁。(完)